划

家精选
误的精品散文

做一只蜻蜓飞过

我早已经把壳蜕在了红尘，心交给了飞翔……

瑞　娴◎著

知识出版社

图书在版编目(CIP)数据

做一只蜻蜓飞过/瑞娴著. —北京:知识出版社,
2011.9
　　ISBN 978 - 7 - 5015 - 6291 - 6

　　Ⅰ.①做…　Ⅱ.①瑞…　Ⅲ.①散文集—中国—当代
Ⅳ.①I267

中国版本图书馆 CIP 数据核字(2011)第 186380 号

策　　划　刘　嘉
策划编辑　马　强
责任编辑　张　磐
责任印制　李宝丰
封面设计　晴晨工作室

知识出版社出版发行
地　　址　北京市西城区阜成门北大街 17 号
邮政编码　100037
电　　话　010 - 88390732
网　　址　http://www.ecph.com.cn
印　刷　厂　三河市兴达印务有限公司
开　　本　1/16
印　　张　14
字　　数　180 千字
印　　次　2011 年 10 月第 1 版　2024 年 6 月第 3 次印刷

ISBN 978 - 7 - 5015 - 6291 - 6　定价:58.00 元
本书如有印装质量问题,可与出版社联系调换。

目　录

做一只蜻蜓飞过

第一辑
失落家园

身居城市的我们已经越活越烦恼，越想得到的越得不到，越想摆脱的越摆不脱，蓦然回首，才发现那个叫故乡的地方，竟就是梦中桃源。可是你已非昨日的你，故乡也已非昨日的故乡，纵然有心，又将如何回去？

失去家园的人，将在何处安身呢——

绿叶对根的怀念

在一个风和日丽的好春日里，我跟着一条瘦瘦的小路，去寻找昔日故乡的遗迹。条条阡陌，依旧绣满了星星点点的野花；林间溪边，跳跃着剜野菜的小姑娘，可是她们的篮中，已盛着不同的故事——

母亲河

那条河已经不复存在，只留下千疮百孔的河床，人们在它的胸膛上采石、挖沙，任它凉凉的泪渗积成泉，丝毫不理会它的疼痛。

那条河曾经缠绕在老村后面，纤细婀娜，一望见底，虽名不见经传，乳汁却渗透了两岸人民淳朴天然的生活。沙滩总是干干净净，几乎没有现代文明的痕迹。偶尔有张包香胰子的花纸，风会顺便将它捎到草丛里，让贪慕虚荣的蜗牛做帐篷。岸边的老林子里，漫生着艾蒿和茅草，而空阔的地方，撒满了醉醺醺的黄酒棵花和哭红了的"狼眼睛"。有一种细碎的白色花，灿若繁星，娘叫它"细菌花"，至今不解其意。故乡的每株草都是有骨的，风中雨中，从未见过它们匍匐的模样。

在雾气渐散、百鸟争鸣的早晨，男人们横一根扁担去河边挑泉水，赤裸的脚板将露珠儿碰得叮咚作响。喝着甘甜沁凉的泉水，如无大灾大难，村里的老人多能活过80岁去。

有年夏天，雨连下3天3夜，河水暴涨。夜里，小小的我用手捂着摇曳的洋油灯花，看娘在灶前惊慌失措地烙大饼，不知道害怕，反而暗暗有种大事将至的惊喜。唉，无知真是幸福啊！洪水疯了似的涌至村后，有人说看见无数只鬼影似的红灯笼，跳跃着向小村围过来，迷信的老人们不慌不忙地烧着纸钱，口中念念有词。奇怪的是，洪水用舌头轻舐着人家的墙根，竟慢慢退去了……老人们说这全仰仗河神善良。

然而，村子后来还是迁走了，将母亲河无情地遗弃在那里。人一走，河便像丢了灵魂，河水也慢慢枯涸了。这相依相存、难舍难分的人与自然啊！

在新的家乡、新的城市，我像一棵被移植的树，长大了，长成一个沾染着北方古老哀愁的女人。而母亲河的水究竟去了哪里？在无数似梦非梦的时刻，我听见它在我血管里清清淙淙地吟唱，它滋润我的心灵，又从我的眸中流出，耳语般温柔地告诉我：它一直在地下摸索、寻找、哺育着四面八方儿女们流浪的根，它的 5000 年的精血和灵气，它给予我们的最初的质朴和善良，仍然沉淀在我们的灵魂深处……

辘轳井

老家的草坯屋一到夏天就被丰盈的绿色淹没了，人们在绿海里忙活，头戴六角苇笠，肩上搭条白汗巾。渴了，就用辘轳绞上桶凉丝丝的井水，直把自己灌成只大肚子蛤蟆。

老井就在我家门口，幽深如天空，又似只孤独的眼睛。井深处常有鸟雀飞出，蛙鼓阵阵，四壁的苔藓如滑溜溜的绿玻璃，井水也碧绿碧绿，不知是井太深，还是因为倒映了绿阴？

用这井的水做粉皮、粉条，真是又好吃又好看啊！一挂挂晾在阳光下，晶莹剔透，如柔软的玻璃凝固的瀑布。我们溜去用黑手抓了吃，看粉人就在一边似笑非笑地抽旱烟，视而不见。成群结队的"偷儿"多了，他才会乱扔几粒石子吆喝几声，让队长以为他在撵鸡鸭。

万木凋零的时候，灰色的屋顶从椿树洋槐的枝桠间显露出来。农活忙完了，那架高高的辘轳便成了小村唯一的风景。井台边总是开会似的热闹，辘轳缠绕着久远的岁月，井底漾动着喝不干的话题。挑水的人们怀抱扁担，侃得热火朝天浑然忘我，跟脚狗咬裤角了，才想起回去晚了，媳妇会骂的。

辘轳井和母亲河血脉相通，也一样善良温和，从未"吃"过一只生灵。可是娘对它却有些意见。她说我一岁的时候，有次被这井诱惑着爬出门槛直爬到井边来，扒着滑溜溜的井壁朝下张望。看家狗在门前的日头地里蹲着，一副爱理不理的模样。要不是碰巧被二婶发现，我这条小命恐怕早被这眼昏了头的老井勾去了。

老井现在也已干涸，如一只没了瞳仁的空洞的眼。我童年的乳汁啊，你追随着母亲河去了哪里？而今，我已是个没娘的孩子，还有谁能够告诉我：当时年仅一岁的我，究竟从井的眸中发现了什么?!

蛤蟆滩

小时候的我，丑得远近有名。小哥教我说：要是有人问你，你长得好看吗？你就答：不好。咋不好呢？你就答：蒿秆子胳膊麻秆子腿儿，小眼睛薄嘴唇儿，中间坐个塌塌鼻儿——我将它当做语录颠来倒去地背，逢着人问就悠悠然唱出，人们顺着词儿对照，发现倒也真是，不由得惊诧于我的"出口成章"了。

我自小就是个忧郁古怪的女孩儿，记事很早，尽管记得破碎而模糊。当一般大的孩子还在母亲怀里撒娇时，我就已经盘腿坐在地上专心致志地用麦秸编草蚂蚱和草戒指了；当她们刚刚分清栏里的骡和牛时，我就已经知道曾经有过一种动物，叫恐龙，有一回我还梦见了猛犸，只是把它梦成了水牛模样，头上还有两根蜗牛那样的长须，一伸一缩的。更与其他孩子不同的是：我还经常独自去蛤蟆滩。

记忆中的天，总是混混沌沌，仿佛没有时间和空间。我孤零零地在蛤蟆滩剜野菜，和苦菜花野茄子和排队出洞赶集的蚂蚁说话，偶尔有只癞蛤蟆蹒跚而过，我总是吓得手捂双耳大喊大叫，但我是一个没娘的孩子，不会有谁寻声而来，为我擦去泪珠。

后来我发现，丑丑的癞蛤蟆其实也很可怜：它形似青蛙却只会爬不会跳，远不如青蛙活泼可爱。它自惭形秽，远远避开所有花朵，它怕将粗糙难看的皮暴露于阳光下，一有风吹草动就慌忙扭着屁股逃遁。它远远逃去的笨拙模样令我伤心。蝴蝶舞花，蜻蜓戏水，癞蛤蟆却蹲在洞中，用鼓鼓的泪眼哀怨地向外凝望，眸中有种老人才有的沧桑悲凉。我呆呆地蹲在它逃避世界的洞前，我觉得它懂得我，我懂得它。

丑陋温驯的癞蛤蟆，触动了我潜意识中的某种痛，它使我学会关爱和怜悯，学会与弱小者惺惺相惜。或许真的：人在长大之前，心灵和动物是相通的。

沙里狗

春天里，风无遮无拦地刮起来，风息之后，细软如面的沙地上，便遍布着麻子似的小孔，每只小孔下面，定然有一只"沙里狗"。

叫它"沙里狗"，不如叫"沙里虱"更妥帖些，它实在太像一只毛茸茸的大虱子了。它的颜色和沙子浑然一体，憨憨的傻傻的，从来不知道逃匿。抓一把沙子在手，风吹沙散，就会有一只沙里狗在掌心蠢蠢欲动。

伙伴们常抓了满把的沙里狗去送给村西的奶奶，她把它们晒干、研碎，加入白矾制成一种祖传的口疮药。她用枯瘦如柴的手指沾着药面面按在人的舌上、咽处，人便像热极的狗伸出舌头，淌出些稀稀拉拉的液体，虽然不雅，但如此几回，病便好了。可惜奶奶这药方没有子嗣可传，只略略露了点给侄儿媳妇。现在的孩子有时吃烦了西药，也会被大人牵着去讨一包沙里狗做的药，用了，却并不怎么见效，也不知是因为不得真传，还是从前的药，治不了现在的病？

野酸枣儿

相传，故乡曾经荆棘横生，渺无人烟，祖宗们流落至此的时候，棘子将他们的衣裤撕咬得迎风飞舞。祖宗们开荒拓野、劈岭填沟，汗珠子汇成母亲河，血珠子滴在枯棘子上，便化成了红红点点的野酸枣儿。

大片大片果园从荆棘上站起来了，各色各样的花被季节点着名渐次开放。荷锄的祖宗们，便相继在花间安眠了。

我记事的时候，生产队的铁钟懒洋洋地敲着，果树园被伐光了，只有两棵高大苍老的栗子树，在村西的沙坝上孤独地喧响，重重叠叠的叶子如数不清的嘴唇，絮絮不休地诉说着世事变迁、是非恩怨。北风挟雪的冬天到了，干枯的叶子仍固执地不肯轻易从枝头谢幕。

荒废的田园里，野棘子重又繁衍开来，围攻着矮矮的篱笆。到了秋天，酸枣儿便一滴一滴地红了。老人们不敢远望，说那是祖宗们撒泼的一地心血呵！只有无知无畏的我们，头扣大大的草篮，到荆棘下割猪草。棘针扎破手，用口吮一下；馋了，扔一颗酸枣儿在嘴里，皮薄无肉，却有坚硬的骨核，酸中带甜，甜中含酸。只可惜直到今天，我们才真正品出它复杂的味儿来。而那令祖宗们死不瞑目的棘子林啊，也已在后人那里重新化为了良田。

石 碾

传说有一小孩，与其父推碾，昏昏欲睡。其父从后面扇他一巴掌，他回过头来翻翻白眼，说：凭啥打我，你落下我几圈儿！其父竟闭口无言了。可不是吗？谁快谁慢，不都走在同一个圈里吗？能说谁走的圈儿是旧的，谁走的是新的？

唉，想起石碾就头昏眼花：笨重的石碾被一匹高大的青骡子拖着，一圈圈转下去，稍有怠慢，笤帚疙瘩就敲在腚邦上。脾气暴躁的牲口初上阵时几乎走疯了，它以为已经走了千万里，等卸下遮眼布才发现竟还没有走出这碾圈儿。

人睁着眼睛转圈，牲口捂着眼睛转圈，这不是自欺欺人，这是生存的无奈，能说谁聪明谁傻呢！

有碾推，才说明有饭吃。但这样日复一日年复一年昏天黑地地走下去，腿走木了，眼走滞了，心走老了，此后的日子，已是一个（或一匹）木偶在走。祖祖辈辈，拉碾的人和牲口一定都盼过的：这样的日子，啥时候是个头呵！

没想到这辈子就盼到了：机器的轰鸣终于取代了古老的石碾，真有福啊，围着碾转的"木偶"解放了。其实生活也如同转来转去的石碾，今天走的已非昨日的路，今天碾的已非昨日的内容。

石碾完成了它的使命，退休了，它迟缓沉重的步履再也赶不上新时代的步伐，但它依旧固执地蹲在原处，纵使已无可挽回地沉入泥沙，也仍然做着能够重新"出马"的梦，抚摸着它顽强显露出土地的一角，你仍会感觉它的温热、它的没有散尽的纯粹本质的粮食的芬芳。挣扎着不愿沉入黄土的石碾啊，仿佛在用石的声音沉沉地告诉我们：别忘了与它相依为命的岁月……

似水流年里，故人们踩着流星的尾巴一个个悠然远去了，连脚印都没有留下。而这许多东西却留了下来，作为他们活过、爱过的见证，让我们活着、爱着、面对着，泪流满面，恍若隔世。

身居城市的我们已经越活越烦恼，越想得到的越得不到，越想摆脱的越摆不脱，蓦然回首，才发现那个叫故乡的地方，竟就是梦中桃源，是厌倦城市的虚浮繁华才觉得它的好，还是故乡原本如此？

可是你已非昨日的你，故乡也已非昨日的故乡，纵然有心，又将如何回去？

失去故乡的人，将在何处安身呢?!

老 驴

我没有养过宠物，总觉得宠物是只可与人同富贵而不能与人共患难的，当然这并非责怪宠物们嫌贫爱富，毕竟它们是被动的、是缺乏"劳动力"的一群，是人类首先忘了本，在苦尽甘来之后，便将那些曾经相濡以沫的动物抛弃，转而去养宠物并给它们提供邀宠机会的——与一种动物同患难，再与另一种动物共富贵，人类总好这样喜新厌旧、过河拆桥。

同是动物，一种天生就是宠物的命，譬如猫、狗；一种天生就是干活的命，譬如牛、马、骡、驴，老天就是这样安排的，谁也没有办法。成不了宠物的动物除了天生脾气倔强、不会讨人喜欢外，还有一个至关重要的原因就是它们都太笨重庞大。所以尽管它们同人类一道历尽苦难，并为人类的发展立下了汗马功劳，但它们在使命完成之后，却往往不得不面对更为惨淡的结局……

好像是为了证明自己的良心似的，我越来越怀念起故园的那头老驴来了。

驴，似乎是一个不雅的字眼，通常说某人脾气倔时，就会以"犟驴"来骂。我家那头驴也的确难看，长脸大肚子，总一副灰扑扑的尴尬相，由于吃不到好的草料，陈毛到了夏天仍不能完全褪掉，花花淡淡的像得了皮肤病，看上去又寒碜又狼狈。不知是不是因为这个缘故，老驴总是牢骚满腹的样子，鼻翼一扇一扇的，将槽中的草料挑剔地拱来拱去，如同小姑娘抱怨没有好衣裳。父亲骂了几句，它就怒气冲冲地抬起后腿踢过去。父亲当时已经老得小巧玲珑、腰如弯弓——他看事儿不妙，慌忙扔了筛子躲闪，好歹逃过了那愤怒的一蹄。事后，父亲得意地向人自夸道："幸亏俺老汉'俏皮'!"

在有关家园的记忆里，那头灰头土脸的老驴身边，总是有我苍老的父亲那瘦骨伶仃的影子。多灾多难的命运，把他原本直立的形体扭成了"S"形，他就是用这被扭曲的形体包裹着受伤的心灵，一步步艰难地穿过了岁月。年龄的差距，使我们之间有着很深的"代沟"，我至今都不太清楚在以往的岁月里，父亲究竟受过怎样的伤害？但那些伤害一定是有的，并且一定是很恐怖的，因为在他的身上，我是那样清晰地看到了那些伤害在父亲身上留下的投影。他的后半生好像陷在一场别人导演的戏剧里。他总是心事重重地自言自语，沉重地摇头、叹气——好像胸中的浊气有几千斤重，总是蚕吐丝般的吐也吐不完。一听到大队喇叭里的吆喝他就战战兢兢，恨不得赶着毛驴逃到世外去。大队里让出"义务工"了，让缴公粮了，要收石子修生产路了……父亲的背便驼得更厉害了，咳嗽得更频繁了，骂人骂得更凶了。吃饭的时候，他枯枝样的手一只捏着一个裂纹的小酒盅，一只抖抖地去夹炒煳了的花生米，老眼昏花，他夹一个掉了，夹一个掉了，花生米好像故意让他吃不成，他一气之下便将筷子摔了，又举起一只碗来要摔，手抖抖地举在半空，像李玉和举着宝灯那么悲壮，却终于没舍得落下来，晃了几晃又垂头丧气地将碗重重地放下了……

吃完了那顿粗制滥造的饭，父亲的脸也红了，眼也红了，抖抖嗦嗦地套上驴车，吆喝着我到河套里去拣石头。石头拾了半地排车，拉回来卸在门前便开始砸石子儿。老驴拴在枣树上，伸长脖子够草垛上的麦秸吃。父亲用那双满是褐斑的手握着把大锤，老眼昏花地一下下砸下去、砸下去，他的手腕瘦如秫秸，怎能擎得起大锤的重量？最后他把自己的另一只手也当成了石头，用锤头将3个手指头砸成了烂茄子。

伤了手，父亲与老驴的合作只好告一段落。我们家缺劳力，只能把我当个小子用。我找了一条草绿色的破军裤，将囫囵的地方剪下来，自己缝了一个帽子戴在头上，把两条小辫子藏进去，赶着驴车就上路了。拉土送粪收庄稼，日日与驴为伍。

老驴虽老，脾气却不老，又暴躁又逆反，莫名其妙地它就跟人赌起气来了，耍起脾气来了，忿忿不平地拉长着老脸，好像我欠它的似的。有时候拉着粪土爬到半坡，你越急它就越高兴，你让它加把劲儿快爬上去，它就偏偏趴下，任你上蹿下跳皮鞭生风，将它的脊背抽得尘土飞扬，它依旧是那副无动于衷甚至幸灾乐祸的坏相，好像我是在给它挠痒痒。有人看毛驴灰溜溜的不顺眼，就拿毛驴取笑，说某村有个车把式睡着了，竟让他的毛驴给拉到了火葬场去。这下我倒是为毛驴打抱不平了，觉得毛驴再坏也不至于坏到那种程度，作为一头不会说话的动物，它心眼儿再多，也不可能跟人搞这样的恶作剧呵！我拍着我家那头老驴的头，讨好地对它说："伙计，我就相信你干不出这种事儿来！"

老驴从鼻子里吭了两声，算是回答。

但老驴实在是个欺软怕硬的家伙，知道吃柿子单挑软的捏，并且老奸巨猾，深谙人情世故，它欺我生得单薄，又是个生手，就不肯顺溜溜地与我合作，别扭来别扭去的，常常把我惹得哭鼻子，它却趁机闲下来，看一头老得快要走不动了的老牛反刍。我当时正忙着自学考试，如众多走投无路的农家孩子那样，天真地幻想着能够通过自考跳出"农门"去。因为怕抱着书在地头上读遭人取笑，我通常都是在晚上就着煤油灯，将重点的内容记在小纸条上，揉皱了，在白天干活歇息的时候装作不经意地拿出来读。老驴好像是一位精于世故的老人，对我的努力不屑一顾。有次趁我走了神，它一口将纸条逮了去，嚼了个稀巴烂。这使我很是伤心：识字无用的道理，在乡下连一头驴子都明白，只有我还执迷不悟。

我驾车的本事不到家，老驴就更加不拿我当回事儿。我因为刚下学，瘦得像根柳条子，又像只小笨狗似的执拗不怕事，打一巴棍上一上，父亲就常骂我是个"烧火不着顶门弯弯"的东西，总是抱怨"让她向东她向西，让她打狗她吓鸡"——他哪里知道，老驴比我还神呢！有一次，我赶着它去村东南的那块花生地里送粪，回来时明明是空车，它却磨磨蹭蹭地不肯快走，好像累得不行了似的，忸怩造作得真是令我恶心。我给了它不太响亮的一鞭，它火了，迎面"突突突"开过来一辆拖拉机，它也不管不顾，拖着空车就蹿过去了，灰头土脸的驾驶员目瞪口呆，不知所措，我坐在车上躲避不及，被挤在了两车之间。幸亏几个正在打场的人围上来，生拉硬拽地好歹把这头该死的老驴给拖开了。老驴好像还气得不行的样子，大瞪着眼，呼哧呼哧地喘着粗气。

我不顾众人的劝告，死也不肯再坐老驴拉的车，一瘸一拐地牵着它往家里走。回到家，我母亲挽起我的裤腿，看到半条腿都青了，心痛得伏在石磨上放声大哭。父亲摸起一把笤帚要去揍老驴，才发现它的屁股血肉模糊，一群苍蝇围着嗡嗡乱飞，怪不得它路上要"掉蛋"呢！而罪魁祸首竟然是我，因为套车的时候没摆弄好，让后袢生生地将它的屁股给磨烂了。那两天里，老驴怎么也不肯吃东西，眼泪包着眼珠，有气无力的样子。

老驴虽倔，却的确有"一手"好活儿，也许它只是瞧不上我文文弱弱的小样儿，要故意别扭我一下。到了真正的车把式手里，它才"顺手"呢，俯首帖耳的，那条鞭子根本就用不着，人只管恣悠悠地荡着双腿坐在车上，再远的路它也不会走错，该躲车的时候躲车，该跑路的时候跑路，啥事儿它不心知肚明啊，人一点儿也不用操心。

渐渐地我也就对老驴放了心（或者说相互信任），能够"和平共处"了。有时我在屋里乌烟瘴气地烙饼，它就在门口探头探脑，好像对我们"人"的饭食很关心似的。我把我们爱吃的好饭倒给它一点点，它闻一闻，兴趣不大，就全拱到一边去了。在野外干活歇息时，我常常解开缰绳让它撒撒野，这时候它就很得意，先摇头晃脑地小跑几步，再昂起头来鬼哭狼嚎地朝天"呱"几声，那声音跟哭似的，它一叫我就赶紧捂起耳朵逃窜，起一身的鸡皮疙瘩，而附近几只正在觅食的母鸡也好像受不了这个刺激，纷纷跷着屁股跑得飞快。怪不得人家说"猫叫猫，老驴嚎，馇锅铲子挫锯条"哩，还有什么声音比这些声音更刺耳更难听的呢？

老驴撒完了野，就好在地上打滚儿，直到打出一个软塌塌的坑儿来，沾一身的草屑灰尘。它从不在庄稼地里打滚儿，在地头闲着时也不会糟蹋一棵庄稼。据说，牲畜打滚儿是一种最好的休息，打完后舒服得骨头都酥了。那时累得半死不活的我常常恨不得也变作一头小毛驴儿，打一个滚儿后就可以不累，就可以把满坡的活儿一口气干完了。

不知是不是那个滚儿的作用，老驴一上路就精神抖擞、斗志昂扬。大多时候，它是不用扬鞭自奋蹄的，乡路上曾经留下它英姿飒爽的青春模样，似水流年里，它就是这样从"少年"一直走到了"白头"。它认得自家的每一块地：河崖的、西沟的、沙窝头的……一闻到那熟悉的农作物的清香，它的双眼就亮了，耳朵支棱着，头一摆一摆地真是带劲儿。割麦子时，套在垄上的嫩嫩的玉米已长得一拃高了，老驴蹄上磨得薄薄的铁掌将坚硬的麦茬儿踩得"嚓嚓"作响，让人暗暗担心，但是它很会躲避，轻易不会踩倒一棵玉米。春去秋来，它与我们一同耕种收获，日久生情，"人性"越来越浓，俨然是人中的一分子了。

深秋的一天，我们去北河套的白杨林送粪，走的是没有路的沙地，寸步难行。车轮陷得很深，只得一步步往前挪。站着歇了一会儿后，身上攒了一点儿劲儿，父亲在前面拽，我在后面推，盼着这一次能够走出沙地去。老驴弓着后腿刚一用力，突然猝不及防地跌倒了，头垂着，咻咻地喘着粗气，眼睛蒙在一层雾里，无论父亲怎样抽它也站不起来了……最后不记得是怎样走出沙地来的，只记得走着走着，深秋苍凉的风就吹掉了父亲头上的帽子，露出他斑白的头发。油渍麻花的帽子被车轮深深地碾过去了，就像父亲卑微无奈的一生。在我们相依为命走过的道路上，留下了两道深深的车辙，和我们与老驴同甘共苦的那一串散乱的脚印……

尽管土地如此需要老驴，老驴如此眷恋土地，它还是不得不继续老下去。它灰扑扑的老态和明媚生动的春天是那样不协调，它的明眸也日见混沌。在暴晒的烈日下，它仍然遏制不住地卧地打盹，回回都得用鞭子来提神。皮鞭敲在它的瘦脊梁上，像敲在木头上那样"邦邦"作响，至今想起，仍有十二分的不忍和伤感。

老驴眼看成了累赘，它能干的活儿已经越来越少，家里再也无法负担这样一头吃得多干得少的大家伙，只好忘恩负义、过河拆桥。那个无风的夏天，太阳还没出来，老驴吃了平生最好的草料（里面加了豆饼），就心平气和地跟着我们上路了，就像每天下地干活一样。到了20里外的镇上，老驴被二叔牵到了牲口市。这儿有很多同类"咴咴"、"呱呱"地叫着，摇着尾巴，甩着蹄子。贩子前来强行拽过老驴的嚼子掰开老驴的嘴，一看就明白到了该杀的年纪，便骂骂咧咧地说："直接送老汤锅得了，还来冒充啥青壮年，狗日的，你是能耕田呢还是能拉磨？"

驴为我们卖了一辈子的命，就这么送去杀肉和割我们的肉有啥区别？我们都哭哭啼啼地不依。这时来了个老鼠样尖嘴猴腮的人，手里握着杆长烟袋，口口声声是买回去用的，坚决不送老汤锅，二叔也就自欺欺人地将老驴打发了。

老驴跟着那人走的时候，没有回头。也许它明白当初它就是从这儿来的，它仍得从这儿回去。

老驴，曾与我们同甘共苦、相依为命的老驴，我们其实都明白你难逃厄运。你一生忙忙碌碌、任劳任怨，如最朴实的农夫，但你老时我们仍要食你肉吮你血。老驴老驴，苦命的老驴，对我们你是否会心存怨恨？我仿佛看见，晚霞中你回过头来，遥望着家园，混浊的眸中，滚下一轮落日……

丢失的味道

曾经问过很多人，小时候最不爱吃的蔬菜是什么，十有八九的回答都是：茼蒿。

但是，你若是问现在的孩子最不爱吃的是什么，十有八九都不会说茼蒿，因为现在的茼蒿，清脆鲜嫩，已经没有原先那种直拱鼻子的"臭鳖子"味儿了。也不知是好事儿还是坏事儿，反正现在回头一想，很多东西都已经不是原先的味道了。

譬如鸡蛋。在那些艰辛岁月里，我们的母亲们都会养一群鸡，撒手将它们赶到田野里去。该下蛋了，母鸡就会风风火火地赶回院子里来，在石头垒的鸡窝里趴下，脸红脖子粗地运功。蛋生下来，母鸡就满院子转着召开它的新闻发布会：个大个大，个个大个个大……昂首阔步，不可一世。于是，它就得到了一把碎高粱米的奖励，而窥视已久的我则将小手伸进鸡窝，盗窃了它辛苦半天的成果。母亲将壳儿红红的鸡蛋往乌黑的铁勺子上一磕，鸡蛋就滑溜溜地淌到勺子里去，放在火上一颠，黄是黄，白是白，鲜嫩油亮，芳香四溢。

现在即使你能吃到笨鸡蛋，也不敢奢望这种成色了，从泛白的蛋壳中淌出来的蛋黄是苍白的颜色，像被乌云挡住的太阳，几乎和蛋青没有太强烈的对比。炒在盘子里，看上去水分很多，颜色惨淡，不香不鲜，名叫着鸡蛋，却没了鸡蛋味儿，没有让人急着吃的欲望了。

再譬如，过去有一种凉粉，是用磨好的地瓜淀粉做成的（这种淀粉还可以做粉皮粉条），它不像现在绿豆的、海草的凉粉这么晶莹剔透，而是稠乎乎的，黑得均匀而敦厚，像朴朴实实的北方大姑娘。这种凉粉用蒜凉拌了，盘腿坐在炕头上，就着粗糙得拉嗓子眼儿的高粱饼子或者地瓜面煎饼吃起来，味道怪怪的，没啥弹性，可是劲儿很足，与四壁熏黑的土屋、打着补丁的草编席、粗瓷花碗、父亲裂纹儿的手、母亲的唠叨融为一体，形成一种浓烈的氛围，留在记忆中，让人连做梦都想着。然而这种凉粉的味道，已随着我们陆续作古的亲人们远去了。虽然现在仍有加工粉条粉皮的作坊，那种凉粉也一样地可以产生，可是那种味儿，没了。去年，在乡下窗明几净的大砖房里，我吃过。

还有芫荽（香菜）、芹菜、黄瓜……这些东西一律都不是原先的味儿了。这些年来，在喧哗的城市里，在豪华的大酒店里，我们究竟丢失了多少味道啊！譬如苦瓜的苦，甜瓜的甜，黄瓜的鲜，南瓜的面，鱼虾的腥；面丢了劲道，苹果丢了红润，成长丢了过程，果实丢了营养，在钢筋水泥的丛林里，我们丢了自身。

那些属于过去的味道，依现代人返璞归真的胃口，未必会不喜欢，但是我们吃不到了，我们永远地失去了它们，再也找不回那种感觉，一如我们再也不能回到从前。

我们的舌头从何时起丢失了那些味道，或者说，人类从何时起将那些味道弄丢了——我们总不能责备那些东西自己不小心，弄丢了自己的味道吧？抑或，那些味道仍在，是现代人丢了舌头？

其实过去有的那些好吃的东西，现在大都还有，甚至更鲜艳悦目地存在着，可是我们的舌头不熟悉它们了，我们的鼻子闻不到它们了！

记忆中，那些小菜园里裸露着的、用薄膜扣着的蔬菜，是如何青碧鲜嫩，气味儿清芬啊！在墙头上、篱笆下、小园中、井台旁，韭菜花、茄子花、扁豆花、黄瓜花，开得泼实自然，如邻家的小妹，我见犹怜，身旁有高个儿的向日葵的护卫，每一种蔬菜都自然而然地透出本质的芬芳。不远处，小河清澈地流着，卵石可鉴，鱼虾成群，没有一条小溪渴得冒烟，也没有一条河流干得长出青草的头发。蔬菜与庄稼相邻，手挽手地成长，自自然然地生，自自然然地熟，时节一到，瓜熟蒂落，不用化肥激素，也没有嫁接的怪胎。果实可能长得很小，也不那么耐看，但那是绝对的天地精华，纯而精，一个一两的果子并不比现在一斤的果子营养少。我们现在吃到的果蔬基本大而无味，什么也吃得到，什么也吃不香。

那时的饭食基本是粗粮：地瓜、高粱、玉米……做得粗糙、简单，十分不顺口。没有大棚，冬天自然吃不到花样繁多的蔬菜，上顿下顿的就是萝卜白菜，白菜萝卜。可是那时的人身子骨很壮实，也很少得花里胡哨的病。小病小灾的轻易不吃药，挺一挺就过去了，免疫力极强。原因可能多种，但谁也不能否定的是，那时的食物：纯。西红柿不抹药，土豆不用避孕药，红萝卜不放在染缸里泡，吃了韭菜不必担心生癌，生豆芽的人自己不必戴着防毒面具,公鸡吃了刚买的大白菜,也不会打一个旋儿两眼一翻把腿一蹬就完蛋。那时的香蕉也不用硫磺熏,面不用漂白,猪肉不注水,煎饼不掺洗衣粉,蜜蜂不喂白糖,肉食鸡不喂激素药,冷饮里吃不出蝌蚪,火腿里没有死猪肉,鱼不必担心被水药死,喝了奶粉的孩子不会长成大头龟儿,橱窗里卖的东西也不必强调是绿色食品。

现在呢,看吧,科学的发展催生出了一批体积大得无聊、大得恶劣的果实,枣子圆得像苹果,萝卜壮得像水桶,冬瓜胖得像碌碡,芹菜粗得像手臂;饲养场的家禽和食肉动物们,也一个个被激素饲料喂养得肥头大耳,丰腰肥臀,步履蹒跚,要么不停地产蛋,要么急急忙忙地赶着去屠宰场送死,不管是否心甘情愿,都得无条件地执行人类的旨意……结果,现在不但菜无菜味,肉无肉味,连人,也好像少了点人味。买吃的东西,只要人家不立马药死你,就算比较有良心了。

我曾经特意坐车回老家,让那些看着面生、听着耳热的侄儿媳妇们按着过去的做法给我做一顿怀旧饭吃。侄儿媳妇们感到新鲜,唧唧喳喳地忙成一团,又让我想起一种现在已经不大常见的鸟儿:喜鹊。在门前的枝头上,它们曾经唱得十分热闹,人们虔诚地相信是它们带来了吉祥,带来了喜事。看着那些喜鹊一样热心的媳妇们,看着一双双陌生的手,在做着我熟悉的饭菜,我倍感亲切,恍惚间又闻到那种随着炊烟四散的淳朴的饭香了。

饭菜做好了。可是急急忙忙地摸起筷子来一尝——根本不是记忆中的味儿!

我像丢了东西一样失魂落魄,闭着眼睛,努力想吃回过去的感觉,可是吃着吃着,我恍惚起来,不但饭菜不是原有的味儿,睁开眼睛看看这豪华转桌,真皮沙发,花形吊灯,彩电冰箱,哪一样是旧相识?吃着吃着,我怀疑不但味道丢了,连环境也丢了,连自己也丢了。

究竟是食物丢了味道,还是自己丢了舌头?想想过去的那些粗糙又贫乏的食物,我怀着由衷的满足和难言的怅惘,竟在舒适的沙发上睡着了……

流浪的蒺藜

我曾是一个命运里充满凄风苦雨的女子，走到哪里，都跟着电，跟着闪，跟着此起彼伏的道路，飘摇的身影，在黄叶飘飞的风中，写尽了流浪。

曾经有一位日本作家说过：故乡对我来说，每一只苍蝇都是蜇人的——他说出了我的心里话。也许人所有的努力，都不过是为了得到故乡的一声承认，而故乡留给人的创伤，或许终生难以治愈。好在该过去的已经过去，该到来的必将到来。时至今日，对于昨天的是是非非，我已不愿再说些什么，只要那些曾经给我造成灾难的人还活着，毕竟，在命运赋予的角色里，每个人都是身不由己的。

那年秋天，我几乎成了被穿在针上的碟子，欲飞不能，求死无路。在难眠的长夜之后，我终于背起行囊，在窃窃私语和门缝后窥视的目光里，将那个古老闭塞的村落抛在了身后。

刚爬上村前的蒺藜坡，大哥就骑车追来了，劝我回去。他逆来顺受的表情令我心碎。我还年轻，还可以用自己的手，把握自己的命运，而他，却已经连挣扎的欲望都没有了。秋天的云如梦如烟地浮过，我站在蒺藜横生的坡崖，风拂着我的白衫黑裙和我平静如水的声音："没有用了，刀子已经插进心里，拔出来，这心还是伤了。"

我走了，不再回头。

我搭上了过路的公共车。车的方向就是我的方向，车的终点就是我的未来。我渴望到一个陌生地去从头活过。我的手中有九枚蒺藜，那是故乡小小黄黄的花，育结的沧桑坚硬的骨。我用双手将它们旋转碾压，使每个尖尖都能反复轮回地刺我的肉和心，直至掌心血渍斑斑，蒺藜碎为无数，有刺，镶嵌在纵横交错的纹路里。斜斜的风，自窗外母亲般轻拍过来，想着从今以后，故乡不会再折磨我，也不会再将我记起，泪，悄没声息淌了满脸。

我在一个嘈杂喧嚣的城市驻足了，这一刻最自由也最孤独。故乡如扎进肉里再也拔不出的刺，时时给我以切肤之痛。在高楼大厦的峡谷里，我徘徊踯躇，像一片找不到归宿的落叶。

我隐约感觉一个人老是跟在后面，不远也不近，却始终咬住不放。我的冷汗下来了，却又别无选择。我在心里冷笑，不动声色地调整着同那人的距离，那人毫无觉察。我钻到人群熙攘的地方，突然回过头来，与他四目相对，场面一时十分尴尬难堪。那人大概40多岁，推一辆破自行车，头发蓬乱，个子不高，身上的裤子拖泥带水，显得很邋遢。他的表情看上去还算规矩，甚至有些拘谨。我直言不讳地问他："你老是跟着我干什么？"，他大概没料到我会如此开门见山，半天才磕磕绊绊地说："我看你一个人老是在这儿转来转去，从那儿转到百货公司，又从百货公司转到这儿，你是个外地人吧，一个小姑娘家……"我不知他想表达什么，有些不知所措，却故作大度不冷不热地说："谢谢！"那人便再也无话（显然他本来还想搭讪两句的），僵持片刻，他便转身推着他的破自行车消失在人流中了。

那一瞬间我有些迷惘，因为我琢磨不透他到底是个"好人"还是个"坏人"——在那时的心目中，"好"和"坏"是泾渭分明的，就像白豆和黑豆那样明显。记得我曾经写信问一位比我心理年龄略长的好友，让他判断一下这人的好坏问题。他说：不管他是好人还是坏人，都与你无关，既然你不需要他帮助，还是不要与他搭讪好，毕竟防人之心不可无，以后碰到这样的事情也要切记这点。

不管怎样，这个小插曲让我暗暗地有些后怕了。我这才痛切地明白：迷途的羔羊将会是狼最好的目标。在天黑之前，我必须有个栖身之所；在天亮之后，我必须学会用双手生存。口袋里有200元钱，那是临行前伙伴们为我凑的，我揣着它，去一个科学技术学校报了到。

那个学校里，有各种各样的学习班：无线电修理班、汽车修理班、厨师班以及食用菌、蝎子养殖班等，能让人在短期内，勉勉强强地学一门赖以生存的技术。我那时心里梦想的是：将来到一个能穿高跟儿鞋、能搽口红的地方去生活，所以我报的是美容美发班，因为它与我的梦想最接近。

学校地处这个城市的郊区，四周是沙沙作响的青纱帐。尽管偏远，门外的土路上却是车轮滚滚，喇叭声不断。学校的敞篷车每天都会送走一批老生，接进一批新生。天南海北的年轻人凑到一起，单凭那澎湃的青春就足以组成另外一种繁华。到了一个完全陌生的环境，没有熟人，没有约束，自由得没有了忌讳，人的随意性就大了。规矩的也不安分了，胆小的也张狂了，连素日稳重的，也变得搔首弄姿起来。身着奇装异服的男男女女们，操着南腔北调的方言，使这个荒山野岭中的学校变得姹紫嫣红，热闹混乱。

那种不由自主的松弛让我一时无所适从。很长的时间里，我的心无着无落，直到我重新记起我是谁，我是怎么来的，我来干什么。我的口袋里揣着那些碎蒺藜，在某些时候，它们会给我以恰当的刺痛和提醒。瘦弱无依的我，在异乡的三教九流中，眉宇间深锁着哀愁，却把那份清高自尊明明白白写在脸上，以至于老师常常批评我，说我颠倒了自己与"上帝"的位置。

那是段回想起来有些屈辱的日子，所以至今我都深恶痛绝美容美发这种职业。那样的环境对别人来说，也许并没有什么，对我来说，却有些压抑，我像一滴油，难以融进水中。我的痛苦在于我处在一个花花绿绿的染缸里，却不想染上另外的色彩。那段经历很短，内心的挣扎却很激烈。也许所谓的成长，其实就是自己跟自己不停地打架，从小我就是这样，固执得有些偏激甚至悲壮，每每都要为此付出些代价。

当地人很欺生。学生们多来自外地，他们出去买东西时得罪了当地人，当地人就会拖着棍棒聚在校门口肆无忌惮地叫骂，老师很害怕，不问青红皂白就呵斥着学生去给他们道歉。往往是学生忍气吞声地道了歉，那些人还不依不饶，扬言以后还要来收拾他们。学校门口天天三五成群地游走着痞子，嘴里嚼着口香糖，手里玩着刀子，腰上丁零当啷地响着一大串器具。每到星期六下午，美容美发班对外开放的时候，他们就混进来，享受免费的服务。有的头发刚剃了还没有长出来，就要求实习生给他理出个"型儿"来，否则——人家就拍拍腰间的丁零当啷，将要说的话含蓄地省略了。在这种情形之下，原本轻飘飘的人也会落到地上来，知道谋生的沉重和"上帝"的厉害了。

那些蒺藜在我的口袋里，已经快碎成末了，我却依然能感觉它的刺痛。有一次，一个小混混让我给他吹头发，吹风机的嗡嗡声里，他不停地说些混话，我就故意将吹风机朝着他的头顶直吹，不换位置，他开始死撑着，后来烤得汗都下来了，才龇牙咧嘴叫出了声；最后那次，是一个绸衫飘飘的胖子用折扇点着我，要我去修理他那粗野阴森的络腮胡子。我去了，不亢不卑，带着剪刀、吹风机和磨得锋利的刮胡刀。当那人将那句暧昧下流的话重复第三遍的时候，我开始用刀子说话。刀光一闪，在那人的右眉上方，已经划出了一个不深不浅、不长不短的"X"，血像两条蠕动着的红蚯蚓，缓缓纠缠着凸了出来……

在一片唏嘘慌乱声里，我知道这段生涯已经结束了。也许我原本就是一枚卑微却硬骨铮铮的蒺藜，在被践踏的时候，宁肯粉身碎骨也要捍卫生命的尊严！

狗的悲喜剧

在我童年的记忆里，贫瘠的乡村几乎家家户户都养有一条狗，越艰难的日子，人与动物和平共处的天性越自然而然地流露出来。

那年头，人的肠子都饿细了，狗的温饱就更谈不上。贫穷养育了这样一批狗：它们的身子瘦长，肚子瘪瘪，毛色暗淡，目露悲光。但即便如此，它们仍旧在各自的主家门前忠心耿耿地趴着，饿得两眼昏花了，也没有一条狗有弃主逃跑的打算。夜里，一旦有什么动静，平日无精打彩的狗们便马上进入"角色"，一条狗叫起来，全村的狗也都群情激奋地呼应，霎时间"警报"声响成一片。这样的乡村之夜既惊心动魄又叫人感觉安全：可不是嘛，有狗们的忠实护卫，即使有个蟊贼也吓得望风而逃了，何况那时并没有什么值钱的物件可偷，也就是三把芝麻两把谷子的事，谁家丢了件补丁摞补丁的破棉袄，便足够一把鼻涕一把泪地在街头哭三天。

那年，有只快要成精的野狸子借着月色出来偷鸡——它是个老手，专偷那种傻儿八叽的"二八八"母鸡，这种鸡笨得出奇，你不捉它时它还大摇大摆地走着，你一捉它它就自动趴下，被捉住了仍傻乎乎地闷声不吭。野狸子还以为它是自愿"献身"呢，兴高采烈地拖了就走。野狸子自以为做事麻利周详，却不料翻墙的本领没练好，加上"二八八"又太肥硕，让暗影里的一条老眼昏花的狗发现了。老狗老奸巨猾，它不吭气儿，待瞅准了时机，"吭"的一声扑过去，吓得野狸子魂飞魄散，慌忙丢了战利品逃之夭夭了……

鸡和狗一个院子里住着，虽然相处得不太融洽，但到了关键时刻，再糊涂再小气的狗也会挺身而出的。狗最知道里外了，它比所有的家禽家畜都识大体并且善解人意，又不像猫那样贪恋富贵，因而深得主人喜爱。它们与人类同甘苦共患难，给人看家看孩子，毫无怨言，是每个家庭最出色的仆人——尤其是舔孩子屁股这件事，它们最乐意干了，一条狗舌头能抵多少卫生纸呵。再穷的家庭，也甘愿挤出点口粮，来喂一条忠实可靠的狗。

有一个阶段，满世界的狗儿都消声匿迹了。据说与狂犬病有关：一条狗"疯了"（奇怪，怎么疯的呢？），咬了人，人也就变成狗了，再去咬别人，咬到谁谁就疯了，像被狗的魂儿附了体……狗的大难来了。家家户户的狗都被围追堵截着，然后被五花大绑，它们喘着粗气，迷茫惊恐地看着主人抹着眼泪，在自己的瓦盆里慷慨地用白菜萝卜汤泡上地瓜或者秫秫饼子，狗尽管不明缘由，却预感不妙，最后的这顿饱饭是无论如何看也不看了，它眼泪汪汪地瞅着主人，哀号不已。主人不忍卒睹，扭身跑开。生产队的干部们便乘机乱棍齐发，可怜与人相依为命半生的狗啊，便稀里糊涂地送了命。

现在又已经满世界跑狗了，要是让过去那批无辜的狗们看到，也会哀叹自己命苦，没有福了。如此荣华富贵的好日子，是几十年前的狗们做梦都梦不到的。不过现在狗的品种与养狗的目的却大相径庭了。以前是看家狗，现在是宠物狗；以前是土狗，现在是洋狗；以前养狗是为了看门，现在养狗是为了消遣。人很仗义，自己过上了好日子，也忘不了与其他动物分享、同乐。以前赤条条的狗们现在不但吃得饱、吃得好，有的居然还穿起了衣服，穿起了裤衩、马甲、打起了领结。有一张图片上，一条狗的鼻梁上架了副眼镜、嘴里叼着烟斗，还真人模狗样的，颇有狗绅士的派头儿。

在乡间阡陌，在城市马路上，常见各色各样的狗被主人牵着，摇头摆尾，风度翩翩，毛色油亮洁静，脖铃儿叮叮咚咚，这样的场面既富贵又田园，人也开心，狗也开心。有一次看见一条长毛狗，大头、鼓眼、倒扣獠牙，脸老得像个老太太，头上却厚颜无耻地扎着大红的蝴蝶结冒充小姑娘,蹲在马路上不冷不热地看着行人,玻璃球似的大眼珠子时时让人担心掉出来,那神情很世故,模样也不讨人喜欢,却还自我感觉良好,也不知道主人到底喜欢它什么?有一个小孩走过来,朝它挤鼻子弄眼睛,悄声地说:"你真丑呵!"然后一溜烟儿逃掉。狗大概也有些尴尬,挪挪身子"吭吭"地咳嗽几声以做掩饰,却并没有追上去撕咬的意思,倒还有些大家闺秀的分寸。

在岛城我还遇到过一条褐黄色的狗,大概很名贵,脖颈上的毛特别长,风一吹便张开,像孔雀开屏,引得周围少见多怪的人们啧啧不已。这条狗愈发骄矜起来,昂首阔步,目不斜视,全不把围观的人放在眼里。嗨,这个臭美的东西也不想想,没有人哪有它(别误会),没有人的今天,哪有它的今天?

我乡下有个远房弟媳,是个爱狗的模范。这个小媳妇长得喜眉笑眼的,收养了4条活蹦乱跳的小狗:两条狮子狗,一条花狗,还有一条叫不出名堂来,反正都是长不大的那种。这4个小东西享受着和她的儿子同样的待遇,最小的那条干脆和她的儿子取了同一个名字。睡觉时,它们另有一盘小炕,4床小褥子。它们都学得很乖,吃喝拉撒全都有规有矩,从不拉下尿下——弟媳的儿子还尿床呢!那条资格最老的狮子狗——虎妞理所当然地成了"狗头儿"。有时主人回家时手里拎的方便袋里有好吃的东西,小狗们欢天喜地地扑上去迎接,老狗只需在一旁低声"唔"一声,它们就会乖乖地退回去等着。吃饭的时候,它们每"人"一个小盆,一溜儿排开。它们的饭食嗜好不一,有的吃火腿肠,有的牙口好,咯吱咯吱地嚼干方便面,最小的贝贝则爱吃锅巴。4条狗都爱吃的是肉丸子,每当主人在菜板上"邦邦"地剁肉时,是最热闹的时候,4条小狗如4个小孩围座四周,欢天喜地地盯着菜板上鲜红的肉。主人挑出些脆骨、肥脂什么的扔给它们,没有一条狗敢上来抢,都是由"虎妞"叼了去平均分配。弟媳有时去菜地干活,狗们约摸主人快回来了,就跟着"虎妞"去村口的白杨树下等着。主人远远地来了,它们就争先恐后地扑上去争宠,蹭她的鞋面,咬她的裤脚，"虎妞"还站起来煞有介事跟主人握握手。

弟媳妇有时出去串门久不回来，"虎妞"就领着小的们挨门挨户地去找，它们先扒着门缝往里瞅瞅，用爪子拍拍门，耐心地凝听一会儿，不见动静，就再去拍下一个门。街头纳凉的人见了，也都热情地和它们打招呼："虎妞、贝贝、棉花套、大头，去找你们'姐姐'啊！"狗们爱理不理的，从他们身边鱼贯而过，那场面煞是逗人。那次我恰巧回家，看到了这"奇观"。

大家都感叹说：现在的狗们跟着人，可真享了老福了，这种待遇在眼珠子饿得发蓝的年代，不用说狗，连人也不敢想呵！

看到狗与人这样相依相偎、相亲相爱，人恣，狗也恣，连树上的鸟儿也叫着"奇奇奇"，但狗猫们尽跟着人享福了，不思进取，就不能不让人有一种疑问和担心：现在的猫还会拿耗子吗，现在的狗还会吃屎吗？

与一只老鼠的默契

猫是老鼠的天敌，老鼠是我的天敌。我怕老鼠就如同老鼠怕猫，偶尔遭遇，我总是"哇哇"大叫着，先它而逃之夭夭。

老鼠不但"偷人"，长得还特像街头巷尾那些尖嘴猴腮的算命先生，我认定它虽然猥琐怕事，却阴险狡诈、知晓天命。有阵子家中闹鼠，半夜里将菜橱上一只呆头呆脑的胖冬瓜扒拉下来，制造了一场举家高喊抓贼的虚惊。我虽然对鼠类深恶痛绝，却坚决反对使用"灭鼠灵"，试想若从室内拎出只面目狰狞的死老鼠，岂不比逮只活的更可怕？

有次家人倾巢出动，围追堵截一只硕鼠。冤家路窄，它偏偏跳到我拖鞋上来了。与鼠四目相触的刹那，我根根毛发竖起，捂耳闭眼嗷嗷大叫，胆小本性暴露无疑。硕鼠一怔，遂明白过来，小眼睛一转，"嗖"地没了

25

踪影。大家恨铁不成钢、哀其不幸怒其不争，纷纷痛斥我敌我不分、是非不明、放鼠归山的种种罪过及后果，想必那只"鼠精"在洞内听了，也会窃笑不已吧！事后我虽决心痛改前非，却苦于再无与鼠交锋的机会。

一日晨起正刷牙，忽见一团灰褐色的影子蠕蠕而来，我神经质地紧张起来，将脚一跺大喝一声："去！"牙膏沫子四处飞溅。那只灰鼠闻声一个趔趄，忙返身跌跌撞撞逃走了。一声断喝意外地竟将以往的胆怯抖擞光了，我一时自感高大了不少，可不，同万类之王的人相比，一只土耗子算啥呢！人不找它的碴儿就不错了，哪有它寻滋闹事的道理？

正"扑扑"漱口呢，眼突然直了：那只灰鼠正在不远处冷眼旁观呢！我四肢发软，忙故伎重演，将脚跺了又跺，警告它趁早离开，别找麻烦！谁知人家照旧稳稳当当蹲那儿，大大方方眨着小眼睛。我气急败坏，手脚并用地威胁，它依旧用那双黑白分明的小眼睛不愠不火地看着我，像故意引逗我，又好像对我这个高级动物满心好奇，决意研究一番。我苦笑不迭：嗨！难道你不知这种"好奇"的危险吗，若碰上狠心的主儿，一砖头便足以要了你的小命！

在稍有动静就望风而逃的鼠辈中，这家伙也算是有种的了，它竟然敢于跟人面对面地小眼瞪大眼，当然我在"人"中实属懦夫，人不犯我我无胆犯人，人若犯我我也未必有胆犯人。这只精灵古怪的家鼠大概正是窥透了这点，才吃柿子专挑软的捏，逗我出丑为它的同类出口恶气吧！

如此想来，不觉好笑，这只灰鼠在我眼中也不复可憎可怕，而只剩了可爱——当一个弱小无助的生命无意中露出"人性"时，谁还忍心伤它呢。秋后正是鼠类脑满肠肥的时候，这只灰鼠虽也肥硕却并无大腹便便之态，虽也尖嘴猴腮却显得聪明伶俐，如豆小眼炯炯传神，看上去煞是娇憨无邪。

在这万物萧瑟的秋日，一只小鼠令我感到世间的可爱，心也为之柔软了。其实对那些我们习惯憎恶的事物，我们并不真正了解，我们总从自己的利益出发，来评判它们的是非善恶，而其实每种动物活着，都自有它活着的理由，都是平衡自然的一个砝码。

那只家鼠以后我又见过两次，每次它都驻足对我一望，尔后不慌不忙地离去。它与我之间似乎有了一种默契，尽管它并无明显特征我也能将它与别的鼠区别开来，而它好像也很自信我不会伤害它——怎么忍心呢，毕竟在现代这个空间里，无论是人与人、动物与动物还是人与动物之间，"信任"这东西已经很罕见了……

家园与远方

（一）

在我心里，她是一个传说。她背井离乡走出家园，在与命运的搏击中脚踏实地地长大。她打开的世界，引我遐思神往。

也许因为这个传说的吸引，我将最终走出自我。

经历时感觉平淡，一回首却是传奇——

（二）

10 年前，偶尔从地上捡起张破报纸，那上面有署名北方雪的文章《走出家园》，现在想来，它就像一个预言。

"到远方去，到远方去，熟悉的地方没有景色。"汪国真的这几句诗道出了一代人心灵的骚动和不安。《走出家园》的作者无疑也是迷惘苦闷的，看得出她身处现实，却心系远方。还未走出家园，她就看到了告别时母亲"满眼满心的白发"，至今想起这段文字，我仍要泪下。我那时爱诗，爱小说，却独独不爱散文，后来莫名其妙地转变，让我一直怀疑是受她影响。

那篇文章让我感到了秋风的肃杀和悲凉。是的，那种感觉是秋天的，那些流淌的长句子，华丽得就像绸缎一样，闪着丝质的光泽，在秋风里风情万种地飘啊飘啊，让我苦思冥想的文字相形见绌。我想这肯定不是小城里的人写的，因为小城若有如此文笔，我就没有再写下去的必要了。

但结果却给了我沉重打击——那个作者不但与我同居小城，还比我小得多。她的出现，让我有了一种自卑感。我东寻西问，终于打听到了她的单位——她竟然与女友同一个车间！我捂着胸口长嘘一口气：天哪，该当我们有缘！

（三）

为见这个比我小的女孩，莫名地我竟有些紧张，毕竟在这个一扇瓢就能扣过来的小城里，知音难觅，一根弦等到断裂，也未必会等到一声颤抖的和鸣。见面那天我俗不可耐的打扮，令我至今脸红：大花的丝绸上衣扎在肥大的碎花裤裙里，脚上却是一双绿色泡沫厚底凉鞋——从没穿过那么笨拙难看的凉鞋，为何独独穿着它去见了北方雪呢？

她坐在女友的客厅里正吃着什么，又瘦又高，脖子上筋脉蠕动——好像张爱玲啊，后来知道她的外号就是小张爱玲！她穿着简单随意：短袖衫，不及脚踝的瘦长裤，细跟儿水晶凉鞋冰一样透亮透亮，让人担心这么热的天它会融化。那是当年小城流行的式样，她身上的衣服不值钱，可是鞋子在当时是比较贵的，大概100多吧。我发现她其实是不会打扮的，那鞋子与她的衣服不般配，与她的身材也不协调——那么高的个子，竟还穿那么高的鞋子，她和张爱玲犯了同样的错误，幸亏她没遇到一个胡兰成。

见了我，她只是笑了笑，连起身的表示都没有。后来，我常慨叹这个女孩多大气啊，她的大气在还是穷工人时就显露出来了！她惭愧地说：哪儿呀，我当时真的是连这点礼貌这点人之常情都不懂啊！

她不是那种精雕细琢的美，却别有味道：长脸儿，薄薄的单眼皮，因为近视，看人的目光婴孩一样直直的，不会拐弯，让人有点儿受不了。鼻子与嘴之间的距离过长，前面一颗门牙不肯规规矩矩地长，扭成歪歪的模样。好像有人问过巩俐：你哪里最美？巩俐说：是牙齿，因为它不整齐。

那次我们谈得并不多，也不激动，主题自然是家园与远方，向往与迷茫，琐碎而实际。她说她的心始终在远方，这就注定她身处现实，却对现实心不在焉。我何尝不是这样。我生性孤僻固执，即使在梦里，心都在漂泊，如无根的浮萍一般无着无落。如果不能给自己的人生一个交待，我将注定不得安宁。我知道。

我和她，都是那种从乡间走进城市的植物，好不容易在水泥地面下扎下根来。接下来她该和我一样，在钢筋水泥的丛林中，找一方属于自己的鸽子笼了。我已经在笼里蜷缩起了翅膀，而她，毫无疑问仍旧渴望飞翔。是啊，她还年轻，还有足够飞翔的资本和勇气，这个城市和我微不足道的友谊，能否留得住她？

（四）

在同一个小城里，我们心有不甘地煎熬着，不知所措。平静的水草下面，往往隐藏着只有鱼才能感受的波澜。

她的单位很忙，忙得惨无人道，少有歇班的时候。人们说，这才是好单位。以后我又与她约过几次，却没能再见面。

那时真的太孤独了！人无论身在何处，一旦静下来便是深深的寂寞，更何况厮守一生的地方！一代代多少人，不是从呱呱落地起就将根扎进脚下的黄土，再也没有走出去吗？我们不想就这么与家园同归于尽，但我们是巴掌大的天底下蹲着的心比天高的青蛙，用鼓鼓的泪眼仰望着外面的世界，再大胆的想象，也突破不了命定的天空。

我老是担心失去她，私心很重地希望她将来也做个家庭主妇，腰里扎着花布围裙，头发间散发着厨房的气息，这样我们就能三把韭菜两把葱地来往了——换句话说，就是希望她与我同在庸俗中沉沦，直至万劫不复。

但那怎么可能呢。接下来的事是在预料之中的：她要去北京了！

至今记得听到这个消息时，那种巨大的失落！我像丢失了什么似的，在开满马苋菜和月季花的小院里丧魂落魄地转来转去，拿一把小铲子从东走到西，从南走到北，不知自己要干什么，是埋葬还是要挖掘，是播种还是要收获，满脑子是蜜蜂的嗡嗡声，满眼是蝴蝶蜻蜓飞扬的翅翼……

（五）

离开小城的前一天，她是在我家度过的。她有那么多朋友同学，可是最后一天却来和我告别，这事至今想起仍令我高兴。

我特地买了菜，还买了透明敦厚的凉粉回来凉拌，我与她边吃边聊，恨不得将半生的经历一股脑儿倒给她，因为我觉得自己已经完了，而她将成为作家或者编辑（那时的想象力多狭窄啊，所能想到的就这些），她可以代我将这一切付诸以笔。

我讲得最伤心的，是在那段常饿肚子的打工生涯里，朋友们为鼓励我，拉我去外县拜会诗人的事儿：烈日蒸腾的正午，在树林边的西瓜地里，那个诗人手托一个西瓜出现了，蓬头垢面，衣不遮体，形同野人。他大声地朗诵着诗歌，吓得蚂蚱乱蹦，群鸟乱飞。他的诗写得很好，真的很好，很沧桑，很深刻，可是人们视他为疯子，弟兄们将他逐出家门。他挑一担自己写的诗去北京找一个著名诗人，人家给他点钱，像打发乞丐一样打发他回来了……他对诗的热爱像孩童一样真挚，可他却因之忘却了现实，并失去了作为人的尊严。

我落荒而逃，伏在河堤上放声大哭！朋友们想鼓励我像他一样为梦想而努力，可是适得其反——从他身上，我悲哀地看到了一个诗人的未来。从那以后，我搁笔了，我意识到人必须首先活着，梦才能有所附丽（原谅我套用鲁迅先生的话）。在我看来，在任何窘迫的情况下放弃尊严都是不可饶恕的，哪怕为了梦想。

此后我开始死心塌地地做俗人，可是当我沉寂下来时，却感到了空虚。我还年轻，却仿佛已经日薄西山。于是我只得重新提笔以慰余生。北方雪一再问那个诗人现在怎样了？我说不知道——被这个社会抛弃的人，大概，不会很好吧？

记得她离开的时候，我伤感地说：如果我现在和你一样年轻，一定会和你一起走的。

那时是夏末了，她细细的鞋跟儿敲打着幽深小巷的石板，清脆得叫人心颤！我讪讪地望着她消失在小巷尽头。我想喊住她，告诉她你走路时要注意——可能个子太高的缘故，她的肩有些驼，可是我没有勇气喊住她。她也真是个简单的人，简单到竟没回头看一眼，再客气地道声别。

涉世未深的她，怎会理解我的失落呢？她与我是不同的，我从来没有破釜沉舟的勇气，而她轻易就抛弃了当时不错的工作，甚至没有身背行囊，就简简单单地去了远方，从此成为一个遥远的传说。

（六）

接下来就是秋天了。好长好长的时间里啊，我的心情只能用失魂落魄来形容。

去京后她就成了断线风筝，我竭力想抓住她的线，可是太飘渺，我与她的维系也太脆弱。她先去中央电视台打工，可是电话打过去她已经离开了！我握着话筒，失落、担忧、气愤，汗珠在秋风中一粒粒冒出来。我觉得她不够意思，起码该留下联系方式啊！我不知道那时候，她找不到工作，没有固定的停泊地，只好蜷缩在地下室吃黄瓜度日，不敢出门，因为一出门就要花钱；不知道她去的时候，身上只有300块钱，那300块还是借的……是因为天性的倔强还是当时的陌生，这些都是她在北京有了自己的公司之后，才告诉我的。很羞愧她困难时我没帮上什么，倒是后来我困顿时她常常伸出援手。如今所有的话，都只能是隔靴搔痒了。

离乡背井，她也曾后悔过的。她在给我的信中说：我是否该留在小城里本本分分地生活，我现在才明白是否太晚？我握着她的信如握着她的命运，生怕自己的态度会影响她。我尽管仍然期待一位同类，却真的不希望她再回来了，因为我知道一旦回到恶俗的轨道，她就完了！我不愿看到她像我一样沉入泥沼，越陷越深，然后徒劳地抓着自己的头发自救。

走时，她曾留下一大叠旧报纸托女友交给我，还嘱咐不要丢了，她若回来的话还要看的（看来她是一颗红心两种准备啊，呵呵）。我也就真的小心翼翼地保存着，还放了几袋卫生球，以免虫子和老鼠拿它们当了干粮——我们当时都多傻又多认真啊，对文字的迷恋使我们对一叠过期的报纸都渗透了虔诚！若不是 1999 年的那场大水将它们泡成糨糊，我大概还会傻乎乎地替她留下去，直至成为文物吧！

（七）

我们断断续续却又锲而不舍地联系着，真诚中透着某种无奈。

她走后我也曾相识一位大姐，她生得人高马大，心地善良，热爱写作。她因乳腺癌做过手术，带儿子在贫困中挣扎，孩子还上小学，头发却因营养不良大片大片掉落，像被羊羔啃过的河滩。我每次去，总是煞费苦心地带些礼物给他。可怜大姐虽然切掉了一只乳房，却仍然无法遏制四处扩散的癌细胞。她离去时我们去送她。孩子穿着孝衣跪在我们面前哀哀地哭。揭开盖着的白布，看见大姐大睁双目，脸上凝固着惨淡的笑意，身上裹着皱巴巴的呢子大衣，方口布鞋，完全一副乡野村妇的打扮，惨不忍睹！为她合上眼睛，走的时候再看，还是睁着！

这件事如此惨烈地刺激了我脆弱的神经。我想将它告诉北方雪，告诉她为文的下场，可是我们已经失去联系！她在远方，或者逍遥，或者悲苦，都将我忘得一干二净了。

那段时间里，遭遇如浪潮接二连三扑来，让我不等站稳脚跟就倒下。我像一棵疾风骤雨中的苤苤草，在身不由己的摇摆中遥望前方，不知自己还能坚持多久，还能不能爬起，还能不能到达？无数次怀着期待打电话找北方雪，无数次失望——我握着的，似乎永远是一个废掉的号码。北方雪，她在我不可企及的地方，比远方更远。

终于在我最小的哥哥远去时，我又与她联系上了，我握着话筒，哭了个一塌糊涂！

从此，我就握住了她永恒的地址，再也没有失去过。而在不堪回首的遭遇中，我也终于稳住了身心。任何的种子只有经过埋葬，才会有生机。一个站在亲人尸骨上唱歌的女子，纵使被割掉了舌头，也自会有鸟儿从她的口中飞出，落在废墟的枝丫上，代她千回百转地歌唱。

那个大年夜，我边包水饺边恍恍惚惚地牵挂她，不知在异地他乡，她能否吃上白菜猪肉的水饺？忐忐忑忑地打电话，倒好像问路一般小心，生怕打扰了她。接电话的先是个操普通话的男孩，随后才是她，窗外是一阵高过一阵的北风呼啸，而我却听到一群少男少女没心没肺的笑声，那笑声灿烂了我一个夜晚。听得出她活得很好，热烈、热闹，恣肆飞扬，而她的声音变得多么好听啊，婉转澄澈，透着一种柔媚——她在远方长大了，长成一个不折不扣千娇百媚的女人了！虽然没有目睹她蜕变的过程，但知道她活得很好，就足够我欢喜多日。放下电话，我拍干净身上的面粉，就如同拍掉现世的烦恼。

此后每听到她的消息，我就会对活着多一份信心，因为她使我相信，在生活之外还另有传说……

（八）

10 年中，她多次回来，而我却只在家乡见过她一次。我们淡淡地联系着，不需刻意想起，却也从未忘记。

那次她回来，我约了人浩浩荡荡地拉她去爬山——实在不知如何表达我的心意啊！历经世事后的她，依旧清瘦修长，黑色的长裤，肥大的米色上衣，朴实无华，不愠不火，别有一种干练从容的气质。那种气质，是在小城里磨砺不出来的。

由一个不懂世俗礼仪的傻姑娘成为一个商人，她身上依旧没有铜臭味。她说，她赚的每分钱都是干干净净的，我总觉得她的话中渗透了辛酸。无论面对谁，她都不亢不卑，温婉得体。叫人感觉舒服的女人，是最美的女人。异乡使一个黄毛丫头迅速地成长，用10年光阴把她打造成如今的模样，让我感觉亲切而又陌生。

那天被文友们众星捧月般围在中间，她实实在在地说："要是以前就有这么好的氛围，我或许就不走了！"

上帝开了一个玩笑，本可能为文的北方雪从了商，一无所长的我却牵强附会地握着笔不肯放手。这些年里，我一直忙活着，以蜗牛的速度向前爬行，试图以一支笔，写尽三生的悲欢歌哭。但我知道只要她提起笔，随时就会超过我，因为我知道：我不具备她那份与生俱来的天分和才情。

（九）

10年前，那个小姑娘义无反顾地走出家园；10年后，沧海变桑田，她成了我的传说，我成了她的家园。我们在各自的选择里，演绎着各自的命运。也许每个人的心，都要走很长很长的路，才能真正地长大。有梦的人，她的心注定比她的脚走得更远。

去京的机会多了，每同北方雪见一次，都感觉自己提高了几分，豁达了几分。借她的经历，我也在成长。她比我小，倒好像是大姐，引我走向更辽阔的天空。我们在一起，感觉什么都有趣，无缘无故就会傻呵呵大笑一通，好像心里藏着一个笑源——那或许就是与命运搏击后满满的自信和豁达吧！

如今远方已经成为她新的家乡，于我却依然是梦想。但我希望，我不停歇的脚步，能最终缩短我们间的距离……

做一只蜻蜓飞过

向日葵

（一）

我是一个在向日葵花下长大的女子，我和葵花曾站在同一片土地上，携手成长。

北方母亲般温柔的阳光下，出类拔萃的向日葵永远那么婷婷玉立，宠辱不惊，一如北方的少女。阡陌之上，一排向日葵是一行朴实而优雅的花边，一队忠诚的卫士。田头有一朵葵花的照耀，整片土地都因之生辉。有向日葵的地方，太阳也仿佛格外大、格外近，触手可摸。它们就像母女那样相互注视着，难舍难分地互捧着面庞，直至日暮西山。夜里，太阳在山那边赶路，葵花犹在梦中转着小脑袋，直至调转到次日日出的方向。看着这有情有义的自然，最粗糙的农人也会柔情四溢。

当秋风横扫旷野，宽厚而有长者风范的向日葵，也老了。它瘦弱的秆儿再也无力承担成熟的重量。在新翻耕过的黝黑的田野里，向日葵深深地垂下头颅。它显得憔悴而沉重，一如天下所有因生儿育女、世事沧桑而疲惫的母亲。

并非所有的花朵都能孕育果实。站在向日葵硕大诚实的花冠下面，连人都显得渺小了。

（二）

你信吗？向日葵是一种富有哲理的植物，绝不仅仅是一株丰盈的花朵。它积极向上的一生给予人的启迪，远远超过了植物本身。

没有比向日葵更有心、更虔诚和自觉的花儿了，它是植物中的行者，从不像别的花草那样被动。每天，太阳走多远，它的花冠就跟着转多远。它咬紧太阳的光芒，饱吸大地的营养，长啊长啊，直长得比所有草本植物都高。向日葵在对太阳的不倦追随、朝拜中成长、受孕，结出粒粒饱满的思想。它向太阳献出虔诚，向大地献出最终的果实。

原野上，老老少少的向日葵伸着瘦瘦长长的脖颈翘首以待，那份渴盼、那无法遏止的生命激情，曾令我热泪盈眶……

（三）

年轻的向日葵生机勃勃、昂扬向上，如新鲜的朝阳；晚霞中的向日葵驼着背，静默着，如沧桑历尽的老人，在余晖里做着新的梦。

水边的向日葵挺拔优美，毫无顾影自怜之态；煦日里的向日葵雍容华贵、如诗如画；风中的向日葵汹涌澎湃，势不可当，显示出集体的力量、生命的壮美和不可征服；孤单的向日葵倍感瘦长，像个因贪长而营养不良的少年，令人心疼，恨不得化作另一株来和它做伴。也曾见过更孤寂的一棵——只那么一棵，在无边的荒野暮色里，孤独得神秘莫测，又深沉肃穆如远古的哲人。

暴风雨后的向日葵显得悲壮，茎叶破败、脖颈折断，如不屈的勇士，多年的奋斗只剩下一个无颅之躯；残疾后的向日葵抱恨自责：不能重育绿叶黄花，徒留这七尺身躯空吸大地精血，何以对天？

也曾见过萎蔫的向日葵，在烈日蒸腾的正午，尘土满面地站在道路两旁，如两排被遗弃的士兵，看各种现代交通工具飞驰来去，它们落寞、尴尬、自卑，身心俱累。它们是否会抱怨自己没有脚，无法追逐时代的步伐？

油菜花也是田园中不可缺少的黄色花，虽然它和向日葵开在不同季节，不得相见。油菜花的黄单纯、明媚、活泼，相形之下，葵花的黄更凝重、圣洁、大气，并且渐深渐浓地染着季节的沧桑。很奇怪的，向日葵令我想到西藏，虽然极度的荒凉和极度的灿烂，我说不清它们到底有什么联系。

梵高是向日葵的知己。有人说，他的画泼尽了世间的黄，他的向日葵比太阳还要璀璨，只消看一眼便足以让人头晕目眩。

我相信向日葵有这样的辉煌。

（四）

看过 MTV《飞天》吗？它向人展现了向日葵的奇迹：在"大漠的落日下，那吹箫的人是谁"的忧伤追问中，突然闪现出一片无边无际、金碧辉煌的向日葵，天地间随之豁然开朗、温馨如家，一位白衫飘飘的古少女策马倏然而过，那惊鸿一瞥，留给人无尽的遐思与惆怅，向日葵也随之无影无踪。是幻是真？那样真切又那样令人难以置信。向日葵以超凡脱俗的灿烂妩媚置身荒漠，却又如此对比了荒漠，安慰了亘古落寞的灵魂。那片昙花一现的女性的向日葵啊，是一种寓言，还是我们因渴望而生的海市蜃楼？

友人曾赠我一张贺卡，那上面由远而近的葵花占据了整个画面，看不到茎叶，只一张张静谧含笑的脸庞排成花海，在金风中耳鬓厮磨着，阳光在它的金色花冠上敲击出铜器般悦耳的铮铮之声，似乎连浑圆的天壁也会闻之纹裂。贺卡下面是金色的诗行：就这样潇潇洒洒地生活/就这样灿灿烂烂地开放/宣泄着青春/宣泄着生命的激情……

还有哪种花朵能排列出如此排山倒海、撼人魂魄的阵势，还有哪种花能如此令天地失色?!

（五）

大面积的向日葵，都是旅途的见闻，而印象中老家的向日葵却总是稀疏、闲散的。这群大个子总是随心所欲地站在田间地头、场院菜地或者干脆三三两两地站在门前的日头下、井台旁，闲听人们柴米油盐话家常，五谷杂粮中也时会冒出它们憨憨的身影。

那时，向日葵是乡村生活的一种点缀。有向日葵的地方就有人烟，有人对生存的热爱。它代表着一种闲适而充实的田园风情，种植它的人一定是极爱生活的，他们懂得在每一分空闲里随手撒下种子，让它们长成随处可见的惊喜。

可是，听说家乡如今也已经消失了向日葵的身影，发财致富、急功近利的渴望，早已挤去了那份闲情逸致。我们平时吃的葵花子，据说来自更寒冷的北方的大面积种植。老家的向日葵已是一个古老的、与世无争的田园之梦。

也许不必为此怅然，时代的车轮滚滚向前，每走一步都会有新的风景，今天注定和昨天不同。

而在每一个思乡梦里，依然会有向日葵亲切相伴的身影。最缺少的才往往最渴望拥有——是否我们身上已经缺少向日葵的品质，在富足的同时，我们也已经失去了那份超然闲适？

第二辑
稽古探源

做一只蜻蜓飞过

一代代的先人如一节节的梯子，把我们送到今天的高度，而现代人对祖宗先贤的冷漠和无视，已经到了没有良心的地步。在历史和现实之间，我们是一群迷路的孩子。追根溯源，有助于明确使命——

沧桑之台

时间仿佛凝固了。

台上，两只杀气腾腾的公鸡死死对峙着，脖子光秃，屁股秃光，样子丑陋猥琐却目露凶光、斗志昂扬，一有风吹草动便羽毛乍起、怒目圆睁，如两位求胜心切的武林高人，急欲置对方于死地，却临危不乱、步履矫健地在擂台上转着圈圈，铮铮铁爪将土台抓得尘土飞扬、阴风四起，忽有一只倏地腾空而起，挟一股嗖嗖凉气，以迅雷不及掩耳之势直取对方头顶，但听一声惨叫，铁嘴啄处，殷红溅地，乱羽飞舞……

站在这座 2500 年前的斗鸡台上，耳边似乎犹闻鸡啼狗吠之声、衣着华丽的贵族士大夫们狂热的嘘声笑声喝彩声……2500 年前那滑稽的一幕幕似乎犹在眼前，而 2500 年前的鸡毛，没有一根能穿越历史，遗留在今天的这个土台子之上。杂乱的野草和狰狞的棘子已经无情地将昨日掩盖。如果不是翻阅有关史料，有谁会知道这座又老又丑的台子建于何时，做何用处？

通往土台的小径已经被杂草占据，狗尾巴草在风中摇头晃脑，寂寞的酸枣棵子公然拦在路上，伸出带刺儿的小手抓挠着人的衣裳。台四周裸露的黄土，被风吹出一道道裂口，被蛰虫、蛤蟆和老鼠咬出一个个大大小小的洞洞———这些洞洞成为了它们蛰居的家。夯土层一道道的流线，如大海一次次退潮时遗留的印痕。那是岁月的年轮，沧海桑田的记忆。

"斗鸡台"，听到这名字就有点儿条件反射。小时候在农村老家，走到有鸡咯咯叫着的地方就得格外小心，生怕弄脏了妈妈给做的新鞋子。鸡狗鹅鸭们没进化到"文明"的程度，走到哪里就把哪里当成厕所。2500 年前的鸡们，想必更是粗野———前来寻古探幽的人都开玩笑说，或许正是它们的"杰作"，肥沃了这个台子上萋萋的草木吧？

在全国各地，历史遗留下许多的"斗鸡台"，可见在遥远的年代里"斗鸡"这种游戏曾经蔚然成风。此斗鸡台在今诸城市石桥子镇都吉台村，汉时这里曾是平昌故城的所在地。明万历《诸城县志》载："斗鸡台，高三丈，围600步"。《嘉靖青州府志·诸城·斗鸡台》条记："鲁昭公二十五年，季氏与郈氏斗鸡处。"据记载两个贵族为了取胜，各自绞尽脑汁，一个将芥末涂在鸡身上，一个将鸡爪套上金属钩，恨不得连魂魄也附在它们身上以决死战，一番鸡飞狗跳的结果是两家怒目相向，最终兵戎相见……那个时代的荒唐借两只斗鸡引发出来，换上现代人恐怕就要唱"都是斗鸡惹的祸"了。据说，嗜好斗鸡、斗蛐蛐的古人，伺候这些小玩意儿如同侍奉祖宗。一只鸡或者一只蛐蛐的价值，在他们心目中甚至超过了人的价值。好在这鸡不是一般百姓能"养"得起"斗"得起的，否则，还不知会有多少家庭被斗得家破人亡呢！

引发一场战争的斗鸡台究竟是不是这个，众说纷纭，据《括地志》记载应是在"兖州曲阜县东南三里鲁城中"的那个，按常理说这更可能些，因为两个当权的贵族，不可能远离国都跑到这儿来兴师动众专门夯一个台子斗鸡———对赤手空拳的古人来说，这可不是一个小工程，而且据说台子的土是结实的黏土，并不是本地的（不知是从哪个遥远的地方运来）。但当地又的确有关于那场战争的传说。也许人类口口相传的记忆和史与志一样也会出差错，在某处一不小心打一个折扣，就会一路错下去，让后人猜测不已，迷惘不已。

而《水经注》将这方水土描述得几近神奇："城之东南角有台，台下有井与荆水通，物坠于井则取之荆水，昔常有龙出入其中，故世亦谓之龙台城也"。古人能够幸运到与龙为邻，现代人是打死也不敢相信的，不过那口井倒是的确存在，老人们还能指出它的确切位置（与书中写的位置相符），虽然它现在已被埋在草垛的下面，但我们仍然可以根据浪漫的传说，想象它烟雾蒸腾的模样。古人让我们羡慕的不是他们见过龙，而是他们创造了龙。

都吉台面朝黄土背朝天的村民们，只关心热爱耕种和收获，对于身边的斗鸡台，他们已经像自家门上贴着的春联那样熟视无睹。斗鸡台存在的价值，他们反而是通过外人才知道的。近年来，常有远道而来的人来看这台子，跟见了宝似的。现代文明的东西太多了，今人便知道"古老"的珍贵，知道珍惜祖宗留下的东西了。不管在它的上面曾经上演过多少荒唐可笑的故事，台子却是无辜的。为防止台土的坍塌和继续流失，当地政府还特地在外围垒了护墙。

远远望去，斗鸡台像一位驼背的老人，蓬头乱发，凹眼凸鼻，在夜晚，你甚至怀疑它会发出苍老的咳嗽声。台下的草地上散落着金黄的麦秸垛，卧着安详的牛羊，公鸡和母鸡在吵吵闹闹地觅食，间或有一只长腿的"光腚鸡"昂首挺胸、旁若无人地招摇过市，让人疑惑它是不是 2500 年前斗败的那只———那副模样遗传得真是好哩。这块土地上老实本分的后人们，曾经羞愧于"斗鸡台"一词的不雅，因而将其村名改为"都吉台"，以寄托他们美好的愿望。村名微妙的演变令人感到他们的智慧和可爱。

现在，村里人通过这台子长了不少见识，见了外人也不躲躲缩缩地认生了。倘若碰见背着相机的城里人来探寻这台子的来历，他们还会枝根末节不厌其烦地做解说员，不把肚里知道的那点事全部"挖爆糠"就感觉对不住人家，末了还要大大方方地邀请人家再来"考察指导"，很有"大庄人家"的风范。

没有历史的民族是苍白和浮浅的，如迷失了父母和来源的孩子。虽然并非所有的历史都那么光彩，但又何必掩掩遮遮呢？前人的所作所为并不需要后人去承担，相反它给后人留下了教训、警示和提醒，使之不至于重蹈覆辙。

当然这斗鸡台也并非就是一座玩物丧志的台子，它可能相当于现在的文化广场或者娱乐中心，甚尔还会有其他的用处。高高的土台上，热闹闹地上演着一幕幕活生生的的历史。台子当初为什么要夯得那么高呢？"高处不胜寒"，试想北风呼啸时一群冻得索索发抖、缩脖抄手的人，淌着清鼻涕在上面看两只光腚鸡跳来斗去，实在无趣。它的高可能是为了便于远处观看或者显示尊严和地位———古人对此是很讲究的，每一件事都做得有规有矩，哪怕是一座土台子呢，也要显示出高高在上的气派，和一般百姓有所区别。

村里的每个老人，都能用漏风的嘴向你讲述一些有关斗鸡台的往事。他们说，豁！咱都吉台早先有城门6座，那气势，嗨！就像连环画中画的那样，几十年前还有哩！台子早先也海大海大，上面住着四五户人家，跟神仙似的。到底多大呀？他们吹胡子瞪眼地伸出瘦胳膊比画着———那意思是没法比画的大———上面还有十几棵古松呢，连庄里白发白眉白胡子的"老寿星"都说不清它的来历。那个粗呀，搂都搂不过来哩，皮也粗，俺们小时候光着屁股在树后藏猫儿，让它搔得身上跟猴子腚似的。可惜呀，这些树解放后都砍了。台上早先还有一口大铁钟，也是古得说不清年头了，现在咋没啦？唉，让当时住在庄里的汉奸弄下来愣是敲碎啦———日他娘，这些败家的祸害，这不是为自家敲丧钟吗？还有人挖这台子的土打墙垫栏，要不是祖宗留下的这台子当初用夯头夯得结实，早就被挖光了。到了七几年发洪水，这个平日里看着碍眼的台子可救了不少人的命呢。你想啊，四下里那水是泱泱的，围着台子嗷天滚地地吼叫，逃命的人哆里哆嗦地挤在被挖得只剩下"帽子顶"的台子上，跟一群受惊的老鸹似的，一个闪失掉下去，那可是肉包子打狗哇……

淳朴的叙述里，有着世间最珍贵的哲理。

"鸡斗，鸡斗，擀饼炒肉。"在民间，人们无意中看到小动物间的自然相斗，可爱得令人忍俊不禁，这样诙谐、温馨的场面和斗鸡台上那些训练出来用来赌博、拼得你死我活的鸡们不可同日而语。"鸡斗"只是小鸡们间的闹闲情儿，是性情的自然流露，而"斗鸡"则是对动物争强好胜个性的强制扩张和威逼利诱，违背了它们的本意。鸡们一旦跳到这个台子上来，就已经是替人而斗了。可惜不管成败，它们都逃不出作为"鸡"的结局。动物们一旦进入人的世界，要么做玩偶，要么做苦力。可是，苍天之下，人又是谁的奴隶呢？

本以为斗鸡是古人的专利，没承想上网一查，才发现有的地方至今还专门饲养和叫卖这种"斗鸡"品种；有的地方设有"民俗斗鸡场"，使斗鸡成为一种寓娱乐和民俗于一体的产业；甚而有的舞厅也时不时地斗斗鸡爆个冷门，以招徕生意。只是不知今人能否赋予这种古老的游戏以新的意义？是为了从中获得一种原始的乐趣，还是像赛马那样作为一种活的赌注？也不知古往今来的鸡们在"娱乐"了人的同时，是否也能"娱乐"了自己？

岁月像身边的渠河、荆河一样浩浩荡荡地流过去了，留下这座丑陋的台子尴尬地兀立着，在风雨的冲刷中它已经越来越矮越来越小，矮小到让人们怀疑它当时的气派，如一位渐渐沉入黄土的老人，只剩下一个荒草萋萋的秃顶。不过，它的存在已经是一个奇迹了。多少曾经坚不可摧的事物都无法和时间对抗，转眼变成虚无，也许正因为它只是一个用土夯成的简单的台子，不具备被毁灭的价值，它才能侥幸躲过2500年的风雨。

回望，夕阳悬在故台摇曳的乱草之上，那是一轮烧得通红通红的夕阳，那是一轮一敲就仿佛当当作响的夕阳，那是一轮很古很古的夕阳，甚至，我们怀疑那是不是春秋或者平昌故城的夕阳，依旧在照着今天的天与地。信息时代的人们，正过着古人梦想中的神仙生活———甚至古人做梦都梦不出来的生活。对于古人的斗鸡游戏，我们无法用庸俗或高雅、耻辱或光荣来衡量，倒有点儿哭笑不得。在娱乐设施极为贫乏的远古，我们可笑而又可怜的先人们所发明创造的这些游戏，虽有玩物丧志之嫌，但相对于西方的斗牛、斗狮、人与人的角斗，是多么的文明和弱小呵。

而用今天的眼睛去看那时的所谓繁华，也不过是一座用土夯成的台子罢了！

笑谈诸城土话

自古以来，诸城名人雅士众多，不但在山东有名，在全国也有名，曾被誉为"中国的佛罗伦萨"。倘若你到诸城，连 5 岁的孩童也能掰着手指，向你细数这片土地孕育出的那些响当当的名字：三皇五帝之一的虞舜、孔子弟子公冶长、军事家诸葛亮、大画家张择端，金石学家、李清照的夫婿赵明诚，清宰相刘墉，以及现代文化名人王统照、臧克家、王愿坚、陶钝、孟超、崔嵬……他们都是说着诸城土话走进历史的记忆的。

诸城人很为生在诸城自豪，有时私下里拉呱起来，就很有些瞧不上相邻的县市，认为他们那地儿的人土：穿得土，怎么穿也不洋气；说话土，一张嘴就闻着土腥味儿。但不笑话他们吃得土，俗话说："要吃饭，诸安两县"——看看，人家安丘在吃方面就和你诸城是并列的，你能将人家拉下马来吗！诸城人也基本不笑话五莲，因为在诸城人心目中，五莲和诸城是标准的一母同胞，不信你听听五莲人那口音，就知道曾经在一个锅里摸过勺子，嘴里同样的瓜菜味儿还没散尽呢。虽然分了家，过继给了日照，也还是亲近，要是其他的县市胆敢说五莲如何如何，或者日照大哥胆敢对五莲另眼相看，那就别怪咱诸城人怒目相向了。

当然，一出了省，或者在中国地图上一比画，亲切感、自豪感就又是共有的了，诸城、安丘、日照、五莲、高密……不都是一个巴掌上分出来的指头吗，只要地球爷爷不爆炸，这位置这关系就是铁打的了，谁能将咱们掰开？因为亲近，才会私下里比比长短，说说闲话，不说哪有对比，不比哪有进步？是啵？再说了，你们这些兄弟县市就没私下里喳咕过俺诸城吗？没有？没有那就证明你们根本没把俺诸城放在眼里，记在心里，俺诸城 105 万人民，2182.7平方公里土地，就撑不起你们的眼眶子吗！瞧不起谁啊！

其实诸城人对相邻县市的评头论足，穿是次要的，兄弟县市，扯着胳膊连着腿儿，衣服的进货渠道就那么几个共有的地方，土也罢洋也罢在于各人的选择，哪个地儿没有几个土的，哪个地儿没有几个洋的，哪个地儿没有几个收破烂的？所以比这个比不出特色，也比不出水平来，比就要懂得扬长避短。诸城人爱跟人家比口音，譬如：安丘人说话声音高、细、尖，高亢得如同假嗓，虽没有包着头巾抻腰扬脖地站在黄土坡上，却总是让人感觉有点像唱陕北民歌，吐字倒很清晰，音也咬得扎实，但从男同胞的嘴里发出来，就有那么点缺乏阳刚之气；日照人呢，看上去朴实，说话也朴实，就是有点儿咬舌儿，把鸡说成"织"，把鞋说成"晒"，把俺说成"难"。唉！口音真是个令人头痛的问题，它是人从土里带来的，无论你上天还是入地，这股子土味儿就是难以抖搂掉，有时让人听着讨厌，有时又让人听着亲切。即使你修炼成了绅士或者淑女，学会了一口听上去还算地道的普通话，别激动还行，一激动就露了馅儿。口音是根的东西，它清楚地印证着人的来龙去脉。你看，诸城人看问题很善抓"根儿"。

说了这么多，该说说您诸城自己了，你怎么捂着嘴嘿儿嘿儿地笑了？——嗨嗨，还不都一样吗？要不怎么叫特色呢！一个地儿没有一个地儿的口音和方言土语，那还叫啥个性，宝贵的就是这点区别嘞！诸城地儿不小也不大，不用说与其他县市的区别，就是"内部"，也是被口音瓜分得四分五裂：南山里的跟潍河边的口音不一，潍河边的跟渠河边的口音不一，可气的是河南的跟河北的也不一个腔儿，山前的跟山后的又不一个调儿。这不同地儿的人要是一同汇集到城里来那可有了戏唱了，你叫他"二过"（二哥），我称她"岑（cén）姨"（亲姨）；你问我"航"（和）谁一块儿来的，我问你那儿子"将媳子"（娶媳妇）了没有；你亲昵地骂声"你过这过（你个这个）怎么越活越枝生儿（精神）"，我直抱怨"这日头刚毒快把我晒成干巴由（地瓜干）了"。

要说咱诸城的方言，那可真是土得掉渣，臭得冒泡，外地人来，日常的几句话就能让他听晕了。你看，说"突然"是"乍没丁的"，好是"刚的好"，没空是"不隆过"，待会儿是"艮艮着"，昨晚是"夜来后晌"，厕所是"屎栏茅子"；"大大"既是父亲又是叔叔，婶婶成了"娘娘"，奶奶成了"嫲嫲"，爱偷听的人是"鼻听鬼"，爱挑拨传播是非的人是"播播嘴子"……要是方言再加上形容词歇后语，那可就更麻烦了。你听：在家嫌吼（批评）老婆炒菜咸了，就会说："咋的，你砸煞（死）卖盐的啦？"自己累了，要撵人走，就说："别聒罗（唠叨）啦，我待趄趄儿（躺会儿）"；说让人整治得没办法："活让你扎故煞了！"说人心里有话却说不出："燎壶里煮馉乍（水饺），肚里有倒不出"；说人特殊："花生米不叫花生米，叫果子仁（人）儿"；说人不长眼色不会看眼目行事："借柳龟儿（蝉）掉到尿罐里——转悠着挨呲！"当爹的在家教训不争气的儿子："你别扬性（张扬），和我来这些胡之马趄儿（胡来），也别武得得（不服气），我可不和你打伴（开玩笑），我这会儿不迭当的（不顾的），得空闲忙（瞅空）的我再拾掇你！"老太太见人家姑娘长得水灵，就用粗皮裂肉的手摸着人家的嫩脸蛋直夸："瞧俺这闺女长得，稀巴烂嫩，随你姥娘！"娘笑骂自己的儿子心直口快："我怎么养了你这么个嘲巴（傻瓜），一根肠子通到底，一张嘴看着腚眼！"

诸城的童谣，用那直不拉查的方言说唱出来，更是别有韵味，妙趣横生。你听，这家的老嬷嬷在家拉着风箱哄孙女，没牙的嘴里咕念着有趣的瞎话儿，绵绵软软却句句藏着机关："瞎话瞎话儿，窗户台上安着二亩子瓜儿，瞎汉看瓜儿，聋汉听瓜儿，下生孩子偷瓜儿。瞎汉也看着了，聋汉也听着了，下生孩子也捉着了，逮着小抓髻一看啊，还是个秃丝儿（秃头）"；那家的老爷爷在闷声闷气地吓唬淘气的小孙子："肚子痛，找老熊，老熊不在家，找老嬷，老嬷在家里磨刀子，吓得小孩好好的！"

近几年手机短信的流行，造就了一批业余"作家"，一个毫无意义的短信，因为方言的运用而充满了只可意会不可言传的趣味儿。下面这条令人哭笑不得的短信，一看就知道是诸城人的杰作："蓝蓝的天上飞着一只布嘎（鸽子），飞来飞去受尽了卡打（折磨），好不歹（好歹）的捡了只嘎拉（蛤俐），含在嘴里蜜拉蜜拉（卜咂卜咂），呔啊，觮咸，觮（咸）煞俺啦。"

有关诸城方言土语的趣闻不老少，画龙点睛地体现了诸城人风趣与幽默的性情。其中"那个年代"的故事最是令人忍俊不禁。据说当时全国上下是锣鼓震天响，红旗满天飘，煞是热闹，农村老大哥自然也不甘寂寞，边干活边排练节目，一人身兼数职，拔骨碌子摔跌的，有时这角色还真是调整不过来，典型的人生如戏，戏如人生。话说某日某公社某村排练节目，老得连眼眉都大长长的寿星也来了，还没缝上开裆裤的小孩伢子也来了。唱戏的角儿高了兴，在土台子上即兴发挥，信口唱来，忘乎所以处竟然翻起了跟斗，这一翻不要紧，将大裆裤子翻掉了，露出里面老婆花花绿绿的大裤衩子。后台专管提词的人一看着了急，伸出个指头一遍一遍地朝着那人打手势暗示。无奈那人正唱得尽兴，手舞足蹈，唾沫横飞，对此麻木不仁。台上的一个群众演员看了心焦，情急之下就跟着胡琴唱了出来："你的裤子你的裤子掉到了地上啊！"边唱还边对着那人比比画画，那人低头一看明白了，却并不慌张，将头一摆也唱了起来，胡琴慌忙跟上："掉了裤子掉了裤子再提上啊你莫慌张啊！"边说边大大方方地将裤子提上了，顺手还扎上了红腰带，让台下的人笑破了肚皮……

当然，最著名的还得首推石门唱的《红灯记》，它将诸城人的土话与幽默表现得淋漓尽致。说的是石门乡人唱革命现代京剧《红灯记》，唱到李奶奶说："铁梅，拿酒来"时，铁梅把大辫子一甩说："嫲嫲（奶奶），酒没有了"李玉和把眼一瞪，说："谁说没有，西屋里不还有一筐地瓜干子嘛，快拿到小铺里去换烧酒！"李玉和被小鬼子儿抓去之后，铁梅问奶奶："嫲嫲，俺大大（爹）还能回来吗？"奶奶答："铁梅啊，我看你大大是够X戗了！"于是祖孙俩抱头痛哭……

石门这《红灯记》尽管唱得笑料百出，却也从另一个侧面反映了那个年代的人之淳朴直率，用现代的话说就是"实话实说"，朴实无华。谁也不必去责备当时的人们，他们穿着戏装，腿上还沾着泥巴，素质不高，却有着盲目的热情，理解不了戏里人的情感，却将现实中的窘迫毫无修饰地用到了戏里，收到了戏里没有的喜剧效果，出人意料地幽了一默，成为那个年代经典的滑稽。那时的戏已经不大被人记起了，但这些笑话却依然会让我们哗然喷饭，这样浑然天成的小品大概连赵本山也会望而兴叹吧。

既然诸城人有天生的幽默细胞，不将它发扬光大那还对得起祖宗吗！诸城人天性乐观、豁达，碰着困难叫一叫，遇着朋友笑一笑，吼一声，笑一下，就啥事儿没有了，风刮云彩似的。到了酒桌前，就更是豪情万丈，酌酒一杯抿恩仇嘛，不喝它个嘴里焦巴干，肚里方古热（念"夜"），就算咱没碰上朋友。衣服可以不讲究，酒场的规矩却铁板上钉钉，一点儿也不马虎。据说某年一位南方作家来诸城，热情好客的诸城人特地挑选了些能够上得席面的人来陪客，谁知这位作家却一点儿酒场的规矩不懂，坐在主宾位上愣是不喜敬，置满桌子等着敬酒的人于不顾，也不谦让也不碰杯，只管自说自卖自喝，一口一个"我告你我告你"，酒喝干了，就昂着头高声招呼服务员："倒酒！"，让满桌子讲究酒品酒德的诸城人目瞪口呆。要是满桌子诸城人坐成块还用这么累嘛！那简直就是一桌方言土语歇后语的大聚餐，你听那谦谦相让："吃太吃太（吃菜吃菜）！""哈久哈久（喝酒喝酒）！"不但酒杯撞得叮当响，嘴皮子也开始碰撞，每个人的音量都放到了极限，眉飞色舞，慷慨激昂，将山东大汉的豪爽仗义发挥到了极致，你听这位说："兄弟，干了，你留这点干啥，养鱼还是养虾？"旁边的人也跟着帮腔："是啊，扎煞得你不轻，咱过过（哥哥）的话你也不听啦？"喝酒的人将大眼珠子一翻，反唇相讥："野鹊窝里抻出个扁嘴头来，你算个什么嘎嘎鸟儿？咱大过（大哥）、二过、三过都呆这里，没个吱声的，就数着你瞒着锅台上炕吗！大筷子捣肉——我不理咸菜！"劝酒的人一看人家聋汉杀猪不听哼哼，很丢面子，将对方的酒抢过来一仰脖子干了，也不知是嫌自己多事罚自己一杯呢，还是成心给人个没脸。马上又有人为他抱不平了，朝那个不喝酒的一顿呲："你真是墙上挂狗皮——不像话（画），哈（喝）就哈（喝）不哈（喝）就算了，让人替算啥本事，模量（估计）着自己是太监就别娶媳子（媳妇）。"喝了一杯冤枉酒的人得了同情，将红舌头抖着，狗似的，连说辣、辣、辣，哭丧着脸诉苦说："俺这也是烧地瓜顶门——硬撑啊！今晌晚头子（中午）的酒还没醒呢！"，旁边有人幸灾乐祸了："蛤蟆腚上插鸡毛——不是那块料还想冒充孔雀？驴不哈（喝）水摁不了河里，谁叫你自家拱送（自找）事的？再说啦，木（没）有金刚钻，揽啥瓷器活，活该！"

要说方言土语的活学活用，此起彼伏，即兴发挥，还数妇女骂架最精彩。这样说好像有看热闹或者挑拨教唆之嫌，其实不是那个意思，一是人家早骂过了，二是人家骂时你能薅一把狗尾巴草堵住耳朵吗？不知你是否看过上世纪80年代的一部电影，叫《咱们的牛百岁》，那里面两个妇女骂街的场面就很是生动，鸡飞狗跳的，看得人惊心动魄。现实中的骂街你可能没亲耳听过，那你也不必天天盼着它发生——那才是真正的不怀好意呢！我不幸听到过，无非那么点鸡毛蒜皮的事儿，却隆重得像唱大戏。为了弥补你的遗憾，我在此就私下里学个舌儿给你听，注意不可外传啊。你听，这是两个妇女接上火了：

"十指插在磨眼里——扎煞不开了！您一家子待烧包什么，不就是当个村干部吗，算啥大物哈儿（大官儿），还不照样在地里滚屎球，有本事别当干部，当个不（部）干！"

"干不干，俺自己说了算！这事儿下雨淋也淋不着你操心，俺买了油条使尿泡——各人好，你管着俺了？俺家里就是木耳烧火，虾米喂鸡，餐巾擦屁股，也是俺愿意，咋，你心痛啦？"

"俺痛，你又不是俺身上掉下来的肉俺痛啥？就是俺操心操白了毛，气得肚子大哈闷儿（很大），得了暴态（毛病），张了个子（气死了），也用不着你来扎扎头布子（戴孝）！当然，俺这也是闲吃萝卜辣操心，自找不愉作（舒服）！""当盐（然），当盐趴了盐罐子里，别抻勾着（伸着）

个瘦头找事，净啦些胡之勾由（乱七八糟），你嚎（哭）啥，横蠢（不讲理）人丢的吧。俺办了啥事儿促了你眼眶子？你拉呱拉呱给合满户里（所有人）听听！"

"啥事你那心里明白，人不见那天二爷（天老爷）见，这可不是三把韭台（韭菜）两把通（葱）的事，大象柴（踩）不煞蚁恙（蚂蚁），锄地锄不煞蛐蜒（蚯蚓），老由（牛）啃不完春草，你也不用刨暄和土儿（赚便宜），扎故（修理）俺老实人！"

"你叫黄妖子（黄鼠狼）附着了？到底谁扎故（修理）你啦，惹你满大街上背晦（批评）移歪（肮脏）俺？"

"谁？去问你家那骚腔狗！"

"俺家那狗怎么捉（着）你啦？"

"怎么捉（着）俺啦，你也别吹当的（假装）不知道，俺家那花猫的后腿是谁咬断的?!"

你看，像不像说相声，一来一往，有铺垫，有渲染，层层抖着包袱，结果却出人意料。诸城的方言虽土，却实在、鲜活，土出了地方特色，令人忍俊不禁，培养了一代代说着土话的诸城人。每个字的音调与口气都烙在人的脑海里，一辈子，叫你想忘也忘不了，想甩也甩不掉。难怪小辈们想学学洋乖，撇一撇腔，却总是不得要领，摸不着感觉，让外地人抓住了取笑的把柄，立马吃了竹子拉筛子——编出了这样的歇后语："诸城人学说普通话——你阙的哪门子音儿！"

这句话刻在苏轼的墓志铭上——晚年的苏轼在完成《东坡易传》时曾抚卷长叹："看来，在今天这个世界上不会再有知音了，但我相信，将来定有君子，能够全面解读我的心曲。"——

寻找雩泉的人

（一）

第一次听说东方龙吟这个名字是在路上，知道了他是一个几十年如一日研究苏轼的学者型作家，他的"文侠小说"《万古风流苏东坡》，开创了我国"文侠小说"的先河。他追寻着苏轼的足迹一路写来，已经写了180万字；第二次听说这个名字仍是在路上，他已经来到了我们所在的小城——这个苏轼曾做过两年知州的地方。于是，我们《超然台》杂志社的编辑人员们便匆匆从异地返回，去拜会这位跋山涉水而来的作家。

我们都是走在路上的人，都是寻找中的人。龙吟离开北京来小城寻找，我们离开小城去异地寻找。我们都想从平常的事物中找出不平常，将平淡的人生过得不平淡。也许正因为如此，我们才能超越世俗互相理解：我们在寻找什么，我们为什么寻找？

（二）

敞开房门迎接我们的东方龙吟，看上去完全是一位山东大汉。作为一个南方人，他的个头出人意料，他健康挺拔的身躯使宾馆的房间显得拥挤狭小，而白色的近视眼镜则使他不失文质彬彬。

一问我们才知道，敢情他的祖上也是山东人。为写《万古风流苏东坡》，龙吟写到哪里，就走到哪里。在此之前，他已经将苏轼曾经走过的地方走了一遍，在苏轼留下足迹的每寸土地上，都留下了自己的足迹。这次来小城是想更详细、更深入地感受和了解，设身处地地体会苏轼当时的心境和心情，他想隔着900多年的历史和苏轼对话。他要考证、反思，真切地抚摸每一个细节，这样他才能真正地走进苏公的内心世界。

在吃晚饭时我们才发现：言谈豪爽的龙吟却不善饮，只一小杯下去便面红耳赤，这点和他所崇敬的苏轼一样——在人们心目中，苏轼、李白等历史上的文人墨客都是海量，殊不知当时没有白酒，人们喝的是米酒，苏轼的酒量若按现在一般度数的白酒计算，也不过二两酒而已，对此曾有专家作过精细的考证。

龙先生不知从何处买来了诸城地图，他对我们当地那些源远流长的地名如数家珍，熟悉得就像盘腿坐在自家炕头上一样。他谈到了苏轼知密州时的那些从委婉变得超然豪放的词文，虔诚地相信是这块土地孕育了它们，若一直留在阴柔缠绵的南方，他绝对写不出"锦帽貂裘，千骑卷平冈"那样的句子；苏轼写作的高峰也不只是人们所说的黄州，在密州就是一个高峰，而且是一个词风大变的时期，是他政治上远离是非、心情上春风得意的一个时期；他还谈到了苏轼文中的一些典故、建筑、风土人情，甚至植物——他同当地的学者细细地探讨《后杞菊赋》中的问题，一致认为文中的"杞菊"不是多数学者认为的枸杞和菊花，"杞"疑问尚存，而所谓的菊花很可能是当地的一种叫做"鬼子姜"（学名"菊芋"）的植物，这种植物在古密州曾经随处可见，在春风拂面的野外，它们开着黄黄的小花。

我们几个年轻人都有些羞愧，因为我们站在自己的土地上，却成了外人，我们不了解它就像不了解自己的父母，我们口口声声地爱它却只停留在肤浅的表面和狭义的范围。对那些曾经照亮过这块土地的古人，我们没有真诚的记忆，更没有足够的尊重和重视。

和龙吟先生同来的，还有他的夫人艾薇，一位温柔大度、善解人意的南方女子。几年来，为他们共同崇敬的诗人，这一对神仙眷侣相依相伴，走遍了神州的山山水水。

（三）

龙吟夫妇此次来诸最想去寻找的，是常山的雩泉。

常山在诸城城南 20 里，在苏轼的《雩泉记》中可以找到它名字的由来："民以其可信而有恃，盖有常德者，故谓之常山。"常山又名卧虎山，因状若卧虎而得名。它在民间有很高的威望，虔诚的乡民们称掌管常山的神为"常山老母"。苏轼知密州期间，多灾多难，始终被蝗灾和旱情困扰着。为此，他曾多次前往常山为百姓祈雨，而常山也仿佛有灵性，"祷于兹山，未尝不应"，"皆应如响"，如一位善解人意、有求必应的知己，在苏轼和常山之间，有一种空谷回音般的默契。

祈雨活动常在一山泉边进行，常祈常应，因而苏轼最终将常山的力量归功于了此泉。他相信常山之所以能够出云为雨，守信于密州百姓，就在于有这口泉。当时的泉寂寂无名，但在苏轼的文中我们可以看见它鲜活的模样："汪洋折旋如车轮，清凉滑甘，冬夏若一，余流溢去，达于山下"，于是琢石为井，并在上面建亭，此时这眼神奇的泉才有了一个名字"雩泉"。

在苏轼看来，常山受到祭祀并不是因为山势高大，而是因为它美德不变。不知是因为苏轼的祭祀，常山才有了灵性，还是因为常山的灵性，苏轼才能够常祈常应？

山再矮，一样地可以放眼天下。苏轼曾经昂首站在常山绝顶广丽亭上，身影孤单却又傲然。苍劲的风吹着他朴素的衣衫和眯起的双眼，他在想什么没有人知道，更没有人懂得。思想和才气超越了他生存时代的人，总是孤独的，尽管他们也活在人群中间，吃着同样的五谷杂粮，说着同样的话，穿着同样的衣裳，但在同样的血肉之躯里，却盛着一个更为博大深邃的世界；在同样的视野里，他们却看到了别人看不到的东西。他们是那个时代的高山，不管隔着多少朝代去看他们，都会感到可望而不可即。他懂得你，你却不一定懂得他，恰如一首歌中所唱的：像飞鸟追不上最远的浮云，我们看不懂他的心情。

"昔饮雩泉别常山，天寒岁在龙蛇间。山中儿童拍手笑，问我西去何时还。"900 多年前的苏轼走了，走了就再也没有回来。900 多年后，龙吟来了，来了，也将匆匆离去。他们，都只是这块土地的过客。然而他们留下的足迹，将成为这块古土上点睛的一笔。

东方龙吟，这个虔诚的有心人，他或许正是当年那群拍手笑问何时还的儿童中的一个。他想看见什么，他想留下什么，他将带走什么？

（四）

在去常山的路上，为了解更多当地的风土人情，龙吟特地将地方文化研究会的邹先生请到了自己的车上。他开着的这辆本田车，是他自己用稿费买的。他就是开着这辆车踏上了寻找东坡足迹的路。

龙吟夫人艾薇，出身于江南的名门世家，在她的身上，有一种与生俱来的宽容和大气，和对弱小事物的由衷的怜惜，她看待万事万物的目光里，有一种母性的悲悯和柔情。她谈起龙吟时的那种既赞赏又心疼的口气，让人看到了夫唱妇随、心心相印的境界。

东方龙吟生于江苏徐州的一个小镇上，高中毕业后曾到煤矿挖煤4年。坚忍不拔的人总会有柳暗花明的人生。在深不见底的井下，在前程渺茫的日子里，他就着头顶的矿灯复习功课，终于在1977年考上了大学，并于1981年底考入中国社会科学院研究生院，毕业后留院工作，成为《中国大百科全书》文学卷中最年轻的编写组成员。在此期间他发表了数十篇有影响的研究论文，出版了四十余万字的《宋辽金诗选注》等专著，他所撰写的一些书对上世纪80年代的大学生影响很大。40岁后，龙吟才开始进行小说创作，新千年他的"文侠小说"的开山之作《智圣东方朔》由作家出版社以"新千年第一书"的形式出版，被中央电视台买断改编权，在电台以评书形式播出。

龙吟从没有忘记过东坡，却一直不敢妄写苏东坡，虽然他对东坡诗词的喜爱从少年时代就开始了，虽然他从大学起便系统地阅读《东坡全集》，虽然他对东坡的研究已有20年的历史，可是他连一篇关于东坡的论文也没有写。他始终牢记他的导师——胡念贻、范宁二位先生的话，耐得住漫长的寂寞，先潜心打好功底，等生活积累丰厚之后再说。所以，他选择了一条由学者到作家的艰辛之路。他觉得东坡是大地孕育了很久才造就出的一位旷世奇才，面对着被视为"天书"的《东坡易传》，他感觉是面对着一片浩瀚的大海，阅历、学识尚浅的人，如何深入其中去遨游？不透彻地研究《东坡易传》，怎能把握苏轼的哲学思想和他诗词中撼魂动魄的天人之境？

龙吟一直在积累。已近知天命之年的他终于感觉自己有了书写东坡的把握和能力，这一写就一发而不可收。在他的《万古风流苏东坡》中，他塑造了一个全新的东坡形象，可歌可泣、可敬可佩，令人击节称奇。所有对东坡的评价和景仰都在书中了，为了这一天，龙吟整整准备了半生。他的书受到了苏学研究专家孔凡礼、朱靖华等人的高度赞赏。有评论家说：弥漫于小说字里行间的那种富有感召力的心理氛围，叫人置身其中，不由得一口气读下去。这氛围，来自书中东坡的精神魅力，也来自小说作者的精神魅力。

——那么，小说作者的精神魅力来自何处呢？

最了解龙吟的艾薇说，龙吟在骨子里是一个桀骜不驯的人，在他50年的生命历程中，可谓上过天、入过地，可是他只想做一个自由自在、按照自己的意愿生活的人，他始终坚持着自己独立的想法，坚持着自己在别人看来不切实际（或者说得不偿失）的理想，为此他可以放弃许多在别人看来应当珍惜的东西。他是幸福的，因为他最终实现了自己，他现在做的恰恰是他最乐意做的，不是所有的人都能够把理想和现实融为一体。

苏轼一直在影响着龙吟的为人处事，他在他书的后记中坦然地说，他曾经在"中书省"习练官场文字，可是他最终却将自己"流放"到了江湖，让自己充分领略了从冷漠的天上宫阙到混浊人间的世态炎凉。我们无从知晓这其中的波折和故事，但可以想象：这一过程，显然也充斥着东坡的不羁和孟浪，这个过程，本身就是一部荡气回肠的小说。这部小说是龙吟用笔写出来的，也是龙吟用脚走出来的。

为了苏公，龙吟究竟走过多少路？从苏轼出生的眉山，到苏轼曾经游历过的名山大川，从苏轼曾经为官的杭州、黄州、徐州……一直到鲁东南的这座算不上"山"的常山脚下……

（五）

因苏轼而扬名的常山不高也不远，但是寻找雩泉的过程却不失曲折。

常山貌不惊人，却显得恬静、安详、大气。或许苏轼的光环一直在笼罩着它，从未离开。常山不以山奇而取胜，而以它的人文景观和文化氛围著称。在那样小的一座山上，曾经有过众多的宫祠亭榭，以及碑碣和摩崖题记。它多次受到历朝皇帝的诏封，还一度成为佛教、道教圣地。还有哪座如此小的山，享受到过如此多的荣耀？在常山，脚下的每一步踩到的都是文化。

小小的雩泉只听说在北坡，到底在北坡的哪儿呢？看山的老人用长烟袋为我们指点了一条路，但是走着走着那条路就失踪了。我们只能陪着龙吟夫妇朝着大致方向搜寻。

山上生长着最普通的植物，在温和的秋风里，它们平静地成熟了。多数的野花都已凋零，但是成片成片金黄褐红的叶子，呈现出"霜叶红于二月花"的意境。秋天的到来在这里竟是那样温馨自然，没有丝毫的荒凉和感伤。

龙吟先生提着沉沉的工具包，不时从中取出相机或者录像机，抓取某个在我们看来并没有什么价值的镜头：包着头巾的乡下老妇、撒在山坡上的壮实的牛犊、怯生生喊着"妈妈"的小羊羔儿、枯叶飒飒的玉米秸、掉光了叶子的野酸枣和野枸杞……他爱苏轼，也爱苏轼曾经爱过的这片土地。一个不经意的场景，就引起他的忧患和联想。挖白灰挖出的石孔，使常山变得残缺丑陋，那是大地最痛的伤口。听看山的老人说，前几年曾有乡民到山上胡乱砍伐，半大不小的树，他们就砍了去做烧饭的柴火，多疼人啊，一棵树自己辛辛苦苦长那么大，得长多少年啊！

山茅草在秋风里红了，洁白的茅英英儿羽毛似的飘飞在阳光里。叫不上名字的鸟雀儿蹲在树枝上叽喳着闲话，淳朴的牛羊用好奇的大眼注视着这些奇怪的人。龙先生的衣服上沾着带刺儿的苍子，近视镜在阳光下灼灼闪光。我们一行6人，拨开藤蔓缠绕的荆棘，每走一步都有找到雩泉的渴望和想象。谁的手被棘针划出了一道口子，谁的头撞到了谁的屁股上，谁的脚下一滑，差点儿掉到塌陷的裂缝里去，引得一旁的山菊花抖动不已……看似平缓的常山，也是有危险的喔。

天已近晌午，我们渐渐地有些绝望，怕万一找不到，辜负了龙吟先生。我们在心里一遍遍祈祷：雩泉，雩泉，你若真有灵的话，就赶快露面吧！

突然，谁在前面喊了："找到了，找到了！"身上立时有了劲儿，争着抢着跑过去，就看到了传说中的雩泉！

（六）

或许雩泉一直在等待，900多年前，等待一个旷世奇人来给它起一个名字；900多年后，等待有人来看它沧桑的容颜。

眼前的雩泉和普通的水井毫无二致，它裸露在阳光下，石砌的井口，上面已没有遮风挡雨的亭子，可是它四周的景物，却葱郁得和远处的秋景形成了鲜明的对照。我们都很高兴，千百年来它仍然没有枯竭荒废，没有被岁月的沙土埋葬，它一直在发挥着作用，你看它分明就是农家菜园里的一口用来灌溉的水井，它平易亲切地坐在一畦畦碧绿的白菜、菠菜中间，扁豆、茄子和菜椒在其他的地方早就枯萎了，可是在这儿仍是一派鲜活的模样。井的四周仿佛有什么神光灵气，将季节悄悄地挡在了外面。更神奇的是它旁边的一片竹林，绿得那般青翠水灵，沁人心脾——都秋天了怎么竟会没有丝毫的老态呢?!

龙吟夫妇相依偎着在竹林的石碑上合了影，那一刻他们是那样容光焕发，兴高采烈，如神话中一对找到了宝藏的小孩子。我们都蹶着屁股趴在井台上看泉水，水面清冽如镜，仿佛千年的岁月就在那一瞬之间滑过去了。

龙吟先生没有更多的话说，所有的感慨与思索，留待日后去回味和抒发吧——他只管扛着摄像机不停地拍，雺泉及它周边的景物都有幸在那一刻永恒地留下了。他甚至孩子气地拍下自己在雺泉中的倒影，让我们看他荡漾在水波中的笑脸。

告别雺泉的时候，看见一畦畦青翠的萝卜，龙吟忍不住拔了一只，放在袖子上粗粗地擦了擦就和夫人分而食之，这可是雺泉水育出的萝卜啊！

龙吟走了，而雺泉还将源源不断地"泉"下去。它是大地睁着的眼睛，辉映着蓝天白云，摄下亘古的风雨变幻，在我们看不见的时刻，它清澈的眸子里，是否会映出一个须发飘逸、目光深邃的古人吟哦的身影？

找到雺泉之后的龙吟还要继续去寻找什么？

等待过一个千年又一个千年的雺泉，还在等待什么？

谒郑玄墓祠

写下这个题目，我突然感到羞愧，因为在去郑公祠之前，我除了知道郑玄是汉末的一位经学大师外，别无所知，他的名字对我来说不过是一个多余的符号，我从未有过深入了解他的欲望，更无从想到拜谒他的有关遗迹。只是因为一次游历中的偶然，我才站到了他的墓与祠前。

当时，我和友人们站在潍河的尽头，看着这条母亲河从我们脚下浩浩荡荡地汇入峡山水库——全省最大的水库之中。那真是一片世外桃源啊：水天相吻处，活泼的小舟是点睛的逗点，水鸟儿在飞扬似雪的芦苇荡里起起落落，苍凉的风吹得人翩然若仙。在这地肥水美、恬静和谐的地方，我们都相信会有奇迹。当地的一位文友说：这的确是一块风水宝地，它集天地之灵气，曾孕育出无数的英雄豪杰、文人雅士。1800多年前，一代经师儒圣郑玄便诞生于此。他的墓与祠至今尚存，就在不远处，是省重点文物保护单位。他的话激起了我们寻古探幽的兴致。

我们的车在水库清新洁净的大坝上行驶，仿佛要一直驶到世外去。两岸是恬静如画的风景：桃园、池塘、麦田、挺拔清秀的树，还有圆圆的沙坟在阳光里打盹，阳光沁进每一颗沙砾，温暖抚慰着那些长眠的灵魂。这样的情景温柔温馨，丝毫也不荒凉凄厉，让人相信死和生是一样自由和安详，并不可怕，死者能和生者一样倾听这田园牧歌，迎送这日出日落。这一切仿佛不属于尘世而仅属于回忆。路的尽头，我们要去拜谒的那位古人，他和这些散落旷野的灵魂有何不同呢？

在高密市双羊镇后店村西，有一个雅静的院落向我们敞开了大门，这便是郑公墓祠的所在地。院内有隐士般高雅的菊和朴素的草花，闲走的三五只笨鸡，使这埋葬古人的地方也充满人间烟火的生气。

郑公祠相传建于汉末，高约13.5米，青砖黑瓦，古朴静穆。进入墓祠大门，踏着陡峭的石阶层层上去，迎面是一位明眉朗目、容仪温伟的老人塑像，他深邃睿智的眼睛，从久远的历史深处向我们望过来。兀然地出现在他面前，我有些不知所措，不知该以怎样的心情来面对这位陌生的古人。我羞愧于我对他的无知。我们这代人看着那些专拿老祖宗开玩笑的电视剧长大，真正的历史已被戏说得面目全非。是的，没有人亲眼看见过历史真实的模样，我们看到的所谓历史不过是现代人随心所欲的杜撰。为了挽回一个文化人的颜面，我像个考古者那样四处搜寻着有关郑玄的信息。郑玄祠碑上的文字已漶灭难辨，墙壁上只简单地刻着他的生平。从友人那里，我才对郑玄有了初步的了解。在他淳朴的讲述中，我的眼前真切地复活了那些湮灭已久的情节———

郑玄，字康成（127～200），生于北海高密的一个名门望族，是汉末最后的、也是最有成就的经学大师。他一生遍注群经，不仅是儒学集大成者，在数学、物理学、天文学、语言学领域也皆有贡献。他自幼博学多识，被誉为"神童"。自 20 岁始，在外求学游历十几年，40 多岁才回归故里，因家贫地少，只得"客耕东莱"，同时传经授徒，弟子多时达数百千人。在"党锢之祸"被牵连禁锢的 14 年间，他杜门不出，潜修经业，硕果累累。后人提起郑玄时，总好称他"郑司农"，其实是对他的亵渎。因为他一生淡泊名利，有多次入仕机会却甘为布衣，"大司农"之职于他不过虚名而已，当时他以病老为由自乞还家，并未上任。究竟是他真心不愿为官还是阴差阳错，众说纷纭，我宁愿相信那是他作为智者自知之明的人生选择。郑玄一生活得极其明白而且干净，始终保持着独立的人格。

公元 200 年春，袁绍与曹操相持于官渡，为壮声势，绍令其子袁谭逼郑玄随军，"欲借玄以收君子之望，而得万民之心"。玄无奈只得抱病卧车随行，行至元城时病卒，初葬于剧东（今青州市郑母镇，民间传说为郑玄姥姥家），后迁回高密。袁绍之举虽遭世人唾骂耻笑，却也从另一侧面反映出郑玄当时的声望、影响，和他在袁绍心目中的分量。袁绍死后也葬在了郑玄的故里，距郑玄墓不远的地方，据说那是他生前亲自嘱托后人的。

郑玄不仅为上层官吏所赏识，更为民间所景仰。据说他由徐州回乡时，路遇黄巾军数万人浩浩荡荡行进。当时，这位年迈体衰的老人担心被杀，哪知当黄巾军首领知道他是谁时，竟率领数万大军齐刷刷地跪拜，尊崇如见尊父，并发誓绝不骚扰高密百姓。究竟什么是混乱中的秩序、暗夜里的烛光？在那样一个群雄割据、情理无常的乱世里，这撼人魂魄的一幕如在眼前，令今天的我热泪盈眶。

在郑玄像左侧，是郑益恩的像。益恩是郑玄唯一的儿子，他出生时郑玄已 44 岁。当年，孔子的第二十世孙———时为北海相的孔融为见郑玄曾履屐造门，并为之特设"郑公乡"；多年后，郑玄的独子郑益恩为解救被黄巾军所困的孔融而赴难殉身。从这两代人的身上，我看到了中华民族士为知己者死、知恩图报、无怨无悔的士风气节。

在郑玄像右侧，立着一个明眸皓齿、英姿勃发的少年，那是他的嫡孙郑小同，益恩的遗腹子。郑玄于耄耋之年失子得孙，该是怎样的悲喜交集啊！独子英魂远去，却为他留下了这相传的血脉。一切的一切，都会因之传承下去。这位白发苍然的老人执烛相照，用满是褐斑的、颤栗的手抚摸着这个懵懵无知的婴孩：他一生下来就没有父亲，注定要在没有荫护的环境中孤独地成长，迎接他的，将会是怎样凶险莫测的命运呢！老人掰开婴儿紧攥的小手———这位儒家的忠实信徒相信人手心的纹路里写着自己的命运。结果，他发现孙儿的手纹几乎与自己一模一样！冥冥中上天在向他暗示什么？对此，他当时一定思想了很多，一代经师大儒也难解开这神秘的谜底。现代人都知道人的手纹是不可能相同的，就像世间没有完全相同的树叶一样。但有关祖孙同一手纹的奇事，书中有确切的记载，郑小同的名字就由此而来。

只可惜郑小同与爷爷同一手纹，却并不同一命运。郑玄过世时，小同才 5 岁，乱世里孤儿寡母相依为命的凄凉无奈可想而知，好在长大成人后的小同传承家学，在民间的声望已卓然自立，后步入政坛，官至侍中，曾为曹髦讲授经业。中国文人的悲剧往往在于过于关心政治，并企图借此施展自己治国经世的抱负，结果一旦步入错综复杂的政治环境，便往往命不由己。郑小同没有逃过这个悲剧，在他 62 岁时，终被多疑的司马昭毒死，未能像他爷爷那样得以寿终正寝。

小同之死究竟是因司马昭猜忌而致，还是源于政治阴谋，已成千古之谜。他的死很可能并非司马昭一念之差的无妄之灾，在曹髦与司马家族的明争暗斗中，无辜的牺牲品还少吗？时势动荡、险象环生的时代，注定了一介文人书生在劫难逃的命运。郑玄曾在蔡邕遇害后发出"汉世之事，谁与正之"的悲愤慨叹，多年后他一脉相传的孙儿以他的死，重蹈了无数文人雅士的覆辙。站在郑公祠里，站在祖孙三人面前，面对着那三双穿透千年岁月向我望过来的苍凉的眼睛，我在俗尘中变得麻木不仁的心渐渐感到了疼痛，我为我对历史的无知而汗颜，为我一直张扬炫耀的享乐的人生观而羞愧。

一代代的先人如一节节的梯子，把我们送到今天的高度，而现代人对祖宗先贤的冷漠和无视，已经到了没有良心的地步。古代和现代是隔膜的，现代和现代也并非零距离。在很多现代人眼里，五千年的文明和智慧不过是历史留下的一堆垃圾，甚至是阻碍他们前行的大山……焚三炉香虔诚地置于炉中，让香气袅袅地升至古人灵魂所在的境界，就在这一瞬间我突然明白了，这种古老得近乎迷信的祭拜方式为什么会一直流传下来。

站在高达 13 多米的祠堂之上，我仿佛悬在历史与现实的半空中。一仰头，是那些灰飞烟灭的灵魂；低头，是蝼蚁般忙碌不休的人生——我庆幸我仍是那其中的一个，我从其中来，仍要回其中去。只有活着，一切才有可能。只有人世才是真实的，只有握住真实的纸笔，才能写出活的文字。

祠西南 3 米处，有一棵高约 13 米、粗可盈抱的柏树，虽枯，却并不腐烂，树叶已片迹不留，铜枝铁干仍硬骨铮铮地刺向天幕。友人突然指着半空中那斜逸而出的一截枯枝说："你看，那多像小龙的头呵，你再看——"他的手指越过蜿蜒盘曲的枝桠，指向刚劲翘起的末梢，说："那多像龙尾呵！"一阵秋风扫来，满院花草树木发出一片沙沙飒飒之声，仿佛来自远古的神秘暗示，唯有柏树凛然不动。

后来翻阅资料，看到有关这郑祠老柏的描述俱是"状若虬龙"，可见古今英雄所见略同。守祠的大娘说这柏树是当年郑玄从一个小花盆中倒出，亲手植于堂前的。莫非这树因之有了龙的风骨、龙的精神？清人夏畴曾为它赋诗曰："枝近涛声远，龙盘黛色苍。几丛书带草，同此挹清方。"可见当时它还是极茂盛的，我惊叹于一棵树生命力的长久与顽强。试想树的喧响呼应着潍水的涛声，玄公在树下安眠，农人们在远处耕作，那是怎样生动的画面啊！那时，人虽死树犹生；而今，树虽枯骨仍在。

院中小路的西侧，种着一垄垄的白菜，如潍河边的所有植物一样，它们绿得俏、绿得纯、绿得生动无比，让人不由想起这儿的主人郑公曾有过的"客耕"岁月。圣人孔子看不起耕稼之事，而郑玄与一般儒者不同的正是他不慕仕途，甘以耕稼授徒为业。"一亩荒祠傍翠微，千秋经席归此依。"这或许正是郑公神往的境界。他曾在满院青翠里，栖息那颗宁静澄明的心，他亲手劳作，口中吃着简单粗糙的食物，脑中却产生出令日月生辉的智慧和思想。他的境界我们至今无法完全进入，他的高度我们或许再也不能企及。我们生逢盛世，心却是浮躁的，我们已不懂得什么是修炼，忙于生存的我们似乎没有时间思索，只有时间享受，而这位古人在生死难料、变幻无常的环境中，却始终保持着一颗波澜不惊的心，平静安详、心无旁骛地做着学问，甚至在去世前的短短几个月间，他还抱病完成了对《周易》的训释。思想依赖肉体而产生，也能突破肉体而存在。郑玄死了，他的思想依然活着，活在万事万物、阴晴圆缺之中。

郑玄墓在祠的后面，高约 8 米，外围达 40 多米，墓上的枯草如一代经师的长发，被秋风胡乱地梳理着。"云愁庙古，月暗坟荒"——相对于死者生前的辉煌，他的坟冢实在太冷清了。生者对死者的凭吊拜奠是多么苍白无力呵。我们可以用各种方式来纪念先人们：焚纸、进香、屠牛宰羊，但是他们并不能真的享用；我们可以将他们的庙宇祠堂修筑得古色古香富丽堂皇，可他们并不能真的住进去——那多是后人借祭奠先贤的名义而做的铺张，与旅游收入有关，与死者本身已无多大关系。人们在热热闹闹做这些的时候，却忽视了死者灵魂的居所始终是荒凉的，甚至几乎被风雨抹平。我们是多么虚荣和流于形式啊！在春天到来的时候，我们只需在他们的坟头撒一把草花的种子，他们的房顶上就会鲜花盛开，蜂蝶翩然，那美好的花香就会穿透沙土，温暖熏透他们已凉的骨！

南去的大雁在秋风里歌唱，歌唱着潍河两岸世代流传的歌谣。薪火相传的人类不会失去记忆，记住好的，也将记下恶的，哪怕当世混沌，也终将会渐渐明了，在后人那里泾渭分明地分出正邪两极。在历史的长河里，谁都不过是一粒微尘。但每个人生下来都是有根有源的，所以每个人活着都有使命，不管他有心还是无意，不管他清醒还是无知。我活着，有血有肉有情有义，挚爱着人世间的一切美好事物，弃恶扬善，取长补短。在祖宗遗留的天空下，在祖宗耕种过的厚土上，一代代的"我"们仍将活下去、爱下去、思想下去，并再次成为遥远的回忆……

最后的古城墙

一

得去看看它。

一定得去看看它。就如同去看望一位生命垂危的老人，不看，也许就再也看不到了。

生命垂危的老人，临终会挣扎着，用最后一口气告诫他的后人一些话：该铭记什么，该忘却什么，该汲取什么……可是它，它冰冷无语，啥都不会告诉你。当然它并非无话可说，它要说的话才多呢，它的话都藏在那些渗透了风霜雨雪的砖土里，等待有心人把耳朵贴在上面，听；等待知音人把心贴在上面，悟。

这座北方的小城在飞速发展着，快得连历史都快找不到影子了。楼房一座比一座高，城区一年比一年大，新的东西越来越多，旧的东西越来越少。人们砸了真的古迹，盖上假的古迹，不厌其烦，乐此不疲。它呢，它几乎没有立足之地了，它一天天地沉落下去，与这座越长越高的城市对比着，越来越矮，矮到只能抬起头来才能看到这个城市的脚跟。

也许有一天，它会完全被这座城市踩在脚下。它有牢骚吗？它有感慨吗？它有期待吗？

也许什么都有，也许什么都没有。

它不会诉说，它没有生命，它只是这座城市的古城墙。

二

在古代中国，再不像样的城市也是有城墙的，有城墙的城市，闭关自守，安全而又闭塞，最直接地体现了封建社会的特点。因了城墙的存在，在后人的想象里，古代的城市总是神秘的，哪怕小得像月光下的蝈蝈笼，也一样高深莫测，暗藏玄机。

我们现在居住的城市，曾经是一座怎样规模的故城？这座故城屹立了多少年？这座城里的人，繁衍了多少代？它知道，它都知道，作为这座城市历史的一部分，还有谁能比城墙更清楚城市的历史——

我们的故城分为南城和北城。南城是县城，始建于东汉建初五年（80），时称东武县；北城是州城，建于北魏永安二年（529），为胶州治所。两城相接，中间留有一门，谓之双门。隋开皇五年（585），废胶州置密州，即胶州治为密州治。开皇十八年（598），改东武为诸城，仍以南城为县城。到了明洪武二年（1369），撤密州，将县衙挪至了州衙内。洪武四年，大事修城，两城中间的城墙被打掉，但保留了双门，改建为钟楼，同时筑左右城垣，加固城池。以后历代皆有修筑。那时县城呈"凸"字形，"城周九里三十步，高二丈七尺，池深丈有五尺，广倍之"。城墙的四周，有五个城门，门各有楼。县城面积为 1.065 平方公里，城内的街道呈"干"字形，亭台、楼阁、寺庙、祭坛、牌坊等名胜古迹众多，后皆毁于战乱……

那时的南北两城加起来，也没有现在城区的一半大。连接两城的双门，我在一张照片上见过。那是 1945 年 9 月诸城第一次解放时，我滨海部队举行入城式的一张照片，照片上的士兵正扛着枪穿过城门，两边是欢迎的百姓，那么多的面孔，有欢悦的，有好奇的，有麻木的，在那些瞬间留住的面孔上，你可以看到诸城的昨天；而那支生机勃勃的队伍，就像一缕春风，用新生的力量，荡涤着陈旧的气息。看那城门，好高啊！城门上那尖顶的建筑，你可别把它当成炮楼，会有一位老人告诉你：那就是钟楼啊。说到那些打着绑腿、背着背包的战士，她混浊的眼里汪满了泪水，她说：那些八路军，苦哇！他们排着队走着走着，就会有人停下来坐在路旁，笨拙地拿个针缝补破烂的鞋子。有一个小的，看上去也就十五六岁吧，怕掉了队，撕块布条缠巴缠巴就撑上去了，脚还一瘸一拐的，大概是脚底磨烂了。我那时还小，背着弟弟在街上看光景，他还停下来给弟弟擦鼻涕，顺手摸一把弟弟的脸蛋子……听着这样的故事，我们都相信：当这样的队伍走过，枯树也能发出新芽。

三

仅存的古城墙，在城南扶淇河的东面，那么突兀的一截，丑陋而不合时宜。多少次经过这里，不知道它是一截城墙。也曾有过一闪的念头：多好的风景区啊，怎么竟留这么个莫名其妙的破土丘在这儿呢？知道了它的身世，才明白对这个爱美的城市来说，对它的保留其实是一种宽容和心胸。

城墙下有悠然耕作的老农，他是否能像珍惜自己的菜地那样珍惜这残缺的城墙呢？歇气的时候，他是否会倚着墙根，对着西沉的夕阳抽一袋旱烟？小的时候，他是否穿着对襟小袄，坐在城墙下的树墩上，荡着双腿，用清亮的嗓音唱过一支童谣？

远望古城墙，就仿佛看见了过去的城堡。朗月之下，树影婆娑，古城墙如母亲围起的手臂，将儿女们拢在怀中，这样的场面是何等温馨啊。面前的城墙曾经高大巍峨，站在下面的人，仰面视之，渺小如蚁。那时，要进入一座城，走出一座城，多难啊。在墙外，你就是个外人；走不出城门，你就永远不知外面世界的模样。每一座城里的人，都这样活着。城墙是护卫，也是阻挡；是安全，也是牢笼。在城墙圈起的范围里，古人们有局限地生活着，不比一只苍蝇一只蚊子更自由，许多动物也跟着人活在里面，享受着本不该享受的囚禁，野性，渐渐消失殆尽。

那时候，每一个村寨，每一座城池，直至整个国家，都壁垒森严，需要有墙一道道一层层的护卫，而这护卫随着科学的发展，终于成了掩耳盗铃式的自慰：再牢固的城墙，又怎能抵得过摧枯拉朽的炮火？

<h2 style="text-align:center">四</h2>

城墙曾经要搭云梯才可以攀上去的，但现在只消几步就可以将它踩在脚下。看来人造的高度，永远高不过造它的人的高度。过路的风吹着它顶上的枯草和荆棘，如同吹动着霜染的头发，这些最卑微的植物正在等待，等着春来，等着春暖花开。

那段墙几乎只剩下了黄土，只有几米外面还有青砖，并且已和夯土皮肉分离，真担心有一天它站不住了，会在风中扑倒下来，戳痛大地的胸膛。城墙的那些结实的夯土，可是我们这座古城最早的"姥姥土"啊，可惜大部分已被人推去盖了房，填了沟，垫了栏，说不准哪头牛哪头猪身下铺着的就是城墙的土哩！那土站着，就是城墙；倒下，就是良田。据老人说，夯土上那些拳头大小的、有规律的洞洞，是外面的砖在墙上留下的钉记。它们像蜂鸟的窝巢，任凭乱跑乱撞的风在里面窜进窜出，吹着尖利的口哨。

靠上前去，用冻僵的手抚摸那些斑驳的青砖。我相信每一种物体都有自己的语言，仅属于自己的语言。触摸那些古老的东西时，我总是有种怪异的感觉：有点儿庄严，有几分敬畏。总觉得那千年万年的时光，会如一道电光，传递到触摸的手上来，让人的灵魂附体，说出一些不可思议的话来，惊世骇俗。人不怕天不畏命，就怕被自己的同类视为异类。但手中有了一支笔，就有了使命，该说的话，迟早得说出的。

和市民休戚与共的城墙，有着这座城市最浓烈的生活气息。城墙的脸，是被岁月的风霜雨雪剥蚀过的粗粝，还有新鲜的阳光在上面停留的温暖，还有什么呢，是否还有血呢，是否还有泪呢？当战争到来，第一滴血会溅到它的身上；当分别在即，最后一滴泪会洒在它的脸上。抚摸古城墙，就真切地感受到了这座城市的历史。

也曾抚摸过比城墙更古老的东西。在我们这座城市的恐龙博物馆里，有世界上最大的恐龙化石，还有一块高过人头的恐龙腿骨，据说摸了可以保佑吉祥平安。每当工作人员在那里煞有介事地解说，听的人就煞有介事地将那块恐龙骨上上下下地摸了又摸，虔诚得连自己都感到滑稽。本人也在摸龙骨求好运的人之列，摸完了才发觉面红耳赤，因为实在想不通远古的这些丑陋笨重的庞然大物，与神灵有何联系。莫非它们的骨头在亿万年的沉睡中成了精，有了灵气？

触摸恐龙骨和触摸城墙，感觉是多么不同啊。

五

近 2000 年里，城墙曾目睹了多少喜怒哀乐，渗透了多少悲欢离合？

苏轼知密州时，适逢连年灾荒，民不聊生，饥饿难耐的密州百姓有时只得剥啖草木，甚至吃一种观音土。试想人若匍匐在地口嚼草木嘴含泥土，与猪狗又有何区别？饥饿使人的尊严全无，惨不忍睹！而身为太守的苏轼怎样呢？他正在故城废弃的园圃里，和通判刘庭式弓着腰找寻那些可以充饥的枸杞和菊芋。这位亘古少有的大诗人这才痛切地明白："平生五千卷，一字不救饥！"就在那灰暗的城墙下，苏轼曾经含着热泪，循着墙根捡拾那些百姓无法养活的弃婴。两年之间，几十个危在旦夕的生命，就在苏轼那双温热的大手上活下来了。一双双黑葡萄似的眼睛，凝视着这位救命恩人的时候，还不知道感恩，还不知道头顶这位两鬓染霜的人，是谁。

在背倚北城墙而建的超然台上，苏轼曾遥遥地举杯邀月，杯中盛满凉凉的月光。他带给密州百姓的，不是"举杯邀明月，对影成三人"的徘徊叹息，而是"但愿人长久，千里共婵娟"的千古祝愿。一心超然的人，在超然台上，真正地豁达超然了，他的心胸，像月光下的天空，澄明而博大。而托起了超然，托起了苏轼的北城墙，却与超然台一起，最早地成为了废墟。

六

　　站立了近 2000 年的城墙是公元 1948 年春被扒掉的。当时扒掉它是迫于战争的考虑。

　　城墙曾经为我所用也为敌所用，日军投降后，臭名昭著的伪张步云部就是依赖高大的城墙和坚固的工事盘踞县城，拒不缴械。他有句丧心病狂的"名言"："就是杀老百姓吃，也要死守诸城。"当各个城门被攻破，他只得率残兵败将仓惶逃往高密。1947 年 9 月 9 日上午，国民党军队及还乡团进攻诸城，火力凶猛，敌众我寡，我军主动撤出，已经解放的诸城再次陷入敌手。一个月后攻城的时候，由于敌人凭借城墙和坚固的工事顽强抵抗，那一仗打得十分惨烈。获得第二次解放的诸城痛定思痛，为防患于未然，在 1948 年的春天，政府决定扒掉城墙（当然并未全部扒除）。最先扒掉的是北墙。西墙上世纪 80 年代还留有一段，就在现武装部的院内；东面的一截城墙作为诸城师范的东墙存在了多年，也于 80 年代被毁了。那墙上迎风展动的茅英英儿，至今还拂动着人们的记忆。

七

　　我们的城墙就这样一段段地从我们的视线里消失，只剩下了这最后的一截，只有几十米的一截，该为它侥幸呢还是悲哀呢？

　　曾经用来防御用来护守的古城墙啊，到最后，连它自己都保护不了。相反地，它已经到了需要人类保护的程度。

　　这不是在责备，也不是在抱怨，因为扒城墙曾经是历史的无奈。许多时候，也难说哪是对哪是错，只因为那时候需要。可是即使这些原因不在，现在又有几座城市还保留着最初的城墙？

　　即使是首都北京的古城墙，它的命运又如何呢？

　　曾看过一篇文章，写的是梁启超之子、建筑学家梁思成与城墙的故事。1949 年建立新中国后，北京城里的许多古老建筑被下令拆除，包括古城墙，包括那些异常精美的辽代建筑。梁思成和夫人林徽音多方呼吁无效。目睹那些雕龙绘凤的梁檩木柱、砖瓦奇石纷纷被市民拆去搭建民房鸡舍，梁思成几乎是绝望地说："我也是辽代的一块木头！"可是谁又能听见他微弱的呼喊呢？绵长雄伟的古城墙，几乎在一夜间化为了废墟。梁思成终于明白：他不过是一只蚂蚁，无法阻挡汹涌澎湃的浪潮——"在一个灰蒙蒙的黎明，搞了一辈子建筑设计的梁思成悄悄来到城根下，艰难地攀上北京的最后一段城墙，一尺尺、一寸寸地抚摸着城堞上的每块青砖，老泪纵横。最后，他咬咬牙，哆哆嗦嗦地搬上一块印有'嘉靖二十八年窑户孙紫东造'的城砖，沿着曲折的小胡同背回家去。"

1972 年，中国最杰出的建筑学家梁思成病逝，无声无息。而关于毁和留的问题，仍在建设中的中国，继续困扰下来。

八

曾听说一位致力于古迹保护的老人，在得知城南遗留的部分城墙被毁坏之后，心痛得捶胸足顿。当时，说这事的人笑，听这事的人笑，都笑这人的迂腐。

在那些沧桑历尽的老人那里，总有一些东西是我们所不能理解的。我们更热衷于进取，而他们更懂得珍惜。人，只有在经历了之后，才知道哪些是最重要的；历史，总是在轮回之后，才知道哪些是该珍视的。

那位老人说：过去的已经过去，已经不可能改变或者挽回什么。后人也没有理由责备前人的无知。历史是在摸索中前进的，对错得失在所难免。与其在背后说长道短，不如痛定思痛，吃一堑长一智。人类只有从错误中汲取教训，才会变得更聪明。经历了太多，我们应该有所知，有所悟，那些遗迹、文物是历史遗留的最真实的档案，哪些该保存、保护、抢救，哪些可有可无，应该区别对待。发展的需要，总得有抛弃，有保留；我们需要某些东西留下来，用它的存在说明一些什么，它的存在，就是它的价值。譬如长城，它几乎是用累累的尸骨垒成的，它曾经为防御外侵起到了不可估量的作用，然而现在，你还需要它来防御什么保护什么？不需要了。只是，我们依旧需要它站着，它站在那里，就是一种价值。

　　冯骥才就是这样一位懂得珍惜、善于保护的人。他的故事，近乎悲壮。他说："哪个城市拥有一条老街，就拥有一件传家宝"。1994年，有600年历史的天津老城开始拆迁，忧心如焚的冯骥才，拿出自己的几十万元稿费，请了100名摄影师日夜走街串巷，"地毯式"地拍摄。在他的多方努力下，终有一些建筑保存了下来。而那些从此消失了的，也在一本浓缩的图集之内，留住了最后的影像。

　　是啊，切断了与历史相连的脐带，人类就成了一无所知的婴儿。倘若真的有那么一天，那些值得人们自豪的东西都已经不复存在，徒有其表的城市啊，你还拿什么让人来爱你?!

九

　　在众多的历史文化遗迹中，古城墙可能是平常的，但那是我们城市自己的城墙啊!

　　面对着城墙，就像面对着历史。它不言、不语，它的价值，取决于人们对它的认识。

　　谁来回答我们城市的疑问：在已经不需要城墙的时代，那一截残破不堪的城墙，作为一种历史文化遗迹，到底还有没有存在的必要?

　　也许，古城墙撑不了多少年了，如何对待它，将成为它最后的命运。

古琴，让我带你回家

　　50年前的一个夜晚，在古木苍苍的狼山上，有一个年轻人在月光下抚琴，明月高悬，清风浩荡，琴声清越悠扬。年轻人如痴如醉，仿佛万事物都在他的指下化为了流水月光。群山有耳，流水有音，每一棵小草每一片树叶都在黑暗中摇头晃脑，呼应着琴声。琴声更加慷慨激昂，有力的十指仿佛要将黑夜弹破。这天籁之音引来了一条蟒蛇，它攀上一棵参天老树，将身子倒挂树上，向年轻人弹琴的亭子探下头来，眼睛在黑暗里熠熠闪光。闻声而来的朋友们发现了蟒蛇，大惊失色，急挟年轻人抱琴而去……

2006 年 5 月 19 日，在山东诸城的某演播大厅里，诸城琴派的当代宗师刘赤城先生，面对着台下的观众们，亲口讲述了自己的这段传奇……

（一）

当合肥至诸城的客车将要驶进诸城市区时，正闭目养神的刘赤城先生赶紧挺直脊背，掏出小梳子将头发一丝不苟地梳好。

窗外，陌生的景色如随风展开的画卷，一一掠过。一路之上，刘赤城兴致勃勃，毫无倦意。从合肥到诸城，这段既近且远的距离，他等待了一生才有了一个得以跨越的契机。

这次诸城之行的题目是"百年诸城琴派还家"，其实诸城不但是"诸城琴派"的故乡，还是中国古琴的发源地，这就使"还家"二字有了双重含义：既是诸城古琴还家，又是中国古琴还家，这一步，是跨越了百年，还是千年——

4000 年前的上古时代，出生于诸城的中华明德始祖虞舜，制成了五弦琴，在渔猎耕种之余，奏五弦之琴，歌南风之诗，与这片土地上的人们"尔乐乐，我乐乐，尔我同乐乐"；

3000 年前，周文王、周武王又复加二弦，以和君臣之恩。七弦之音，自此在华夏广为流传。

诸城古琴的祖先系出"虞山"和"金陵"两派。19 世纪初，有王既甫和王冷泉两位琴家活跃在山东一代，诸城古琴由他们分别传授下来；其后，王冷泉的弟子、出身于操缦世家的诸城人王燕卿经数十年游历积累，形成了完整的琴学思想，逐渐使诸城古琴形成了独特的演奏风格；再后来，王燕卿的弟子徐立荪将诸城古琴带到江苏南通，创办梅庵琴社，弘扬先师琴学，被誉为现代四大古琴家之一；时至今日，徐立荪的的弟子刘赤城已成为国宝级古琴大师，诸城琴派在古琴界的位置愈发显著。清芬一脉，绵延不绝。

而今，诸城古琴飘迈宇内，在它的诞生地却已失传。作为诸城琴派主要的继承人和传宗人，刘赤城这次携众弟子带着久违的丝桐逸韵，来了却一桩美好的心愿。

刘赤城生在南通，定居合肥，诸城不是他故乡。来诸之前，诸城在他的想象中是古朴的石巷，灰暗的天空——这分明带有当年王燕卿离乡南下时的阴影。作为王燕卿的再传弟子，他的这次携琴还家，将会有怎样的境遇？先生的后人还在诸城吗？现在的诸城人，是否还是那样故步自封、墨守陈规？

（二）

1911 年，经康有为推荐，王燕卿被聘为南京高等师范学校古琴导师，开古琴进高等学府之先河。1921 年，寡言少语的王燕卿客死金陵，留下了诸多的遗恨和谜团。

究竟是何原因，使诸城琴派的一代宗师王燕卿远走他乡，甚至不愿魂归故里，而遗言"埋骨清凉山麓"的呢？最合理的解释是他因独辟琴学蹊径，大胆革新，在诸城被视为离经叛道，广受排斥，不得不携琴而去，寻求另外一片广阔的天空。

古琴，中国最古老的弹拨乐器，乐器中的君子；在体现中国的传统文化方面，没有任何乐器能与之相比。细细的七根弦，负载着中华民族几千年文明的重量。在漫长的发展过程中，古琴广受儒家中正平、道家顺应自然的影响，形成清微淡远的基调。古琴的构造，琴弦的根数，木材的选用，都是有讲究的，暗合着阴阳、天地、君臣、父子、伦理、纲常等等，

第二辑 稽古探源

我们的祖宗，总是将任何东西都赋予思想，繁琐而周全。他们活在其中，不得自由。一举手，一投足，处处受着无形的限制，循规蹈矩，举步维艰。"七条弦上五音寒，此艺知音自古难。"自古至今，古琴都是寂寞的，它因博大精深、曲高和寡而知音难觅，这就难怪唐代诗人白居易感叹它"不称今人情"了。

王燕卿对古琴的热爱，不在于他对传统的坚守，而在于他惊世骇俗的创新。他打破当时琴界的清规戒律，大胆运用轮指，并将有着浓郁地方特色的民间音乐融入琴曲，为诸城派的形成奠定了基础。也正因如此，诸城派才能在众琴派中自成一格，卓然自立。

（三）

一踏进诸城古琴的故乡，刘赤城及其弟子们就感受到：这方天空，绝不是当年王燕卿离开时的天空了。诸城人以隆重的方式来迎接流浪百年的诸城古琴还家。他们为有一种以"诸城"命名的艺术门类而骄傲，为诸城古琴有这样一群执著的传承者而自豪，深深感激他们为之付出的一切。百年前被拒绝的，百年后已经作为光荣被接纳。

率众弟子背琴走在诸城和平街上，刘赤城不由得把已弯的脊背挺直，他昂首阔步，旁若无人，甚至像年轻人那样晃动着肩膀，那架步像极了高唱《蒙古人》的滕格尔，胸有成竹，豪情万丈，一步步从舞台上握拳横行而过，每一步都透出一种不容置辩的从容和霸气。

他的夫人说：怪啦，一背起古琴，他的背就直啦！

风，吹起他的衣角，给这位年愈古稀的老人平添了一种飘逸，在市井的喧嚣声里，在弟子们众星捧月的簇拥中，他超凡脱俗的一袭白衣，吸引了众多好奇的眼睛。这样一群人走在和平街上，绝对是一道风景，一种展示：他们，是诸城古琴的传人！百年前，黯然离乡而去的王燕卿大概不会想到有这一天，他的后世弟子们会如此扬眉吐气地在他的故乡亮相。如果沧湾那些被窦光鼐封哑的青蛙们能看到这一幕，也会忍不住大发感慨吧。

弟子们夸赞说："老师好帅噢!"先生憨憨地，笑而不答。

弟子们都见过先生年轻时的照片，挺拔儒雅，神采飞扬，如京剧中的小生。而现在，他的身上已有了太多的沧桑印记——

刘赤城出身艺术世家，他的祖父经商，在自家的土地上种植大片大片的棉花；他的父亲是著名的国画家、古琴家，不仅琴棋书画样样精通，还骑马、练剑，一生潇洒。在那样浓墨书香、琴声流韵的环境中，他5岁开始学琴（当时手还够不到琴呢），11岁投师徐立荪门下，弱冠之年即显于琴坛。由于他小时候体弱多病，珍爱他的父母怕他像前几个孩子那样夭折，在他学琴的同时，还特地将他送到狼山上跟一位大师学武。

在那个激情燃烧的年代里，他盼望能去参加"世界青年联欢节"，那时联欢节在人心目中像现在的奥运会一般神圣，但它不是谁都可以参加的，它要求必须是各个国家出类拔萃的青年，并且必须是工作两年以上的。为此他刚从上海音乐学院毕业，就急切地找了一个工作。谁知，那一届的联欢节是在苏联举办，而中苏关系正日益紧张。他的申请表已经批下来了，却突然接到通知：他的活动被取消了。

"文化大革命"时，琴人或囊琴别事，或辞世星散；绿绮朱弦，尘土生焉。刘赤城被下放农村，却仍对琴念念不忘，走到哪里将琴背到哪里，如背着自己的命，全不管世态变幻，腹中饥寒。一天，当他在田里干活时，他住的泥屋突然坍塌了，好心的农人将他的琴扒出来，抱到仓库里去。他去找他的琴时，见里面尘土飞扬，鸡飞狗跳。他心爱的琴躺在草上，沾满了鸡毛鸡屎。

不能设想没有琴的日子。他已与琴融为一体，相依共存，一颗心，日夜跳动在弦上，甚至，琴已经成为他的脊梁，可断，却不可折。他不善言谈，与世无争，30多岁了仍孑然一身，他弹琴时，却很有霸气。他认定从琴声中，能听出一个人的"德"。卑怯猥琐之人，弹不出大气磅礴的作品。琴者，心也。身处那样一个年代，那样一种环境，他唯有用琴声诉说自己的喜怒哀乐。他们管得着他说话，却管不着他弹琴。古琴如家，给了他一个安全高远的境界，他沉浸其中，如鱼得水，自得其乐。兴之所至，常常通宵弹奏，困了，便睡在琴上，醒来，满脸是琴弦勒出的道道儿。

"文化大革命"后，刘赤城成为中国舞台上弹奏古琴的第一人。

2003 年 11 月，古琴被联合国教科文组织列为人类非物质文化遗产。作为一种器乐文化而跻身世界遗产，这在世上绝无仅有。

（四）

2006 年 5 月 18 日，"百年诸城琴派还家——诸城派当代宗师刘赤城先生古琴音乐会"在诸城如期举行。面对着台下座无虚席的观众，感慨万端的刘赤城郑重弹出了第一个音符。观众的好奇与热情，印证着他们对高雅艺术的向往、欣赏水平的提高和对源自本土的诸城古琴的关心。

刘赤城开首弹的是神韵高妙的大曲《搔首问天》，曲中极写屈原的忧愤哀号之情，俯仰低徊之貌，不得申诉之苦，无可奈何之慨。他眼睑低垂，头稍斜，像在倾听遥远的旷古回声，跷起的手指苍劲有力，翔动在七弦之上，神情专注得令人神往。那种专注是现代人玩电子游戏时才有的。60 年的沉潜磨砺，形成了他洒脱开张、沉雄茂密、形神并重的演奏风格，不管初闻琴音的诸城观众能否听懂，他都要力求心中的完美。切肤的指甲在弦上弹拨，声声是痛，让人从一派肃杀之气中，看到一个仰头向天、苦闷彷徨的身影。

接下来的《流水》，扣人心弦。流水的姿态变化万千，先是空山滴沥，高远深邃，继而沉潜大谷幽涧，孟浪堆雪，汹涌奔腾，及至汇注江海，一泻千里，恣肆汪洋。自古知音难求，砍柴的钟子期竟能听懂俞伯牙的琴曲，两个身份迥然不同的人在琴声中不期而遇，身在不同的屋檐下，却活在同样的境界中，那里面没有高低贵贱，世态炎凉。高山流水的曲子，自此成为知音境界的象征……弹至高潮，耳闻大股大股流水自弦上滚滚而来，汹涌澎湃，势不可当，连一贯吝啬掌声的诸城观众也不由得掌声雷动。

琴歌《阳关三叠》以王维诗为主题，苍凉悲切。刘赤城与陈惠龙琴箫相和，刘胜男的演唱撕云裂帛。"西出阳关无故人"的歌声与箫声如双鸥齐飞，高亢入云，而琴声沉入其下，低沉呜咽，令人不胜感伤。

刘赤城弟子们的演奏，让人生出诸城古琴后继有人的感叹：恬静的孙知姑娘弹奏的是《捣衣》，她对此曲的把握细腻委婉，让人从"长安一片月，万户捣衣声"中，遥想到边塞的荒寒，征人的愁怨，乡音的悲泣；已在古筝界崭露头角的高英，却鬼使神差爱上了古琴。她穿着薄如蝉翼的纱衣弹奏《玉楼春晓》，长发如瀑，翩然若仙，手上的玉饰泛着温润的光泽，将人从浮躁的现代引入古典。

当10岁的琴童金钊穿着长袍马褂抱琴上台的时候，台下响起了善意的笑声和掌声。金钊有一双特别优美的手，一双宁静的眼睛。他还在上小学，可是他的书法作品已经被当做礼品送人了。他站在台上拨弄琴弦的样子，总令人不由得去揣度刘赤城童年的样子。

偌大的舞台对金钊来说，还显得过于空旷；怀抱的古琴对金钊来说，似乎还有些沉重，难得他这样孤立不惊。没人知道刚刚他还在电话里对妈妈撒娇呢！上台前，他反复在衣服上擦着手心的汗。为缓解紧张，他在后台比比画画地练着拳脚，煞有介事，小小的身影投在幕布上。

金钊太小，只好站着弹琴，他那在琴弦上跷起的手指，优美灵动如孔雀的冠子。小小的人儿，弹的却是威武雄壮的《风雷吟》。稚嫩的手指下，传出愈来愈急促的迅雷烈风之声，扣人心弦。

郎建国演奏的是《平沙落雁》。郎建国生于黄山脚下著名的状元之乡，他生性腼腆而内秀于心，文化底蕴深厚的土地赋予他与生俱来的艺术气质。人说诸城派的特色是音韵宽厚，雄健之中寓有绮丽缠绵之意，刚中有柔而刚柔相济，那种"遒媚的境界"令郎建国心醉神迷。《平沙落雁》向人展现出一幅淡远的水墨画卷，借鸿雁远走高飞，寄托逸士的壮志豪情，撮音的运用加强了雁阵行空的气势和苍茫感。雁阵降落沙洲前争先恐后、拍翅鸣叫的情景，格外生动传神，栩栩如生，这是诸城派独有的神来之笔。

为了纪念王燕卿先生对诸城古琴的不朽贡献，刘赤城最后率众弟子合奏了诸城派最具代表性的《关山月》和《秋风词》。众弦在拨动间，说尽了风云变幻，沧海桑田。掌声久久不息。

音乐会结束后，演出人员经过广场，发现在外倾听电台直播的人们还未散去，意犹未尽。

（五）

5 月 19 日上午。刘赤城的琴学讲座对初闻琴音的观众来说，无异于天书。加上口音的障碍，使台上台下的互动气氛一时有些拘谨。刘赤城的一句土味儿实足的"我也是你们的山东老乡"，引起满室掌声笑声，气氛因之松弛下来。刘赤城用琴声，引领人们进入深厚久远的古琴文化——

古琴琴面面板一般为桐木制，琴底板为梓木制；七弦原为五弦，象征五行；古琴一般长约三尺六寸五，象征一年三百六十五天（一说象征周天三百六十五度）；琴面上的十三徽，象征一年十二个月和一个闰月。

古人弹琴，要净手、更衣、焚香，几近一种仪式。为造一张琴，更是寻寻觅觅，费尽心思周折。一张琴的诞生，足以耗尽一群人的心思和心血。所以名琴就像名人一样，都是有文字可考的。

中国的四大名琴：号钟、绕梁、绿绮、焦尾，因主人不同，而命运各异。如钟声激荡的号钟曾为俞伯牙觅得知音，最终成为齐桓公的爱物；如孤雁长鸣、余音不绝的绕梁像美女一样无辜，它因迷得楚庄王不理朝政，最后落得个被捶为数段的下场；绿绮最浪漫多情，它曾伴着司马相如向卓文君示爱，促成一段千古佳话；最悲壮也最幸运的是焦尾，当它作为一截桐木在烈火中哭泣尖叫，即将爆裂的时候，恰被正亡命江湖的蔡邕发现，于烈火中抢出，给它琴体生命。琴尾的伤痕，是它刻骨铭心的特征，触目惊心地记录着它的身世来处，而丝弦中隐隐传出的天崩地裂、电闪雷鸣之声，真实地反映出是偌大宇宙对一棵弱小植物的伤害，让人在狰狞的烈焰闪电中，看到一些不屈不挠的身影。

有人说，焦尾琴，不是一张偶遇的琴啊，它是有着更惊心动魄的来历的，它发出的也不是一棵树的声音，而是一个人的声音啊！——传说汉时有人为求一张好琴，于千树万树之中选中一棵梧桐，栽在江边，焦灼等待，忍受它成长的漫长过程。他栽树时已人到中年，等树长成时已白发苍苍。他独坐江边，苦盼守望，伤感喟叹，怕自己等不到它成材的那天。就在他将要砍树的时候，突然电闪雷鸣，树被劈为数段。绝望中，那个人跳江而死……焦尾是否是此树，其实无关紧要，又有谁能说清每张琴的历史呢！

琴越古越好。好琴必有奇音。琴木经千百年的氧化，能发出各自不同的声音，恰如百年陈酿，愈久愈醇。可惜好琴如知己，可遇而不可求。刘赤城说，能用唐代的琴弹奏唐代的曲，除了中国，世上绝无仅有！琴也是有性格的，真正的好琴可遇而不可求。每一位弟子，他都会亲自为之选一张适合的琴。

琴者，心也。古琴的流行曾经主要靠口传心授，后来因有了文人的参与，琴谱得以记录延续下来。琴有艺术琴和文人琴之分：职业琴家是弹给他人听的，注重技巧；而文人为自娱不为娱人，更多地是把操琴作为修身养性、寄托理想的一种方式，追求内在的意韵而摈弃华丽的形式，题材上多用梅兰竹菊、高山、渔隐等。如《醉渔唱晚》一曲，就是文人高士，在青山绿水之间，借渔樵问答，抒己胸臆；如《广陵散》并非嵇康所作，却在嵇康那里被弹成了绝响。古人弹琴往往于自然之间，茅屋清风，竹林杯亭，随意一坐，诗酒清音，悠然自得。为什么今人失去了那种安详闲适的心境？

在讲座前的那个晚上，刘赤城做了一个奇妙的梦，他梦见了从未谋面的王燕卿先生，这或许是因来到先生的故乡日思夜想所致吧。先生叮嘱他说，弹琴就要敢于发挥创新。于是，他就即兴给先生弹奏《捣衣》曲，先生连连叫好；醒来，他忙将梦中得来的段落添加在曲中，并在这天的琴学讲座中，当众弹奏。

1920 年，王燕卿、徐立荪师徒在上海著名的"晨风庐琴会"上合奏此曲，如出一人，举座皆惊，那一种天衣无缝的默契，引人向往。而今，刘赤城的挥洒，让人看到王燕卿独辟蹊径、特立独行的影子。王燕卿因前无古人的创新而遗世独立，刘赤城传承了他的精神，在王燕卿加用轮指的基础上，刘赤城又创造了滚轮、回锋等新技法。

有人问：现在全国各地有好多人自称诸城派，您对此怎么看？

刘赤城回答说：这是好事情，正说明了诸城派的影响之大啊！

（六）

讲座结束后，有一家三代人在接待室静静地等候刘赤城。他们，是诸城琴派的祖师王燕卿先生的后人。

寻找先生的后人，本是大海捞针，但或许是诸城人的诚心所致，他的后人竟通过一条意外的线索戏剧性地找到了，这让随行采访的安徽电视台记者也不由得惊叹天意的安排，机缘的巧合。王燕卿的第五代孙王亚楠，恰恰也爱好音乐，并对此有着极高的悟性，这很符合她的血统。

安徽电视台记者问刘赤城：为什么这次您会欣然接受诸城方李增坡会长的邀请来诸演出呢？您是否有意在这边收一个徒弟？

刘赤城回答说：在联系的过程中，我发现这边的领导非常重视，有许多热心人也在积极促成此事，而我本人也一直有这样的愿望：我学的是诸城派，我有义务将我学到的琴艺还给诸城，让诸城古琴真正还家。

一次百年琴派的还家，已经重新在这块土地上播下了种子。什么时候，它能重新在母土上开出绚烂的花朵呢？

琅玡台与长生之梦

在耸立于海中的高台之上，满脸阴霾的秦始皇露出了难得的微笑。他舒筋展骨，仿佛卸下了千斤重担。脚下的惊涛骇浪，躬身立于面前的群臣，一声紧似一声啼叫着的鸥鸟，皆不在他的眼中。遥望着海天相接处升起的硕大朝阳，他舒一口长气，慢慢张起双臂，天地轻易地就被他拥入怀中。霞光投进他阴鸷的眼睛，并在他苍白的脸和浓密的胡须上，镀上一层辉煌而温情的色彩。

两千年后，这一刻的秦始皇凝成了雕塑，矗立在云飞浪卷的琅玡台上，手指江山，袍袖飞扬。台下的涛声千年未歇，脚下的群臣依旧卑躬屈膝，一代帝王也依旧身披霞彩云影，唯我独尊，气势逼人。任世间沧海桑田，千年难改历史的模样。

秦始皇在统一中国后的 8 年中，"亲巡天下，周览远方"，先后进行了 5 次规模宏大的巡幸，其中 3 次来到黄海之滨的琅玡台。始皇二十八年（前219），一直在做着长生梦的秦始皇在琅玡山上遇到了齐方士徐福，从而演绎出一连串扑朔迷离、亦真亦幻的离奇故事，并最终导致了 9 年后那令人惊心动魄、瞠目结舌的徐福东渡事件。琅玡台顶的群雕，正是生动地再现了徐福上书秦皇，请求入海寻仙的一幕——

帝王之台

琅玡山，在今山东省胶南市境内；琅玡台，建于琅玡山之上，三面环海，山台一体，现共称琅玡台。秦统一天下后，将天下分为 36 郡，琅玡郡为其中一郡。《史记》载：春秋战国时期，齐国有八神。其中之四时主建祠于琅玡山上，为此，历代帝王和文人墨客多有登临，汉武帝也曾 3 次登台拜祭。

站在琅玡台上四望，山海风光，气象万千：龙湾、云海、神泉、海市蜃楼……奇景幻影，如梦如烟。晴天里，可以望见若隐若现的斋堂岛上，炊烟袅袅，历历可数的人家，吹笛撒网，过着真正的神仙日子。

琅玡台依山而建，前后共筑两次。第一次为公元前 472 年，越王勾践率领死士 8000 人，戈船 300 艘，徙都琅玡，以山为基建起观台，以号令秦、晋、齐、楚四国君王前来盟会，并在此遥望故国，寄托情思，台上的望越楼里，至今仍有他按剑远眺、披风飞扬的背影；公元前 219 年，秦始皇登上琅玡山礼祀四时主祠，观沧海，望日出，不由得"大乐之"，于是兴师动众在越王台的基础上继续加筑，形成一座气势雄伟的高台，在上面刻石立碑，颂秦功业，并且修路 3 条，迁民 3 万户于台下，免除了 12 年的赋税徭役，让他们生儿育女，繁衍生息。秦始皇在此流连忘返，竟达 3 月之久，试想在 5 次巡游天下的途中，何处能如此长久地留住过这位帝王的脚步？

秦朝的大兴土木是有名的，万里长城、阿房宫、骊山墓，这些血汗浇铸成的建筑，举世皆知。早在六国还未灭亡的时候，嬴政的磅礴梦想和建筑嗜好就已经显示出来。每攻下一座城池，他就命人在咸阳附近仿建一座，许多风格迥异、令人惊叹的建筑，像海市蜃楼般慢慢矗立起来。但这么多建筑，却唯有琅玡台是他亲自筹划督建的。那时这里还称东夷，属未开化地区，为何一代帝王竟如此费心地筑修这座台子？又是何原因让他"大乐之"呢？

始皇之梦

面对着浩瀚无垠、深邃莫测的的大海，谁都会心生敬畏。

在每一个梦醒的早晨，狂涛巨浪摇撼着刚刚立起的帝王之台，遒劲的海风拍打着始皇帝皇冠上的珠帘，头顶着如烟浮云，居高远望，但见天高海阔，鸥鸟翔集，奇幻迷离，一轮朝阳在波涛中滚动，如壮士燃烧的头颜。可以想象，远离臣民的膜拜，孤身面对大得可以吞噬天地的大海，分不清海和天，分不清梦和醒，分不清人间还是仙境，秦始皇的内心是茫然的，忧伤的，甚至是畏惧的，无论他如何的霸气冲天、不可一世，在此刻他都是一个懵懂无知、手足无措的孩子，海在四处啸叫，一个浪涛就是一个漩涡，任多少的生命都无法填满，一个人并不比一尾鱼、一只蚂蚁更伟大，纵使你是王者之身，纵使你拥有无边的疆域。

伟大而又残暴，是秦始皇留给后世的印象。年代的久远，使他的一切愈发神秘混沌。据说是私生子的身世，造就了他性格的缺陷。少年时候，无意中发现母亲与人私通，他含恨咬下了自己的一截舌头，从此说话就变得含混不清，性格更加乖僻孤独。成年后的嬴政喜怒无常，"时而高雅如菊，时而残暴如剑"，面对着长城脚下堆积如山的尸骨他无动于衷，可是屠夫刀下猪的尖叫却令他捂起双耳，卒不忍听。历史课本上的始皇画像威严冷酷，让人不寒而栗，然而谁能穿越时空，走进这位前无古人、后无来者的始皇帝的内心？挥臂扬剑一统天下的他是不可一世、至高无上的，然而他的心上挂着锁，里面盛着孤独、拒绝和怀疑。最高处最寒冷，无敌便是孤独。他是一头雄踞高山的狮子，俯视着脚下如蚁的人群，他的咆哮悲鸣回荡天外，只有人怕，没有人懂。

恍如仙境的琅玡台，让秦始皇更加坚信了神仙的存在。他的长生之念，在此时比任何时候更为强烈。两只手所能抓住的东西，毕竟是太少了，谁能保证他的江山永固？谁能让他的高贵之身，万年不腐？活着，就拥有一切；死去，就失去一切。面对着神秘强悍的自然和不可抗拒的生死，他像常人一样无知，却有着常人没有的狂妄和蛮横、不服气和不甘心：踏平六国所开创的万世基业，岂能轻易让死亡带走？不，不！我是皇帝，是天地间的主宰，我要像神仙那样千秋万载地活下去，让所有的人，都姓嬴；让所有的高山大河，都盖上秦国的大印！

唐代诗人白居易，是那个时代难得的无神论者，他对求仙问药之举，深恶痛绝："……秦皇汉武信此语，方士年年采药去……不见蓬莱不敢归，童男丱女舟中老。徐福文成多诳诞，上元太一虚祈祷。君看骊山顶上茂陵头，毕竟悲风吹蔓草……"但有谁的思想可以真正超越时代？在人类对宇宙还很无知的远古，相信神仙的存在，是很自然的事情。正当秦始皇在琅玡台上逼问天地、幻想长生的时候，徐福如秦始皇因渴望而心生的幻影，适时出现了——

徐福东渡

徐福，亦作徐市，字君房，齐国方士，生于齐王建十年（前255）。他的出生地众说纷纭，最著名的有江苏赣榆说，山东龙口说，而关于徐福东渡的启航港更是有十几种说法，最新的研究表明正在琅玡港——自春秋战国时起，琅玡港就是五大港口之一，是齐国主要的海上门户。直至清代，琅玡港仍是军事要防、商港，久经不废。

徐福幼年时即习读儒书，研习阴阳五行。成年后，随父行医传道，宦游齐国，交往广泛，具有丰富的星象天文知识和航海经验。不知是秦始皇想长生，才导致产生了这么多方士，还是秦始皇受了方士的影响想长生，反正长生是那个时代的人们最狂热的梦想。在烟波浩淼的琅玡台上，衣衫飘然的徐福给秦始皇上书（有说是秦皇差遣），说海中有蓬莱、方丈、瀛洲三座仙山，山上住着神仙，只要找到他们就可以求得不死之药。求药心切的秦始皇即刻令工匠们日夜赶造船只，由此揭开了大规模航海求仙、探索未知世界的序幕。那一幕，荒谬而又壮观。秦始皇曾两次伫立在琅玡台上，目送徐福的船队起锚远航。但徐福两次入海求药，均无功而返。

对徐福其人及他兴师动众枉求仙药之举，一直褒贬不一。到底是他主动上书求药，还是受秦皇差遣，也一直众说纷纭。有人说，徐福所谓的入海求仙是为诓骗财物，但那些身外之物值得一个人冒死漂泊海上，在生死未卜间寻寻觅觅吗？付出的似乎大于得到的；他入海求仙数岁不得，却屡败屡求，执著得可怕。他这样没完没了地追寻一个虚幻的存在，是真的相信有仙药，还是早有预谋，另有企图？"石桥东望海连天，徐福空来不得仙。直遣麻故与搔背，可能留命待桑田。"（李商隐）面对那样的奔波劳顿，命悬旦夕，徐福后悔过吗？后怕过吗？

秦始皇三十七年（前210），徐福最后一次出海，这次非同往常。秦始皇因为梦见一条大鲛鱼挡道，决定亲自前往，为徐福扫平通往仙道的隐患。"一片琅玡月，相随万里舟。"徐福这次出海更加奢华壮观，带数千童男女，携五谷百工，物品齐备，由琅玡台下的琅玡港启航。船队东行西折，行至芝罘，大鲛鱼真的出现了，他挽弓搭箭，亲手射杀了鲛鱼，才与徐福握手而别，目送庞大的船队浩荡而去。他哪里知道，徐福这一去就不再复返。而他自己，在数月之后——公元前210年的7月，猝死于沙丘平台。梦想成仙的秦始皇却死在求仙路上，这真是一个莫大的讽刺。正是炎热天气，他的尸体很快就在所谓四季恒温的辒辌车中腐烂，熏得御林军都不敢靠近。心揣鬼胎的宦官赵高和丞相李斯为了遮掩真相，命人将鲍鱼放于车中，但大秦帝国的恶臭气息岂是鲍鱼能掩得住的？

"骊山茂陵空白骨，不死之药何时逢。"转眼间月冷星寒，一代天骄，只能躺在他奢华无双的陵墓中遗恨惆怅了！

千古谜团

徐福究竟为何去而不归，又究竟去了哪里，成为千古之谜。

有人说，徐福的船队是漂流到了日本岛上再也难以回返；有人说，徐福耗资巨大，求不到仙药，如何敢回来？——如果徐福东渡是因为"畏诛而不敢还"，是对秦的恐惧，让他爆发出铤而走险的勇气，并由此建立了一个日本国——这似乎有点儿让人啼笑皆非。很难想象一个贪生怕死之人，会有如此惊天动地的壮举。

有人说，这是徐福反秦叛秦的一种手段，蓄谋已久。他对秦朝的残暴统治不满，遂萌生逃亡之念，欲得一平原广泽，终老不归，所以才借求仙采药之名，航海探路，日本就是他前两次航海曾经到过的地方，它最终成了徐福的梦想王国；宋朝的祖元禅师曾自作多情地和徐福惺惺相惜："先生采药未曾回，故国山河几度埃。今日一香聊远寄，老僧亦为避秦来"。有人说，徐福在琅玡征集船只、人员，训练船队，煞费苦心，他第三次入海所带的物品就大有文章，童男女、五谷种子、能工巧匠皆非神仙所需，显然为逃亡生计所用。如此兴师动众，意欲何为？可笑秦皇竟对此深信不疑，有求必应，一片痴心，终成笑柄。

有人说，徐福是个骗子，连司马迁都说他是"怪迂阿谀苟合之徒"。但如果他真是个骗子，那他完全可以继续骗下去，拿一粒草丸或者一些牛黄狗宝之类的玩艺儿奉上蒙混过关，只要秦皇不立马死去，这个谎言谁能揭穿？他又何必一去不返，惹天下人悲痛愁思、不齿怨恨？

也有人说：什么都不是，是徐福他自己也虔诚地相信神仙存在，所以才会兴师动众地去冒死寻求。他再老谋深算、精明强干也有着时代的局限，在炼丹求仙的热潮中，他未必清醒地意识到其中的荒谬。在人类对宇宙还蒙昧无知的远古，连迷信都是一种探索。

有很多人认为日本传说中的神武皇就是徐福的化身，他登陆日本后，费时 8 年，建立了日本国。据传，徐福当年为防秦国派兵征讨，还特地在新宫市至蓬莱山一带建有长城。日《和歌山县史迹名所志》中记载：徐福墓在新宫町，墓前有石碑，上刻"秦徐福之墓"，碑上有这样的文字："相传往昔秦始皇时，徐福率数千童男女，携五谷种子及耕作农具渡至日本，在熊野津登岸，从事耕作，养育男女，子孙遂为熊野之长，安稳度日。"当今日本，人们尊徐福为农工神、纺织神和医药之神，建有纪念徐福的墓、祠、碑和神社，按时举行盛大的纪念和祭祀活动。

而秦始皇呢？随着岁月的流失朝代的更替，秦始皇像个茧一样被诸多的谜层层包裹了起来。人类找了两千多年，终于用最新的科技手段找到了他的陵墓，却无法用最新的科技手段打开它。他和他统领的时代，是那样的愚昧，又是那样的智慧；他们的愚昧，令今人耻笑；他们的智慧，今人却不能企及；他们在生前为后世预备下的谜团，千年无解！

"断碑荒草羞先事，剩水残山遗古风"。1982 年，琅玡台被国务院列为第一批国家重点风景名胜区。琅玡台有多高，它的历史文化积淀就有多厚。虽然琅玡台上的古建筑已荡然无存，但在萋萋的荒草中，筑台遗迹依稀可辨，秦砖汉瓦随处可寻，那神秘而又壮阔的自然景色更令人神往。

在琅玡山的遗迹遗物中，二世刻石最珍贵，古陶管最神秘。秦二世刻石，现存中国历史博物馆，为我国现存最早、字最多的刻石。宋时任密州知州的苏轼曾这样评价："秦虽无道，然所立有绝人者。其文字之工，世非能及，皆不可废。"琅玡山的古陶管，为战国时期烧制，是我国目前发现的最完备的陶质管道设施，条条管道通往琅玡台，但可惜的是谁也不知它通达多远、多深，作何用处！如今的琅玡台，重修的秦御路直插云天，顺着它，可以一直走到天上去，与日月星辰相会；而求仙的人早已经灰飞烟灭，是成了仙还是成了鬼，连他自己都不知道了……

华丽的凄凉

（一）

"天下无二坊，除了兖州是庵上。"循着这样的传说，我们踏上了去山东安丘庵上镇的路。

古老的牌坊给人一种复杂的感觉，提起贞节牌坊，就仿佛更有一股腐朽阴冷的气息扑面而来。无数低眉顺眼却又愁眉不展的女子，无数道貌岸然却又狰狞无情的面孔，在不散的阴气中若隐若现，让人唇齿皆冷，不寒而栗。让现代人去凭吊那些无辜的牺牲品，是如此的抵触却又如此的情不自禁，如此的恨铁不成钢又如此的莫可奈何。

从柏油路到尘沙飞扬的土路，轿车就这样不动声色地将我们载回到了久远的过去。传说中的牌坊已近在眼前，这座清道光九年（1829）小叔奉旨为嫂子所建的节孝坊，让我想象了一路，却仍然不知该以何种情绪来面对！

石坊所在处已成公园，一个裤腿高挽、满脚泥巴的人在售票，神情有乡下人特有的胆怯，却又有几分显而易见的傲慢和得意：你们城里人怎么啦，文化人怎么啦，不也一样跑到俺这儿来看牌坊吗？我们都暗笑他不该为此自豪——贞节牌坊只能说明这儿曾经的腐朽程度，你竟还拿它来炫耀，麻木、愚昧！

可是当我们来到石坊前时，全都呆住了——

（二）

石雕见过，哪见过这般出神入化的？这座牌坊几乎运用了所有可用的技法：浅浮雕、高浮雕、透雕、圆雕……有工笔雕刻，也有意笔概括，内容之丰富让人目不暇接：飞禽走兽、神仙人物、花鸟虫鱼、风云水月……全都历历凸现，在坚硬的石头上，栩栩如生地活着。

见惯了现代那些刻板僵硬的雕塑，面对着这样细腻委婉的雕功，优美缠绵的线条，活灵活现的造型，凹凸逼真的质感，来不及感叹，只觉得身子发冷：这么美的作品当我们在梦里捕捉它时它竟早已存在，并且已默默地在小镇上历经了百年沧桑。据介绍，在全国现存的1400座牌坊中，庵上石坊是内容最生动、技艺最精湛的，其鬼斧神工的雕刻技艺甚至并不亚于北京的故宫、曲阜孔庙的大成殿。

差点儿忘了这些美丽画面是刻在贞节牌坊上的。它是一个清代女子华丽的墓碑，是她的娘家夫家几辈子的荣耀，荣耀的代价是女子的眼泪、寂寞和青春。他们用道德、礼教的条条绳子将她捆绑成茧，让她生不如死，成为活的标本，等她真的死去之后，再用最华丽的坟墓埋葬她，用最结实的石头刻画她，用金银首饰陪葬她。古人对生者十分苛刻，对死人却毫不吝啬。

（三）

这座牌坊坐西朝东，高 9.13 米，宽 7.6 米。坊座为 4 块条状基石，坊身由四根石柱组成一个正门，两个小门，坊顶为单檐庑殿式。正面刻有"圣旨"二字，中部横批的"节动天褒"和背面横批的"贞顺流芳"隔石呼应，题跋为"旌表儒童马若愚妻王氏节孝坊"。坊上题字均为翰林单兰亭所书。中柱的两面是神情各异、飘飞云中的八仙；底座是反映耕、读、渔、樵的社会风俗画面：耕田者枕臂小憩、读书郎携手同行、老渔夫捻须对吟、打柴人日暮而归；次楼匾下方，有四幅谐音寓意图：六（鹿）合（鹤）同春、太师（狮）少保、挂印封（蜂）侯（猴）、父子拜相（象），匠心独运，巧夺天工。

坊上雕刻的走兽繁多，有青龙、雄狮、象、牛、马、鹿、羊等 10 多种。其中龙最多，狮最大。坊顶 12 条垂脊，每条垂脊的上、中、下都有一条昂首眺望的龙，共 36 条。"圣旨"二字周围，更是有飞龙无数，腾飞祥云之间。坊顶正中的麒麟，身背宝瓶，不知去向何方。石坊两面都有两只雄狮高踞于底座基石之上，背上数只幼狮嬉戏，或张口弄舌，或足耍绣球，或口含念珠，憨态可掬，情趣盎然。

坊上所雕花鸟带有明显的季节、气候特点，春夏秋冬、风霜雨雪之中，花鸟虫鱼姿态万千，花绽的羞怯，鸟飞的翩然，虫斗的专注，鱼跃的恣肆……昙花一现的瞬间，都在雕刻者的手下轻盈地凝住，保持着最自然的状态。最触人情怀的是那半凋的莲、随风翻卷的荷叶，在石头上优美宛转地凸现，苍老、伤情，有风雨飘摇的沧桑无奈。所有的画面既写实传神，又有中国画的空灵飘逸，其刀法之精，图像之秀，令人扼腕叫绝！

（四）

有飞檐的牌坊是座房子，栖息灵魂的房子。那个女子的灵魂在尘世间没有归宿，便被安置到这不胜寒的高处，和鸟儿占居同样的高度却不能展翅飞翔，无法升天，又担心落下，即使没有了肉体只剩下灵魂，也一样担惊受怕，只能足不出户，与石头为伍，生死都是不食人间烟火。

被刻在石头上的这个女人，姓王，山东诸城大北杏村王翰林之女。清道光年间，这个 13 岁的女孩奉父母命嫁给安丘庵上村大地主马宣基之长子马若愚为妻。这在当时算是一桩门当户对的婚姻，只可惜这个眉清目秀的男人体弱多病，马家的意图本是娶妻"冲喜"，但天意弄人，成婚那天恰恰阴雨霏霏，马若愚更是卧病不起，难以成礼，马家只得安排王氏与一只大公鸡拜堂成亲。婚日恰逢下雨在当时看来十分不吉，令马家颜面无光，迁怒于王女，认定是她带来了晦气。马母为此拒不让王女与儿子同房，"冲喜"不但没给马若愚苍白的脸上添一点血色和亮色，连王女也日渐憔悴了下去。直到马若愚郁郁病死，这对夫妻仍是名义上的。马若愚死时年仅 20 岁，这个徘徊于生死之间、逆来顺受的男人，谁也无从知晓他当时的心情。抑或在病痛的折磨和家庭氛围的侵淫中，他早已是一具活着的尸体，没有了任何感觉。

这凄婉的故事来源于民间传说，不知是否有确切的记载。展厅的说明很暧昧，说是由于"封建礼教的束缚"。其实也没有细究的必要，这在当时并不鲜见，据说当娘的硬躺在儿子和儿媳之间，拒不让他们沾边的事儿也常有，并不需要理由。许多事儿在现在看来是荒唐可笑、不可思议的，只不过荒唐的事儿碰上荒唐的年代就成了正常。

马若愚死后，王女在马家开始了她"奉节守志，节孝两全"的"烈女"生活，终因过分的郁闷伤悲，于 29 岁的华年黯然而死。王女生前是怎么一天一天熬过来的不得而知，若是她过得不艰难，很快乐，没有足够的惨烈、曲折和心灵折磨———也就是说没有足够的资本，她的父亲王翰

做
一只蜻蜓飞过

林也不会胸有成竹（甚至自鸣得意）地将其事迹奏报道光皇帝，道光皇帝也不会亲下圣旨，御批让修这么一座壮观而耗资巨大的牌坊。要知道当时奉命守节的烈女数不胜数，并且大都是枯守到白发苍然被抬进坟墓，方算是修成正果，能"有幸"得此殊荣的又有几个？

据说，马若愚死后，婆母对王女更为严苛。连一只落在院中树枝上喳喳叫着的喜鹊，婆母也绝不允许王女探头去看的！可怜可悲的女子啊，其实他们一刻也没放过她，始终在利用她，即使死了也要把她钉在石头上，好让后人效仿她，心甘情愿地做男人的奴隶和殉葬品。看着一个个女人在煎熬固守中死去，他们心满意足，认定这样的抱残守缺的女人才是完美无缺的女人。每个男人都憧憬着拥有这样的女人，甚至为此宁愿无数次地想象着自己死去，让女人用节操来成全自己的荣誉，使自己变成一个令人艳羡的光荣的男人，就是死了也无恨无憾了。那个时代的男人基本都是这样，他们陶醉于贞节和名誉的芬芳，却无视自己女人的死活。

谁承想：刻在石头上的节烈虽然不会腐烂，却最终成了笑柄。

（五）

当时，马氏家族接到皇上的圣旨，自然很是风光荣耀，不敢怠慢，既令马若愚之胞弟马若拙主持为其嫂修建节孝坊。据《马氏家谱》记载：马若愚，字智斋，例曾登侍郎，候选州吏目。马若拙，号慧斋，为太学生，候补县丞，是当时拥有 2500 亩地的大户。这兄弟俩一个"愚"，一个"拙"，大概是为图"丑名好养"，可是在字上又极力挽回，一个"智斋"，一个"慧斋"，费尽了心思周折。如这名和字是其父马宣基给起的，说明他也是个学问人，即民间常说的"老学包子"，从中可以看出他对这兄弟俩的珍惜和厚望。谁知老大马若愚不成器，早早撒手而去；老二马若拙又受嫂子的牌坊之累，心力交瘁，直至家财散尽，生死不知。

青春年华的马若拙在刚刚奉旨建坊的时候，肯定是抱了十二分的热情的，虽然到最后只剩下了无奈。不知马若拙对他的嫂子曾经抱着怎样的态度——生前如何对她，死后又怎样看她？是敬慕还是不屑，是蔑视还是同情？是否，会有那么一点点的不忍，是否曾在暗夜里为她偷偷发出过一声叹息？细雨霏霏的日子，他从嫂子窗前疾步跨过，恍惚的目光，是否曾越过潮湿的纸窗，与窗内人噙泪的目光相遇？落雪的时候，他是否会撩开门帘，让人为她生一盆炭火，然后分坐火盆两边，倾听着对方的心跳，默默地烘烤着各自苍白消瘦的手指？

我知道不会，这黑夜中的温暖和亮色，只能是现代人一厢情愿的臆想，或是影视作品中无事生非的煽情，现代人总想拨开故人僵硬冰冷的外壳，用最微妙的人性来解释他们的行为。殊不知所谓的人性，在铜铁的盔甲下面，是发不出芽儿来的。在那样街垒森严的环境中，一次眉目传情，就可以孕育一场惊天动地的爱情，但一次风吹草动，便足以毁灭一个家族。世世代代的男人女人们，就这么循规蹈矩，铁着心冷着脸活过来的，只要自己没有因犯错而被惩罚过，便有了惩罚别人的资本，等年岁大了，成了祖宗，也会摆出一副威严的面孔，捋着胡须义正词严地来教训子孙后代们。

马若拙特地从扬州请来了建坊艺人李克勤、李克俭兄弟俩及其8名弟子，轰轰烈烈的建坊工程就这么开始了。李氏兄弟满腹技艺，却还从未正式建过一座像样的牌坊，为了一显身手自然不遗余力。他们从几十里外的山上运石，运石的过程很艰难，需要在特定的季节———冬天洒水冰路，然后将巨大的石块用拖、撬等办法一步步挪移过来，困难可想而知。由于这座牌坊雕刻技法的高难度，对石头的质地有着苛刻的要求，工匠的技艺也面临着非同寻常的考验。他们每天敲敲打打，尘土满面，斧凿的叮当之声伴着王女的事迹传遍四乡八疃。精明灵秀的南方人，脑中有着粗犷的北方人想象不出的美丽图案、奇思妙想，那些生硬易碎的石头，在他们皲裂的手下，渐渐凸现出了春兰秋菊、雪月风花、仙人异兽、车马人物……谁不留神一锤子砸歪了，砸在手上，血便在石头上滴滴开花，在石刻的水面上溅起艳丽的涟漪，如春风拂过。

这座牌坊的建成整整用了 14 年。14 年间，马家每天要付给工匠银钱 3 筐（每筐能装土 30 斤），顿顿饭要大盘大碗伺候周详。年深日久，马家渐渐不堪重负，家资耗尽，对工匠的照应也不如从前，马若拙的脸也日渐消瘦阴沉。为此，工匠们大为不满，不仅口有怨言，还处心积虑地在石坊上发泄怨气，他们刻意留下的恶意的诅咒、不吉的谶语竟有 4 处，一经解释便触目惊心，不由人感叹其用心的恶毒：一是荷叶挑大梁。石坊的横梁用两个轻飘飘的荷叶承托，预示马家将难承重负，大厦将倾。二是蝙蝠头冲地。刻蝙蝠取意为"福"，而工匠故意令蝙蝠头冲地而飞，意寓马家将日趋没落，"福"到头了。三是门神悬空。传说中是神则驾云，是人则踏地，而工匠却让石坊大门两侧的门神没着没落地悬吊半空，上不能升天，下不能着地，给人以无处归依的不祥之感。四是螭冲祖坟。螭是传说中没有角的龙。在石坊顶部四角各有一螭，睁眼闭嘴，神态安详，唯独东北角的螭却闭眼张嘴，冲着马家祖坟所在的部位，意思是让螭吃尽马家，使其家破人亡，粮财散尽。

马家在牌坊建成后也的确败落了，天知道这是不是李氏兄弟恶毒诅咒的结果？那个时代的人不可能明白，甚至今天的我们也未必真正明白：究竟是谁毁了王女，又是谁毁了马家？！

小肚鸡肠、用心不良的李氏兄弟最终不得善终。他们刻完庵上石坊后，又应邀去兖州为一财主刻坊，他们动用了自己全部的聪明才智，使技艺更加精湛纯熟，将坊刻得几近完美无缺，令财主亦喜亦忧。在石坊落成的庆功宴上，他小心翼翼地问李氏兄弟："如果有人能出更多的钱，你们是否还能刻出比这座更好的坊？"酒酣耳热的李氏兄弟俩拍着胸脯，洋洋自得地说："如果有人出更多的钱，我们当然会刻出更好的坊！"此话印证了财主的担心，于是他令人在兄弟俩的饭菜中下了毒，使他们在自己精心建造的石坊下成了屈鬼冤魂，连尸身也不能还家……

李氏兄弟一生就只刻了庵上和兖州这两座石坊。虽然他们暴死异乡的窝囊结局引人说长道短，但他们高度的智慧连同他们的灵魂都留在了那些石头上，清新脱俗、如诗如画，令今天的人们为之扼腕，叹为观止！

（六）

庵上牌坊随历史的变革几遭厄运：据说曾被日本鬼子架起大炮轰过，炸掉了一只飞檐的角，几炮之后，其他的地方仍巍然不动，那个开炮的鬼子忍不住好奇心，忐忑不安地向前探看，坊上突然滚落一条石龙，瞬间便将他砸得脑浆崩裂！"文化大革命"时期，村里其他3座坊都被砸了，唯有这座奇迹般留下来，雍容华贵地面对着今人审视的眼睛。由于兖州石坊在"文化大革命"中也被毁掉，庵上李氏兄弟的这座"处女作"，已经"天下无二"了。可笑兖州的那位心狠手辣的财主，为了使自己的石坊独霸天下，害死两条人命，最终，那石坊却轰然倒塌在尘埃里，仿佛从来都没有存在过，而李氏兄弟俩的心血，也就这样被白白毁掉了，只留下庵上这一座，证明着这两位能工巧匠奇异的智慧和才华。

石坊被一代代人赞叹着，被一双双手抚摸着，抚摸得光滑透亮，有了玉的质感。抚摸那些精雕细琢、美妙绝伦的画面，感觉那华丽中丝丝透出的，却是沁心入骨的凄凉，它让我的热血在瞬间变冷。我不寒而栗：王女、马氏兄弟、李氏兄弟……他们的面孔都在面前的石坊上幻化出来，蠕动着石头的嘴唇无声诉说着、追问着：为何立坊的人、刻坊的人、坊上的人到最后都只剩下了凄凉！为何繁华落尽，每个人都要面对着咒语一样的结局？

其实在一个混沌的时代里，每个人都是可悲可怜的，不自觉，不自知，更无从握住自己的命运。怎样的花只能开在怎样的土中，谁人能逃脱时代的枷锁？我们也只能隔着时代来"哀其不幸，怒其不争"了。

究竟什么是真正的幸福？今人不屑古人的观念，古人也未必向往今人的活法。倘若让裹着小脚的王女走进现代，大概只能束手无策举步唯艰；倘若让嚼着口香糖的我们回到过去，顶多也只能落得个鱼死网破的结局。

　　而倘若我们一生下来就处在那个时代呢？每位站在石坊前的女性都一定会这样暗自发问的：倘若让我生在那时，我会成为牌坊上的这个女子吗？

第二辑　稽古探源

做
一只蜻
蜓飞
过

第三辑
流水落花

做一只蜻蜓飞过

在春天的景色里我已是一朵凋落的花，为何我的青春时光，还在山那边，梦见心爱的少年郎？

而这又怎么可能呢，有哪一个人，可以和自己逝去的青春重逢——

潍水之洲

木 槿

木槿，我少女时代最芬芳的知己，在故乡的小土院里，你曾照亮我们贫寒的日子。而今，在别人的园中，我看到你被移植的身影。你的绿叶掩映的花苞，一如曾经含羞悄笑的我。

木槿，在靠一盏孤灯照亮心灵的夜里，你曾经站在我的窗前，花朵满树，神色安然。从春到秋，你硕大朴实的花儿前仆后继，每一朵都开得那么珍惜，每一朵都落得毫不吝啬。你的清芬渗入我的梦里，使我的青春，也渐渐透出你的芬芳。

木槿、木槿，沧海桑田之后的相遇，我们已各自轮回转化了多少次？我的言语已失，我们共同的家园已失，我亲人们的魂魄，还游荡在故乡的松树林里。在别人的园中，我百感交集，只能与你泪眼相对，如果你是我前世的那株，请你以你温柔的体香，再将我深深地醉倒一次……

栗 园

我赤着脚，是想离土地更近；我苦苦寻找，细细辨认，在万亩栗园里，抚遍每棵树沧桑的脸，只是想找到老家西坝崖上的那两棵栗树。

它们曾站着西坝崖上，手挽着手，肩并着肩，德高望重，高于我们贫困矮小的村庄。北边有一棵形只影单、刁钻古怪的柿子树，尴尬地站在翠生生的麦田里。我总是用小眼睛幸灾乐祸地盯着它看，我猜想它会妒忌那两棵栗树，因为它们是两棵，而它没有伴儿；因为栗树上有各式各样美好的鸟巢和五颜六色的鸟叫，而柿树上只有丑陋不祥的黑老鸹。

后来，栗树老啦，柿树也老啦。栗树再也结不出刺猬般的果子，柿树再也结不出青涩的果子。小孩儿们再也不会被栗蓬扎出哭声，女人们再也不会抱怨被涩柿粘住了舌头。

柿树最先死去了，它干瘪脆弱的枝杈伸向天空，像只绝望的手徒劳地痉挛着，却终于没抓住奄奄的树魂，而它脚下的麦田却翠绿得更加生动耀眼。

两棵栗树也死了。手挽手肩并肩相约着同时死去了。庞大的树头上不留一片叶子，如老人谢尽了最后一根头发。满树鸟巢暴露无疑，鸟们失去了遮风挡雨的庇护，成为孩子们的弹弓明确的目标。

怀旧的鸟儿们不肯搬走，但它们的叫声越来越绝望，越来越惨烈。

脚下的沙土一寸寸流失，西坝崖终于夷为了平地……

一棵树找到另一棵树，只是找到了伴儿；一棵树找到了一片树林，才找到了家。我庆幸那两棵栗树有了再生的归宿，我欣慰这一片栗园收容了无数孤单的"它"。

而那棵孤苦无依的柿树，你在哪儿呀？

银　杏

银杏，从他人的园中，我采下你的一片叶子，犹如采下母亲的一根白发。唯有这片叶子，看得见我的泪水。

银杏，你的脉络里，流淌着我最初的记忆。你婆娑的绿叶的上空，小镇淳朴的气息久久不散。在哪一季的落叶声中，一个扎豆角辫的女孩，和她美丽忧郁的母亲牵手走过？

而今，我已是个没娘的孩子——没娘的孩子，还有谁会关心她的结局！人海里，我愈来愈轻的身影，禁不起一阵最柔弱的秋风。风，随时会把我无根的身影从红土地上拨起。我试图用思想使我的身体变得沉重，使风再也不能把我从尘世里带走。

但倘若连土地也不再留我，还有谁会伸出手，将我倾力相挽？

银杏，伤痕累累的银杏，白发苍然的银杏，几度轮回后，你化成青春的模样与我相见。在你的叶片中，我照见自己憔悴的容颜和哀愁。银杏，是否在他人的园中你不便现身？没娘的孩子，始终找不到一副可以相依的肩膀。银杏，如果我不能立即死去，就让我伏在你千疮百孔的躯干上，哭尽所有的世态炎凉！

赤　脚

在我左顾右盼、故作矜持的时候，你从容地脱掉鞋子，就像脱掉面具一样自然，所有的人都目瞪口呆，因为淑女脱鞋和农妇脱鞋，是绝对不同的概念。

那一瞬间，同为女人的我自叹不如。那一瞬间，一个千娇百媚的女人，还原成一个乡间最朴实的孩子。你站在田埂上，就是一棵新长出的庄稼。你赤脚走着，再没有束缚，身体与土地之间拒绝任何隔阂，让故乡最尖利刻薄的蒺藜，也不忍给你留下刺痛的回忆。

脚的解放，经历了无数的朝代和战斗。你轻轻地将鞋一甩，就将所有迂腐的避讳、将所有畸形的思维、将名利和身份远远抛开，没有丝毫的压力和负担，想也不想，自然而然。

在尘世里，我们同样地活着。而在自然面前，一件小事便足以将我们如此细致入微地分开。所谓的文明，就是竞相比赛谁离自然更远。我们已经回不去了。我们就像被养在缸中的鱼，即使放归河流，也已经不能灵活地摆动。尽管在知识的面具下面，我的血液一直燃烧着野性，但在自然面前，我依旧是个拘谨的孩子。

而你却收得拢，放得开。在我顾虑重重的时候，你从容地脱掉面具，就像脱掉鞋子一样自然。

一个赤足走田埂的女人，比一个戴着高贵的面具活一生的女人，更撼我心。

第三辑　流水落花

磨　塔

那是千百盘石磨垒成的塔。

那是千百年岁月垒成的塔。

我看见千百盘石磨旋转着，一个轮回又一个轮回，将最淳香本质的粮食碾成粉，将祖辈相传的梦境碾成灰，将粗犷的笑声和冰清玉洁的泪珠儿碾成往事。

我看见千百头被蒙了眼的毛驴拉着磨，瘦瘦的四条腿撑着盛满了粗糙草料的大肚子。它们做着跋山涉水、远行千里的梦，却始终走不出那小而又小的磨圈儿——这风雨飘摇、却天衣无缝的怪圈，这最简单又最复杂的迷宫！在油腻的遮眼布后面，它们的明眸看见的永远是黑夜。它们是否知道这一切真相？当有一天遮眼布被摘下，人类看到的将是它们绝望、愤怒的嚎叫，还是早已心知肚明的无奈的泪水？

而在毛驴的后面，拿着炊帚和木勺撵着的是我的奶奶、我的母亲、还是童年时睡眼蒙眬的我？我挚爱的亲人和生生世世的祖宗呵，你们的命运并不比一匹毛驴更好、你们的无奈比一匹毛驴更深。你们走了几朝几代，而最终将磨圈儿走破的，却是我们。

盘盘石磨紧闭着嘴唇，任人评说。从它缄默的口中，长出接骨草、车前子和妩媚而沧桑的草花，春来了生，秋来了死。石磨以它石的质、石的重量、石的年轮见证着历史，对比着现实。

千百盘石磨压在我们心上。

千百盘石磨被我们踩在脚下。

盘盘石磨层层向上，站起来，高于我们的生存。

盘盘石磨层层走去，终于走进了广阔的天空。

飞　鸟

在潍水之洲，鸟儿是蓝天里移动的蝌蚪，它们飞得又高又远，叫声像天空一样湛蓝。它们的黑眼睛，看到城市梦中才有的一切：它们看到油画般葱翠无垠的田野、缎子般波动的河流和腰系白云的小山。

林子里，鸟儿们说着只有树才能听懂的鸟语；高天上，鸟儿们唱着只有风才能听懂的歌曲。看着它们，我也生出了翅膀，我把身留在了红尘里，我把心交给了飞翔。

我试飞的姿势很笨拙，但我的视野无边无际地大了起来。我看到了鸟儿所能看到的，也看到了鸟儿所看不到的。

我看到一群意气风发的男女，在河边戏水，在栗园里寻觅；在隋园野炊，在磨塔上高歌，管它哪个是你哪个是我，管它明天是什么！

潍水母亲，有一群相亲相爱的儿女，也就足了。

用脚行走的动物，能尽情地飞一次，也就够了……

在沼泽

（一）

在沼泽，天，垂得很低。一切，是那么逼近，唯有水鸟儿离得很远：所有渴望安全的动物，都会远离人类和喧哗。它们自得其乐，忘尘脱俗，在那样逍遥的境界里，它们已经不屑于尘世的一切。

如果我的到来，能够惊起一只最小的水鸟，那么我的到来，也就不是了无声息。但是很可惜，在沼泽，人并不被鸟儿注意。

来沼泽地，是想看看水鸟儿的生活，看看自己是否还有高飞的勇气，是否还有一片桃源，在我累了时，供我栖息。

走过无数的路，唯有留在沼泽的脚印最深刻。

（二）

其实把脚印留在坦途，还是留在沼泽，并不重要，重要的是，我的生命留下了痕迹。不管是行走的痕迹，还是挣扎的痕迹。

我的眼神掠过长空，追随着那些或飞或落、上下翻飞的翅膀。

我有些不平：为什么那在草尖上站立的不是我？为什么那在白云下翩然的，不是我？为什么那正在和另一只交颈私语的，不是我？

没有谁能够感知我的疼痛，没有谁和我同病相怜，在自生自灭的世界里，我，是一个多余的人。

（三）

在沼泽，一切都是那么无助，又是那么安详。

隔着草地，水域，我和水鸟儿的距离，是双臂和翅膀的距离，是囚禁和自由的距离，是现实和梦想的距离。

没有一只鸟儿，回头看我。看渴望同它们一道飞翔的我，看被它们遗落世间的我。我只有去注目，那些沼泽里的水草——

（四）

沼泽的水草，没有牢固的根基，身陷囹圄，欲罢不能，却依旧绽开不起眼的花朵，向寂寞的世界宣布：我开过。

那些自生自灭的植物，渴望生出水鸟的翅膀，飞翔，可是连上帝都不能帮助它们。它们只能终生站在泥沼里，无助地扭来摆去，向天空，伸出小手，呼风唤雨。只有外在的一切，能让它们有所经历。

在沼泽，近处，是那么逼近；远方，又是那么遥远。

在沼泽，无论动态的还是静态的事物，都带着一种绝望的死寂，和绝望的渴盼。

在沼泽，鸟儿在天上，草儿在水中。鸟儿是那样自由，草儿是那样无奈。有翅膀的和没翅膀的，是如此天壤之别！

为什么在相同的地方，总有不同的际遇？

（五）

该回去了，这不是我命定的地方。

我的泪洒在沼泽里，如同小鱼儿一串串的叹息：母亲，当我再累了时，能否也让我生出翅膀，飞到一个小小的岛上去，疗伤。或者，给我一片沼泽，让我做一朵猩红的花，哪怕渐沉渐落，永不复生；

哪怕最灿烂的笑容，伴着沼泽的气泡，在疼痛中炸裂。

（六）

该回去了！

一粒没有耳朵的苍耳，用浑身的小嘴儿叮咬着我，用小手抓着我的衣襟，死缠着我，让我在回返的时候，带上他。

没有耳朵的苍耳啊，你想倾听什么；没有脚的苍耳啊，你想得到什么？你不是我，我自己来了，还能自己归去，你呢？

苍耳用针一样细的声音哭着求我，用针一样细的声音一下下扎我，它说：

我不管，我没有脚，没有翅膀，我只想借你移动的身体，走进梦想的天空。不管会不会因为渺小，而迷失自己；不管会不会，再也找不到回家的路。

为什么在不同的世界，总有相同的渴望？为什么在不同的地方，总有相同的境遇？在返回尘世的路上，我手握着沼泽里一粒不安分的苍耳，泪流满面……

第三辑　流水落花

沼泽之花

一

为了一双试图拯救的手，我决定开放。

我是一朵沼泽之花，越绝望开得越灿烂。

我是一朵沼泽之花，身陷囹圄，向往的天空，永远可望而不可即。在我裙下的水域中，围绕着星星前世的倒影。在每一个深夜，我都会听到它们的碰撞和歌唱。

而今生的我，活在谁的注视之中，又被谁的注视刺痛？

二

我的眼睛，盛着空空的寂寞，望穿秋水，等待着一个幻想中的身影出现。

等了千年，等到星星，都老去了光芒；等到鸟儿，都飞掉了翅膀，等到名字，都在风中变凉；等到所有的生灵，都成了化石；等到所有的河流，都风干为沙滩；等到我空空的眼睛，盛满了无边无际的沙漠。

于是，你出现了。天地空旷，只有你，只有我。

三

是否爱我，是因为你太寂寞？——当星星睡去的时候，我听到你苍凉的耳语。

不要试图寻求答案，面对着你的眼睛，我凄然一笑：一朵花，无论是不是为你而开，总是在你的梦里，芬芳过；一个人，无论是不是我的等待，总是在我开放的时候，经历过。趁此刻还在一起，就让我们刻骨地再爱一回吧，直爱到彼此，将心一瓣瓣碎裂成瓷片。

就这样互捧着脸庞，任彩云飞去，任地老天荒，任彼此的面孔，都化成石头吧。

让我们相互珍惜，这无可奈何的缘啊。

我听到自己的心，撞击着自己的肋骨，声声是痛。

前世的因，为何要由今世来承受果；无辜的你，为何要在今生来承受不幸的我？

四

不要问我今世的结果——没有结果；不要问我今世的喜乐——没有喜乐。

我只是一朵冰凉的花，命在水中，由不得我。要问，就等来生吧，看沧海桑田之后，我们，还能不能相逢。

可是，如果我们千年后还能相见，你将是谁，谁将是我？

要告别了，这是所有蝴蝶与花朵的结局，不要悲哀，曾经相依的人啊。

可是为何，可是为何，我还是想你，还是想你，你还未离开，我就开始了思念。我想伸出所有的手臂，挽留你；我想拔出水中的根须，跟你走……

如果你听见我的哭泣，不要回头，不要……

你一走，我便开始了苍老……

少 年

（一）

恬静安详的少年，像青苹果一样青涩的少年，你的笑脸，依旧在暖暖的四月天里年年盛开，在万亩油菜的金黄里，除了我，谁还会认出你是哪一朵？

在被野风荡涤过的草房，我翻遍所有的旧物，找不到一点儿你存在过的证据。心爱的少年啊，你在哪丛荒草下长睡不醒，让我在三生石旁，空空地等你，一个轮回又一个轮回。

为什么你沉睡了，我却要不停地长大，我长大，我的痛苦也随着长大。而你呀，你枯黄的头发依旧飘在从前的那场风里；你月光一样纯净的微笑，依旧在一个女孩不醒的梦里……

（二）

少年，隔着一层薄薄的泥土，你是在和我一道做梦，还是在和我一道经历？

少年，你一定与我一道，在睡着；只是你在梦中，感觉不到梦的香，梦的甜，只是你在梦中，再也不能同我一道醒来。

少年，我仍然酣睡在我们曾经共有的阳光之下、青草之上，耳朵里盛满了鸟语，鼻翼扑闪着芬芳，逐渐苍老的脸，有阳光温暖的手细细的抚摸。少年啊，你却睡在月亮背面，冰河那方，将我们一生一世的分手，当成了永生永世的结局。

（三）

少年，你怀揣着 17 岁的心事，眼神飘忽地，就飞入了另一个世界。

而我却留在红尘，被迫长大、经历、衰老，最后坐在窗口前，面对着逐渐熄灭的落日，想你。

当我身背行囊，流浪在异乡的路上，当我拔净脚板的蒺藜，走向世俗的婚床，与一个心平气和的男人生儿育女，少年，你在安详的沉睡中，心房，是否会因之突兀地跳动？

当最后一缕霞光消失的时候，我是否能拽住它，沉入到永恒的睡眠中去，找你？

（四）

梦到一个人，他不是你，却有着和你一样的面孔，一样的气息，他将我松松地拢在怀里，纤细的手指夹着烟，边与人说话，边腾出空来，安慰我，像安慰一个受冷落的孩子。

梦之后，在寂寥的大街上，我真的遇见了他，我朝他喊出你的名字，空空的大街上，无人应答，未等我的泪落下来，他已经消失得无影无踪，就像面前这棵光秃的树，从来没有长过叶子……

七步诗

（一）

我爱的江南，爱我的江南，我千里迢迢匍匐而来，也许只是为了，死在你的怀里。

春天的风，吹不活死了的心。但在城市的边缘，我看到古典的桃花，浅白的杏花，明媚纯净的油菜花，霎那间想变成蜂蝶，去那些花蕾里沉睡，或者采蜜。可是，我的想象飞去，我的人却只能站在风里，品尝命运的苦果。听着陌生的乡音，我再一次明白，今生，我将永远无家可归。

累了，累了，累了……

想变成一潭死水，无波无澜的死水，无声无息的死水，无喜无悲的死水，就这么烂了，化了……

（二）

没有谁会关注一棵小草的命运。在无数的夜里，我只有和天边的一颗寒星相对，告诉它，在遥远的丹麦，有我唯一崇拜的人，他用他的童话，温暖了我迷惘的少年岁月。在他的童话里，有一种夏日痴，在积雪还未消融的时候，就憧憬夏日到来；为了那灿烂的季节，它急不可耐地从地下探出头来，向寒冷的世界微笑，冷不妨又一场风雪袭来，夏日痴就这么在雪被下，闭上了天真的眼睛。

多少年之后你将明白，你读到的每一本书，每一句话，都是你未来的预言。

（三）

我是谁？我在哪儿？我从哪里来，到哪里去？

我不知道，我不知道，我不知道……

我用鼠标打上自己的名字，寻找自己，寻找一点儿渺茫的关心，寻找可以活下去的坐标和理由。

我问世界，世界问我。

总觉得冷。冷。冷……可是这世间没有一件衣服可以暖我。

维系我生命的血缘就像树根，已经被那些无情的铁锹铲断。

（四）

翻遍号码本，找不到一个可以说话的人，我只有独自舔着伤口，生一堆篝火取暖。

在一个电闪雷鸣的夜里，我被恐惧包围。我发出无数信息求救，可是所有的窗口都已经关闭，所有的人都已经沉睡。

我的生命，已经沧海桑田，也许再也没有谁，能让我进入他们的世界，就像我，早已经闭合了干涩的心门。

两两相忘吧，那或许是最终的境界，就像在飞机上看到的云彩。

（五）

在九华山，我翻山越岭，寻遍一百座寺庙，在每一个菩萨前跪拜，只为了我生命中的每一个人，都能平安。

也许并没有人这样为我祈求过，他们都已经习惯了我的苦难，就像我已经习惯了他们的温暖。

镀金的肉身菩萨，穿过层层岁月向我微笑。

我相信她从没有离开过她的莲花座，她依旧有感觉，她依旧有语言。

她的微笑，何等的富有深意。在静谧的湖面上，我看到了涟漪。

她或许有她的暗示，但我依旧有我的道路。命运可以分担，却无法改变。

想起多年前一位法师对我说过的话，他说：你怀揣宝玉而不自知。

他说：你今世的罪孽已经赎清。

那为什么还让我活得，如此折磨……

（六）

曾经对相识的每一个人，婉转地问询：我百年之后，你能否去我无窗

第三辑 流水落花

的房前，放上一把野花？

回答都是如此的轻松而肯定，反让我明白诺言的荒诞和虚假。

但很快就释然，纵使你的名字已经冰冷，纵使所有人都将你忘却，春天还是不会遗忘每一个角落。

春风吹到的地方，燕子叼去的种子，都会开出金黄淡蓝的小花。

趁我还有选择的权利，我要去阳光明媚的山坡，去指定我永生的领地。

那儿春天会开桃花、梨花，如果哪个农人与我有缘，还会为我种上最爱的油菜；秋天有红叶、苇花，还会有一群戴着草帽的向日葵围绕我，就像围绕着他们的太阳……

（七）

如果这世上还有一个人爱我，请原谅我。

累了，只想沉入永恒的黑暗，就像回到，母亲的子宫。

但在沉溺之前，仍忍不住回眸一笑，看看还有谁值得留恋，看看还有谁需要告别？

毕竟在这一世里活过、梦过、爱过、恨过，刻进了骨头的记忆，想抹去都难。

毕竟还是有牵挂，毕竟还是有不舍，毕竟还是有不甘。

不知谁会听见我最后的留言，不知谁会在来世里等我？

如果这世上还有谁爱我，请记住我！

我只怕几度轮回，忘却前身……

做一只蜻蜓飞过

做一只蜻蜓飞过莒南

在我透明的翅翼下

这一生，注定是一只蜻蜓，在一道又一道心爱的风景之上，点水而过，不能作片刻停留。

大幅大幅的风景，在我透明的翅翼下展开，千变万化，千娇百媚。天高海阔，任我飞翔，请原谅一只小小蜻蜓的狂妄，和它无从追溯的忧伤。

我的翅膀很小，小得驮不动一枚落叶；我的翅膀很大，大得不仅载得动一只蜻蜓的命，还载得动一只蜻蜓的梦想。我的翅膀上，插满阳光的箭矢，比我的心飞得更远……

在我的翅翼之下，就是我的位置。我知道只要我落下来，就会有一朵花，为我而开；就会有一滴水，从湖中为我跳起；就会有一片噙泪的草叶，托起我的今生今世。

可是我不能停留，连我的位置也得跟着我流浪。我不是镶嵌在哪一幅风景中的标本。我早已把壳蜕在了红尘，把心交给了飞翔。

在莒南，期待邂逅一位少年

不能言说的故事，只能让它幻化为诗行。

这样的诗，你懂，我懂，他不懂；友情懂，爱情懂，世俗不懂。

在莒南，我期待邂逅一位少年。怀抱吉他弹唱的少年，眼神哀怨的少年，曾经想牵着我的手，将万水千山走遍的少年。

可是，那怎么可能呢！他不生于此，我不生于此，莒南，也非我们的那么，究竟为什么我会在这里，有这样的渴望呢？是什么让我在这异地他乡，想起恍若隔世的你？

一定是有理由的，只是连我自己都说不出来而已。是春天阳光鲜嫩的味道，是风搔过发梢的怅惘，是流水的眼神，春花的骚动，还是放牧着群群白云的天空？是什么，吻合了那时的记忆？

在春天的景色里我已是一朵凋落的花，为何我的青春时光，还在山那边，梦见心爱的少年郎？

而这又怎么可能呢，有哪一个人，可以和自己逝去的青春重逢？

也许，他也已像我一样老去，正在春风里滋生着尴尬的白发；也许，他此刻就走在我的身边，只是我不知道他是谁！

落在天佛的睫毛上

一座石头的山，因为有了菩萨的形，而慈祥博大，仪态万方。

她石的头颅，枕着青山，直让人怨恨，青山坚硬；她人的形体，起伏波动，直让人羞愧，自身的柔情。

她面带微笑，神态安详，头下是绵延的青山，身下是翻涌的麦浪，看一眼，便令人柔情四溢。衬托她的原野，因她而更添灵气。

一棵棵树，长在她的胸脯上，如一排衣襟上的纽扣；一个鼓起的小山包，作为她的手，搭在她的腹上。

是谁给予了她，这样的从容安详？

她以蓝天为镜，照天下苍生，云来云去，变幻万千，三生的影像，穿梭其间，展眼已是沧海桑田。

在她耸起的胸膛里，我听得见她的心跳。她久久凝视，那些金火烈焰中的灵魂，悲悯的目光，穿越千年岁月；敞开的胸怀，比天空更广阔。

是怎样的爱，让石头也造化为人形？我不拜，那些人类造出的神灵，那些香炉前供着的神灵。但我崇拜，大自然的鬼斧神工。请接受我，对于美虔诚的膜拜！

她温情脉脉的眼睛，深邃得叫我迷醉。她在风中抖动的睫毛，让我相信，石头也会眨眼。我落下来，落在她的睫毛之上，发现它是一棵树（原来佛的睫毛，也这么巨大），而我是她眼睛里，一个最弱小又最任性的孩子……

废墟上的花朵

青砖灰瓦，一间连一间；飞檐斗拱，一片连一片。在莒南大店，飞呀飞不完的庄家大院里，我精疲力竭，一只蜻蜓的双眼，盛不下曾经的繁华和荒凉。

如果那只，被厚葬的鹰还在，我哪里还敢，展翅在庄家的天空之上；做人没有做人的自由，做鬼没有做鬼的衣裳，在荒唐的年代里，怎能容一只蜻蜓思想？

而在东南西北，飞过的大院当中，庄家大院，应该是一个最光明的所在了；有哪一个大院，有这样弃旧迎新的勇气，和这样神奇的结局？

扇扇幽窗，曾飘出浓墨书香，书声琅琅；噼啪作响的算盘，算尽了鲁东南的钱粮，也算出了自家的宿命彷徨；从长袍马褂中伸出的手，最终，将红星的队伍，迎进自家炕头，让庄家大院，成为拯救苦难的天堂。

面对着它沧海桑田的变迁，一只蜻蜓也忍不住要思索：是谁赋予庄家大院，化腐朽为神奇的力量？

墙角的花朵在对我私语：庄家大院的不朽，不在于它至今屹立，而在于它在昨日的废墟之上，开出了美丽的花朵！

采着马鬐飞扬

假如我不是一只蜻蜓而是一只蚂蚁，马鬐山，我即使站起也看不到你昂首嘶鸣的模样；假如我不是一只蜻蜓而是一只青蛙，我至今还跳动在通往你的路上；假如我不是一只蜻蜓而是一头小羊，马鬐山，我如何踩着你的马鬃飞扬？

是谁，采一丛芦苇做你的马鬃，为一只蜻蜓，准备好了飞扬的抓手？画龙点睛的一笔，让狮子峰也忍不住仰头叹息。山下的牛羊可听见，张大的马口石，那呼呼的喘息，它是否也承受不了，一只小小蜻蜓的得意？

马鬃山，我因环抱着你的水而更加爱你，我因缠绕着你的路而更加爱你，我因你的樱桃小鸟而更加爱你，我因走在一双爱着的眼睛里而更加爱你，我因你春风得意的马鬃而更加爱你！

莒南，请原谅我点水而过的情意

侧翅而去的一瞬，我已失去了莒南的天空。

天意的安排，山水的柔情，在天湖的夕照里，我的忧伤与甜蜜，全部化为了清风。

如果天空没留下我的足迹，栗园的小草应该记得，那一片飞来飞去的阴凉；仙女池的清水曾经洗过，我尘土遮掩的翅膀。

如果天空没留下我的足迹，大地上一定有我飞过的身影！

——飞过莒南我才知道，再渺小的生灵，也是有影子的；爱过莒南我才知道，再狭小的心里，也是有爱情的。

莒南，请原谅一只蜻蜓的无奈，原谅它点水而过的情意，和它点水而过的匆忙。

如果你嫌我心不在焉，来去如风，就让我悄声告诉你：一只蜻蜓对一片山水的感悟，正在点水而过的瞬间啊！

第四辑

人在江边

做一只蜻蜓飞过

在异地他乡的河流里，留下自己的身影，那注定是一瞬，不是一生，而那一瞬，也终将会随着流水走远，破碎在一朵浪花里的。不要期望留下什么，是过客，就不要期待永恒——

地　震

地震的那天我们在黄山，一个叫汤口的小镇上。那个小镇，我因之一生难忘了。

当时我们正在吃着当地的风味小吃：新鲜的笋和兔肉。李老的女儿从上海打电话来说：妈，四川地震了，上海也有震感。大家都不信：四川的地震在上海就感觉到了，得多大的地震啊，没人相信唐山地震的悲剧会重演。

但那竟是真的。在一个玩具小店里，我们从电视里看到了播音员在解说，不过没有看到那些画面。若是看到的话，整个汤口的下午，大概都是黑色的了。恍惚中，我买了把叫做"徽木缘"的枣木梳，不因为它是木头的，不因为它是枣木的，是因为那一个"缘"字，走到哪里，我都想将一个"缘"字买下。但不知想买的是与那棵枣树的缘，还是与哪一个人的缘？

揣着有缘的枣木梳，回宾馆去。抬头，见黄山就在前面，隐约的面容，触手可摸，像谁的面庞。事后我总是追想：黄山，在我看它的时候，它是否也晃动了一下？它与四川的那些山脉，是否在地下挽着手，共同承受着崩溃的巨痛？

天还没黑，就感觉那山的额头上缺一轮月光，或者，一个狐媚的眼神。那一刻我想将自己留下，做一个睡在山中月光里的人，醒来的时候，看着横平竖直的街上，一个恍惚的女人走过，怀里，揣着芬芳清瘦的枣木梳。那些细细的齿，梳着过路的风，和缭乱的心事。

差点儿找不到来时的路。循着感觉乱走，好歹摸了回去。这次旅行中，我甚至跟不上老人们的步伐——要知道他们平均年龄都75岁了。老师批过我：你这个孩子啊，没活力！你若是当过兵的话，就不会老迟到了！我暗自辩解说：我未必会活那么久呢！说完了就开始后怕，在心里一遍遍掌自己的嘴。

但那天老师意外地没批我，我深感庆幸。老师在电影界曾经红极一时，牛得很，大家都叫他老爷子。崔永元采访他的时候，他横眉怒目地说：当年，在北大荒，那样的环境里，我还是有激情的……如今他已是耄耋老人，依然有激情，甚至很浪漫，他给自己起的网名就叫"微笑的梦"。每当他午后仰坐在沙发上闭目养神，我就想起这个网名来。他笑起来像个任性的孩子似的无遮无拦，骂起人来却很凶狠，谁也不敢在他发怒的时候大声喘气。我很爱看他发怒的样子。

后来我才知道，是地震使我避免了一次被批得脸红心跳的机会。与地震相比，我习惯性的迟到和自由散漫毕竟是小事。

晚上在饭桌前，老师当众读了有关地震的信息，一桌人像木偶似的发着呆，像檐头的滴雨那样叹气。悲凉慢慢地渗到我骨头里去。我想起以前曾经认识一个四川的农民，贫病无告的愁苦的农民，不知他是不是汶川人，此时怎样了？我一遍遍数着桌前的人，没错，是14个，没少一个，地震在远方，没在这里。在没有地震的地方，我们依然是安全的，不用担心。不知谁说：四川地震了，我们还在这里游山玩水，罪过啊……于是那顿饭吃得有些沉默，好像谁吃出了声音，品出了香味，就不可饶恕。

晚上本想再做一次不守纪律的孩子，溜出去看汤口的灯火，和月亮里黄山妩媚的面容，终于还是没去。在那种心情下，自然已经凛冽而冰冷，不可亲，不可近。当灾难来临的时候，唯有同类的体温、呼吸和眼神能够使人重新找到安全和慰藉，与不太合得来的人，也突然感觉亲近了。

离开黄山前，最深刻的记忆是那条灯火里的老街。我在灯火里走着，胡乱地拍些照片，只为了证明：我来过。那些照片，将是记忆的凭证，带着曾经的气息和体温，好让我像老师那样老时回忆。从上学时候起，我就开始为自己的衰老作准备，我将所有可以保留的小物件全都小心珍藏，留着将来好回忆。从小就开始准备自己的老，从稚涩的初绿就开始迎接沧桑，这其实是一件多么可怕的事啊！在老街上，我匆匆买了一个风光碟子，和三个精致的锦缎钱包，每个一种颜色：紫色，宝石蓝，魅绿，在老街绚丽的灯光下，散发着江南特有的萎靡。那种古典的追忆的感觉，在北方的城市里买不到。

老街的旁边是一条河，很有名的河，可是因为有名，我懒得去记它。河水镶着宝石蓝的花边，绚丽又遥远，令我想到冷寂的龙宫和殿堂。河边，向来是人谈情说爱的天堂。到了这里，谁都可以理直气壮。谁进入这片领地，都会误以为自己很年轻。我看到一对男女正走着，拉开一定的距离，大概正赌气。男人在打电话，小巧的个子，却有着凶巴巴的声音，后面有摩托车来了，他敏捷地将女人一把揽过。女人在赌气的时候，是不会在意危险的，而男人总能在这种时候，跳出来做保护神，将是非恩怨在瞬间轻易地化解。看他们重新相依而去，连头顶的月亮都笑了。

徽木缘的梳子，依然梳不出头绪，却梳出了眷恋和惆怅。撩拨水面的柳丝，那一夜好像特别的袅娜。我在河边的灯火里端坐一会儿，淑女的模样，带着三四十年代感伤的微笑，从别人的镜框里遥望自己的未来。

所有认识我的人都说，你不像北方人，像南方人。这里所指的南方，是指淮河以南。我的性情是北方的凛冽和坚硬，而外形的确是南方的。我曾经寻找过自己来自南方的证据，上溯到几百年前，真的找到了。滑稽的是，我来自孙猴子的故乡——花果山下一个临山靠海的古村。它曾经是一个移民集散地，但我们王氏是那里的土著，从春秋时期至今已经繁衍了60多代。我们的堂号是闻名天下的三槐堂，我很庆幸我是它的后人，尽管那个广泛意义上的故乡，已经不认我。我去寻根的时候，从打麻将的小屋里伸出一双手，冷漠地向我讨要我是这里子孙的证据。我说我没有，女子在我们那里是不上族谱的；那双手又向我要官衔，我更没有，我只有口袋里的一支没用的笔。于是那双手就朝我摆了摆让我走人了。不管怎样，我可以自作多情地以半个南方人的身份自居了。如今终于将自己的身影，镶嵌在南方的夜景里，不是谁都有这样的幸运。

我把自己的体温留给大理石的护栏，然后走开，没有留下脚印。我听到谁在说：你走了，我还会无数次地来，每次来的时候，我就会想起你。一生之中，这样的事情，不是经常发生的……我茫然四顾，想弄明白这话是谁说的，说给谁的？是说给我的，还是说给别人的？我想问他是否看过《廊桥遗梦》，如果没看过的话，那他说出了经典，在这里的夜里，足以令人印象深刻……但任凭怎样茫然四顾，却再也觅不到说话的人，甚至再也捕捉不到一个转瞬即逝的慌乱的眼神，只有河里的红鱼，跃出水面吐了一个叹息的泡泡……

在异地他乡的河流里，留下自己的身影，那注定是一瞬，不是一生，而那一瞬，也终将会随着流水走远，破碎在一朵浪花里的。不要期望留下什么，是过客，就不要期待永恒。

一路颠簸去那个有温泉的小镇，路又跑错了。路边是迥异的风景：丰沛的水，花翅膀的水鸟，丰盈的植物，有点儿像海南。田野熟了，金黄的颜色，是北方没有的水稻，和已经打籽的油菜。真美。这里是我一位友人的故乡。赶紧给发信息，说我在你的故乡呢。信息很快就回了，说，巧了，我也在你的故乡呢！怎么搞的，总是这么阴差阳错，我们的故乡，总会在同一时间，成为对方的异乡。让我触目惊心的是，信息里说，我刚到你的故乡，就地震了——怎么这么巧，我何尝不是在你的故乡，经历了这一天翻地覆的时刻?!

颠簸中，似乎还有小小的"余震"，将人骨头都快颠成零件了。老师破口大骂，说那个领错路的人，该马上拖下车去枪毙。这样的路，是人走的吗？抗美援朝时也没用走这样的路。我不吭声，心里说，老师，没有这糟糕的路，你怎会看到这眼前的美景？

泡在温泉里，想到地震和温水煮青蛙的典故，越泡心越不安。在别人哭的时候，你笑；在别人受难的时候，你享受，这都是违背良心的。于是出水，去听一位诗人兼作曲家朗读写给老师的诗歌，老人们围坐在那里，凝神地听。那种纯真如孩童的感情，叫我异样地感动。在我们这代人这里，看到一个人坐在上司身边抒情，是不可能的。

从江南回到江北，那些地震的报道和画面，一直不敢看。电视一开，我就端着杯子躲到里屋去。直到那天晚上，接到一个电话，听不出谁的声音，疑惑中差点儿挂了，后来才听出是一位文友，很是诧异。他说他们刚去为灾区捐了款，都还在哭，所以声音都变了，像感冒了。地震是那样悲惨，但地震使大家变成了一家人，连这个平日心不在焉的朋友，也会哭泣了。他把他难以言说的伤痛，从千里外传递给我，他此时该是何等的脆弱！我想不能再回避下去了，连面对事实的勇气都没有，不是个废物吗？

一打开电脑，眼泪就出来了，看多久哭多久。我给女友打电话说：我想做志愿者，我想到汶川去！她劝我说：你不行的，你那个弱样子去了人家还得照顾你。百无一用是书生，不，我想说，百无一用是女人！

可是我还能做什么呢？我只能碰到捐款箱就捐上一份，以图心灵安宁一些。晚上，在半睡半醒之间做梦，梦见刹那间星光熄灭，自己是震区废墟里的一朵摇曳的小花，无助地面对着石板下伸出的一只只等待拯救的手：枯枝一样的手，握着铅笔的手，写满命运的手，骨肉分离的手……

在异乡的梦里醒来，听着窗外诅咒般的疾风骤雨，那是生命的悲鸣与和声，那里面有小草的挣扎，悲凉的雁鸣，树枝对风的抽打，屋瓦吹出的凄厉的口哨……所有声音都好像来自一个深谷，一个陷落的湖泊，那是无数不甘沉沦的生命，在借自然的口嘶叫呐喊，那无以复加的长啸，刺激着活着的每一个人：兄弟姐妹们，我爱你们，我渴望还能像你们那样活着！从今以后，你们要学会珍惜，要将每一天都当做最后一天来过！那样你们就会觉得：活着的每一天，都是赚来的；那样你们就不会再抱怨什么！

突然异常地想家，于是就怀着一种无以诉说的悲怆回故乡去。

在飞机上遇见一位歌手，他有一张粗糙的、棱角分明的脸。他指着早报让我看上面的新闻——一架飞机，因为农民在地上燃烧玉米秸而无法降落，只得回到起飞地——上海去。这段时间，伴随着地震总发生一些稀奇古怪的事，叫人哭笑不得。

他很自然地为我哼起《小花》的旋律，很忘情，那是我少年时代酷爱的歌。他告诉我，昨天，他为灾区进行了赈灾义演，募得了数目不菲的一笔善款。他那首抗震救灾的歌曲获了奖，要到湖南卫视去录制节目。地震发生才不过10天，他出手好快啊。那种羞愧感又浮上来了：大家都在为救灾力所能及地做着什么，而我，却是一个只会流泪的旁观者。我手中有笔，却写不出对灾难有用的文字。我对我的职业产生了怀疑：文学到底有何实际意义？

我从电脑上搜到了那位朋友的资料和视频，知道他刚获过金奖，势头正劲。那个下午，我提前6分钟坐在电视机前等着看他的演出，从来没这样准时过，可是一小时过去了，也没有看到他出现，他来信息说：晕，电视台改时间了！

我抱着杯子怏怏不快地回到写作间，心想人家都在为灾区忙活，你呢，你只会憋屈在这里，制造这些百无一用的文字！我不停地敲击着键盘，哪怕是制造垃圾也不肯再荒废时间。地震，已经成为每个人每一天的主题，就像分崩离析的陨石，落满每个角落，怎么绕，都绕不过去。所有的内容和表达，都因为地震而变得似是而非起来。想说什么，想干什么，甚至连笑容，都带上了疼痛。

带着地震的阴影，我不得不再次离开故乡来到南方。

晚上，雨又开始下。老家发来大队青蛙过河的谣传，电视在播报余震的消息，还有屋漏偏遭连阴雨的水灾——老天似乎大有不把人类斩尽杀绝不罢休的势头。步步紧逼的灾难在摧残着远方的生命，而我们却只能眼睁睁地看着，听着，等着，无能为力！那一刻不再想哭，只想笑！上帝，上帝，你是谁，你在哪里？人类活了5000岁，为何还只能期待你的开恩，无法自我拯救！纵横的热泪，是生者的悲恸，统统汇进了窗外的雨，它要去那遥远的天翻地覆的汶川，去冲刷那已经发黑的、还带着同胞体温的血。

夜雨敲窗，逼人地凶和急。我又听见那些嘶哑的呼号和歌唱：我留在世间的兄弟姐妹们，好好活着，不要哭，不要担心，你们很安全。在另一个世界里，有永恒的黑暗，却没有世间的繁华和奢靡，我们羡慕你们，但并不嫉妒你们，替我们好好活着，让我们在不同的世界里，寻找永恒……

我拉开丝绒的窗帘，用手指抚摸着窗上蜿蜒的泪水。它来自谁的眼睛，它能否感觉我的体温？我仿佛看见谁的眼神，瞬间飘去了另外的时空；我仿佛看见那些求援的手，一下下无力地摇着……这时候，手机响了。我扑过去，像抓一根稻草那样，抓住了它。本以为地震和暴雨已经切断了与外界的联系，这时才知道那不过是恐惧带来的脆弱想象，地震以外的世界，依然正常！

我明白了：地震，将是人类一次集体的记忆，不管你在震区，在故乡，还是在异地，大家其实都在一起经历那心灵的炼狱。灾难，正迫使全人类成长……

温泉小镇

小镇是古旧的，因为有温泉，便有了逐渐走向现代的资本，常有遥远的都市人跑到这儿来度假疗养。

于是这个小镇便有些奇异。路是土路，尘土飞扬，满地的石子硌脚，可是路两边的店铺里，挂满五颜六色新潮的泳衣，别有情调。鸭子在小桥下混浊的水中慢条斯理地游着，像架着眼镜的老绅士。路上偶尔嗖地窜过一辆高级轿车，被狗追着一般匆忙，车屁股上落满了小镇的沧桑烟尘，十分不雅。千里迢迢地跑来享受，却弄得狼狈不堪，真是搞笑。好在温泉近在眼前，闭上眼睛去热气腾腾的水里泡一泡，换上西服和锃亮的皮鞋一亮相，又成绅士了。而女士的高跟鞋敲打在鹅卵石的小路上，也是响亮押韵，错落有致。每一个光临小镇的人，都有资格趾高气扬。

来小镇前，我怀疑它会落后到连日用品都买不到的地步，所以匆忙去超市买了一大包，来后才知道自己的想象太夸张了。去镇上买东西，我举着相机拍个不停，一看就是个外乡人，不知人们是否会笑我少见多怪？

世上所有的小镇都是生活气息浓郁的，庸俗、温吞，饶舌，却自有它的质朴、真诚和繁华。现代文明随着春风一寸寸地渗入，催开奇异的花朵。穿牛仔裤的和包花头巾的一个檐下和平共处，相安无事；驾摩托车的和赤着脚板的一道前行，各走一边。青石铺就的小巷两旁，是花花绿绿的店铺，外面世界有的这儿都有，虽然可能只是仿制品。在"上海华联超市"里，我买了一套开满古老花朵的睡衣，粉紫淡蓝的颜色十分协调，价格便宜，做工也并不粗糙，喜欢。

在菜市场我要买胡萝卜和青萝卜生吃，把人吓了一跳。南方人吃东西小心斯文，在他们看来我们北方人太野蛮了——吃生的东西，吃葱吃蒜，甚至还吃虫子。老师那么贪吃的一个人，有一次听说我们吃蝉龟儿、蝎子、蛹和豆虫，连连摇头，厌弃地说："嗨，那怎么能吃呢，你们北方人真是侉子！"他也这样评价自己的两条狗——多多和吴老四，说吴老四是蛮子，而多多和我一样是侉子，因为它爱吃面食。他说那年他到海南考察，人家请他吃蛇和穿山甲，他死也不肯吃，倒是信佛的阿姨大大方方地吃了一截儿。

这儿的人爱吃鸭，池塘边到处都是鸭子跷着屁股嘎嘎叫的身影，很幽默。自小在南京长大的老师嗜鸭如命，他说鸭是世界上最最好吃的东西。阿姨说他吃的鸭要绕地球一圈了，不知鸭子哪辈子得罪了他？他在北京的时候，部队的一位老上司去开会，对他说："老沈啊，人家都说北京烤鸭好吃，什么味道啊，你能不能请我尝尝？"于是他就花60块钱请人家吃了一顿。结果人家随后就检举了他，说他用资产阶级思想拉拢腐蚀人。老师爱吃鸭，便以为别人也爱吃，吃饭的时候总是让个不停。天长日久，我闻到鸭的味道就害怕。到北京去，朋友说："你来了请你去吃鸭吧！"我连连摇手说："饶了我吧！"

傍晚和女友顺着度假村外的乡间小道散步。远远望去，稻子收割后的田野是诗意的，可是走近它的感觉却太现实。道路崎岖肮脏，到处是动物的粪便和可疑的臭气，一辆辆摩托车呼啸着由后面窜来，直咬你的脚后跟，让人心惊肉跳。再没有走下去的欲望了，和女友相携着，战战兢兢地回度假村去。

这个度假村以前来过，却仍是倒向。曾有朋友创造了半月倒不过向来的记录，我有过之而无不及。有时感觉门口是朝南的，有时感觉是朝北的，只好仰头向太阳去寻找答案。如果是阴天，就彻底丢失了坐标。人一生中大概总会有这么段时间，混沌着，懵懵懂懂着，忘记了自己的来龙和去脉。

晚上泡温泉，专拣温度不高的泉，女友说温度低的泉是起不到保健作用的，你颈椎不好，应该烫一烫，蒸一蒸。我小心地将脚趾放在沸泉里试了一下，忙缩了回来，生怕被烫成了熟猪蹄。

女友只好将就我，陪我泡"冷泉"了。两个人露出两颗脑袋天南海北地闲扯，星星在热气氤氲中变得虚幻不定。四周是桂花树，女友说不久它们就会香气四溢了。记得去年春天，星光下，我们几个（还有深圳的海螺）也是在这里泡温泉，话题兴奋而不着边际。后来星光四散，下起了针尖小雨，我们仍不肯离开，身体藏在水里，而头顶是扎人的微凉，那种感觉啊……最后不得不离开时，冷得要死，一个个披着白毛巾，寒鸦似的缩着身子，逃得飞快！

逛老街是我乐此不疲的事情。夜晚的小镇，生活气息更加浓郁芬芳。那是和我家乡迥然不同的场景：民居都是双层的，上面的那层探出一截，为下面行走的人遮风挡雨。偶尔还能看到古老的木结构的房屋，没有院落，倘若谁家的门是敞开的，就可以看到一间连着一间的屋子，黑暗而幽深，没有我们北方的敞亮和直爽，仿佛没有尽头。要是有的话，最黑的那间一定坐着一位满头白发、掉光了牙齿的老奶奶，眼睛穿透岁月，遥望着子孙们琐碎而忙碌的生活。

有次我在镇上发现个怪现象：一家人正办丧事，家里却摆着很多麻将桌，几十人正热火朝天地玩着，大呼小叫，乌烟瘴气。而死者就躺在一边，头戴顶帽子，身上压着一叠衣服和一个笸箩。

还有个怪现象：街上慢慢走过的妇女，都土土的，胳膊上挎着一个篮子，或者背上用布兜着一个娃娃，呜哩哇啦地说着我这个外乡人不懂的话；男人呢，都黑黑的、矮矮的，眼睛有些凹，拖鞋里露出长长的脚趾，不修边幅的样子。他们都朝一个地方走着，不知去向哪里？那种感觉有些怪异。每个店铺都店门大敞，挽着裤腿的主人在看卫星上天的新闻，或者和孩子一起天真无邪地看卡通片，对进店来的客人不闻不问。

拐过街角我发现一排奇怪的房子，没有门，分别写着"男女"二字，人们牵儿携女进进出出，煞是热闹，心想：小镇人真是出俗，连上厕所都搞得这么隆重，像赶大集下馆子似的！文人免不了好奇的毛病，遂停步鬼鬼祟祟地张望，只见人们从这个门进，从那个门出。胳膊上挽着的篮子里装着花花绿绿的物件，进去的人灰头土脸，出来的人眉清目爽，头发精湿。

再探头往里瞧，更觉得不对劲：只见一个热气腾腾的大池子里，泡满了脑袋；池子旁的台阶上，满是正脱衣服的老老少少，那轰轰烈烈的场面令人目瞪口呆——我半天才回过味来，忙溜之大吉。幸亏没进去，敢情是个澡堂子呢！原来小镇的人有个奢侈的习惯——每天都要泡温泉，不管男女老幼！

我独自在古旧的街巷里，边走边笑。我爱这种淳朴简单的生活。这年秋天，我感觉自己不那么多愁善感了，即使重压在身，也能得过且过，笑口常开。破茧成蝶，一直是我的梦想。快乐比荣华富贵更令我向往。不管快乐还是美好，一切都会过去，一切都是过程。

做一只蜻蜓飞过

秋风微凉，却不沧桑。我不说话，小镇上的人们也会看出我是个过客。我穿着格子裙和黑色的网靴，走过小镇最热闹的街道去买一只用来喝咖啡的杯子，但无疑在这儿买这种东西是奢侈的。最后只得降低标准，还是在"上海华联超市"里（这大概是小镇最高档的超市了吧）买了只两头一样粗细的搪瓷杯，配着小勺子和结实的包装盒——在家里有好多这样的杯子，但那是用来盛牙具的。

　　夜晚，再落后的地方也会因灯火而繁华。街巷的拐弯处，水果闪着健康的光泽。这儿的水果比北方少，还贵，我家乡遍地都是的冬枣在这儿要10块钱1斤呢！我这个离了水果和蔬菜就不能活的人（在家乡，我每年要消灭多少水果啊），最后提了一袋苹果和一只大石榴回去了。石榴要6块钱1斤。这使我怀念起陕西临潼的石榴来了，那么大的石榴，两块五一个，那些牙齿一样晶莹剔透的籽儿啊，甜汁四溅得直呛嗓子眼儿，那是和冬枣一样，我最爱吃的水果了！陕西那片干巴巴的土地，怎会育出那么水灵的果实呢！真想再到西安看法门寺、古城墙，去买蓝田玉和石榴！尽管我曾在这座横平竖直的古城里，丢失了最心爱的玉佛和一段尘缘，可我仍愿再次飞蛾投火，在羊肉泡馍的气息中梦回金碧辉煌的大唐，裸露着肥腴香肩的大唐。

　　回度假村的路上，萤火虫在提着方便袋姗姗而行的女人身边飞舞，神话一样美！在家乡，我从没见过这样诡异的景象。倒是曾经有个月夜，高挽裤腿、脚沾泥巴的我和女伴到村东去，在花生地里捡到一条发光的虫子，像发现了外星人一样神秘兮兮地带回家，父亲说那是萤火虫，我表示怀疑，因为它没有翅膀，它不会飞翔，就如同渴望远行却只能将根须扎进泥土的我……

　　多年来，那条虫子像一个寓言，在我的记忆中发光，仿佛暗示着某种宿命。如今见这么多的小精灵提着灯笼在夜幕中飞来飞去，燃烧自己照亮四野，甚至照亮我这个随遇而安的过客，是这样神秘而虚幻……那一刻我突然意识到人生的飘渺，宇宙的旷远，名利的虚浮，情意的温暖……这个夜晚，我看到了最透彻的光明。我追逐着它们比星星还要明亮的身影，释然地笑了……

多多和吴老四

这天，我们在皖北的观音山下陪老师游玩。这里桃红柳绿，湖水蔚蓝，比较符合人隐居的梦想，所以我们把它称作世外桃源。80多岁的老师煞有介事地说要在这里买几亩地，养上一群鸡一群鸭子，然后坐在茅屋前看着它们打架，鸡飞狗跳的一定很热闹。有人郑重其事地提议说：到那时候，将多多和吴老四也带来！

老师当仁不让地说：那也不坏！

多多和吴老四是谁呢？能被老师准许一起到这儿来隐居，一定是很受宠的，要知道老师可是个脾气暴躁的老头儿，吃东西特挑，看人眼特毒，从年轻时就桀骜不驯，口无遮拦，一般的人，他未必瞧得上眼。所以我猜想多多定是他的小孙子，而吴老四则是他们家的老仆人，否则，谁能享受如此亲密的待遇呢？看他不假思索的神情，我几乎没有任何疑问。

到了老师合肥的家，未等开门，他就张开怀抱，一声比一声高地喊起来："多多，多多，吴老四，吴老四！"随着几声撒娇的"铮铮"声，一老一少两条白狮子狗争先恐后地跳出门槛，扑过来蹭鼻抚爪地争宠，这才知道，多多和吴老四并非人类，而是两条狗先生。多多是吴老四的爹，吴老四是多多的儿子。

老师眉开眼笑，花腔花调地冲他们喊着："多多，多多，吴老四，吴老四，来，来！"

听听，真像喊孙子似的，声音都变了，拐着弯儿，简直都有些媚态了！可以看出，多多和吴老四在这里充分享受了做狗的荣耀。

蓦地记起有一次在度假村吃饭，面对满桌子美味佳肴，老师却难以下咽，他愁眉苦脸地说："我想家了，我想我的狗了！"大家都哭笑不得，生性活泼直爽的小吴声讨他说："当着我们这么多人的面，你却说想你的狗，你这个老头儿真气人！"老师自知理亏，像个老太太似的讪讪笑着，那神情真是令人忍俊不禁。

刚去的时候，两条狗都对我虎视眈眈，充满敌意，特别是初生牛犊不怕虎的吴老四。它留着大分头，长毛披散，狗头斜愣，对我不屑一顾，好像随时准备冲上来咬我一口，那青面獠牙的德行跟银幕上的经典叛徒差不多。我心中胆怯，只好跟它套近乎说："吴老四，你可不能咬我，咱们是亲戚。"它仰头看着我，不大服气的样子，我只好再给它讲道理。不知费了多少唇舌，它终于听倦了，懒洋洋地趴到自己的小窝里睡觉去了。它爱理不理的态度，令我很恼火。人就是这样，哪怕被一只动物藐视，也会受不了的，我当然也不能例外。

晚上看完电视，我再看吴老四，越看越不顺眼。它竟然也不怕我，耷拉着一高一低两只大耳朵，挑衅地看着我，对我翻着白眼儿，令我的自尊十分受挫。一气之下，我抄起一把大剪刀，在阿姨配合下，为它修剪起那一身的脏乱长毛。它弄明白了我的意图，不甘屈服，摇头晃脑地反抗起来，剪子于是就随着它反抗的力度深一脚浅一脚地舞动，造成了十分恶劣的后果。剪完以后，我想起了那句骂人的话"跟狗啃的似的"，不由十分沮丧。只见它头顶的毛发被修理得深深浅浅，错落有致，长的那缕一不小心就滑下来，遮住眼睛，更增添了叛逆小青年的味道。为了给它掩饰缺点，增添美观，我找了根酒瓶子上的红头绳，要将它头顶那缕长的扎起来。它大概觉得羞辱，两爪乱挠，拼死抵抗，哼哼唧唧地叫唤着，好像在争辩说：你干嘛哩，我是个男的，又不是位女士……

但吴老四终究没抵抗过我，只好屈辱地竖着头顶的那根朝天辫，示威性地在屋子里转了两圈，然后躲到一边，将头羞愧地埋进怀里，在特地为它缝制的小篮子里蜷起身，很快就香甜地睡起来，间或还像个小孩子那样，打个响亮的喷嚏。

老师曾批评我说，你怎么老写这些狗啊猫啊的小玩意儿啊，你应该用个一年半载的，写个真正叫得响的长篇，我争辩说这可不是单纯在写狗猫，我是在写动物的人性呢！我相信爱动物的人都是有爱心和童心的，老师自己就有过同时养5条狗的经历。据说他小儿子如今已突破了他的纪录：6条！而且人家的6条狗都是从街上捡来的流浪狗，看着可怜抱回来梳洗打扮一番，就让他们冠冕堂皇地成为了家庭的一员。老师对儿子家的保姆满怀同情，给朋友打电话说："他家的保姆可怜呐，每天早晨都要起来遛狗，还要定时给它们洗澡看病，可怜呐！"

我私下里认为，吴老四这个名字起得很不合理，作为多多的儿子，吴老四应该起个比多多更酷的名字才对，儿子怎能比爹的名字更老气横秋呢！问起这个名字的缘由，都有些糊涂，不知原委，就去问老师，老师只说是随便叫的，哪有什么由头！我疑疑惑惑，总觉得这名字耳熟，甚至怀疑这名字是否跟小吴有关——该不是从小吴家抱来的，或者看小吴可爱，就让老四随她姓了吧？胡猜一番，突然想起老师的《渡江侦察记》里有个侦察员叫吴老贵，不禁哑然失笑！

吴老四同多多在一起，倒是做爹的显得更年轻更耐看些，毛色纯白柔顺，眼睛晶莹剔透，如果不细看，不会看出多多一只眼睛已经瞎了，双耳已经全聋了。可怜的吴老四呢，他倒好像是他爹的爹，倒扣獠牙，双眼凸出，毛色灰黄，还留着个大分头，怎么看都不地道，算是吃尽了形象的亏了！

据说多多年轻的时候，比现在还要好看，我翻看了一下他当时的靓照，的确玉树临风，风度翩翩，与现在的吴老四比起来，有天壤之别。如果多多是明星，那吴老四充其量是个群众演员，跑龙套的。当年，多多就是凭着自己的天然优势找到一个好配偶——小不点儿，就是吴老四的妈。那可是一个地道的美人啊，生得小巧玲珑，小嘴大眼，狐狸模样。多多追她的时候，这个刁钻古怪的美人可让多多吃尽了苦头。她搔首弄姿，引诱多多向前，而后抬腿便踢，整得多多那阵子脸青鼻肿，狼狈不堪。不过，这并不说明小不点儿无情无义，当年她妈妈难产死后，她采取了近半个月的绝食行动，奄奄一息了仍不肯进食，最后是保姆强行掰开它的嘴，将食物直接压进去才保住了它的性命。

多多如此帅，小不点儿又那么美，没想到却生出了吴老四这个没出息的家伙。当时一窝6条狗，都让人抱走了，就剩下最丑的吴老四没人要，它也就因祸得福，留在老师家中过幸福生活了。大家都说吴老四是最没出息的一条狗。

作家莫言曾经感叹人类"种的退化"，看来这话用在狗身上同样合适。

老师家的相册里还有狗穿着马甲、叼着烟斗的照片，像老上海滩十里洋场的绅士，尽管脖子上牢牢地拴了链子，却仍然文质彬彬派头十足，不知那是不是小伙子时的多多？

据说多多从前是会随着音乐跳舞的，还会接球，有一次抛过去的一只球滚到厨房去了，它跑去搜索一番，未果，便含着一只土豆出来交差。多多还会跳圈，那次刚吃过午饭，老师从背后用他的蒲扇大手拍我一把，我回头一看，见他举着一个铁圈，像他作品中的李玉和举红灯那样亮了个相，就艰难地躬下身子，将铁圈对着多多，唤着："多多，多多，来，来!"多多毫不犹豫地跳了过去，尽管它已经16岁（如果按人的岁数算的话也该有80多了），腰身粗壮，行动不变，却还算宝刀不老，不减当年。一家人见此乐不可支，恍惚回到了从前。

可惜多多连跳3个之后，年龄的劣势就拖泥带水地露出来了。它自己也好像心中有数，不敢再逞能，拖着尾巴躲到一边喘粗气、翻白眼去了。

老师对多多的偏爱有目共睹。因为多多老了，多多眼神不济，耳朵不好，牙齿也不好——主要牙齿都掉光了。老师常拍着它的头说："多多可怜呐，多多老了，80多了，和我一样大了!"

但是多多有些不识敬，它脾气虽好，却好倚老卖老，一吃饭就围着饭桌哼哼唧唧，用那只没瞎的玻璃球看着你，那么大年纪了还撒娇，让人感觉实在不咋的。最不像话的是，它竟和它儿子抢东西吃。有一回，我晚上起来倒水喝，它趁机钻到我床底下。我在电脑前敲字，它就在床下打喷嚏，弄得我心烦意乱。我蹲在床边跟它谈判，想请它出来，它死活不肯。我只好不客气了，找一根扫把往床底下捣，它拖着老迈的身子从这个床腿躲到那个床腿，就是不肯出来，惹得吴老四在门口探头探脑地看热闹。

最后，我用一条鸭腿才算送客成功。一个人被一条狗治成那样，至今想起来还惭愧。

吴老四的的眼睛是金鱼眼，鼓得像瓷球，它瞪着我时，我曾经威胁它说："再瞪，当心你那对瓷球掉下来啊！"当然，最值得一提的还是它那口牙齿，不但参差不齐，还是"地包天"，即倒口牙，看上去冤乎乎的。这家伙爱恶作剧，趁人看不见的时候，常跳到床上或者沙发上撒尿，然后若无其事地走开。王阿姨没办法，只好对它严加防范，晚上睡觉前不但房门关严，连沙发也要堵上铁架。一提起吴老四来，阿姨就捂着腮牙疼似的说："怕啊，吴老四坏啊！"

吴老四虽然爱捣乱，形象也不讨好，长得像叛徒，但它实在很无辜。吃饭的时候，是最热闹的时候，也是最暴露两条狗先生本性的时候。爷俩儿都趴在桌边，等着从桌上往下掉馅饼。它们知道主人爱它们，所以这馅饼是一定会落下来的，并且会一直落到嘴里的。多多因为年龄的优势而受宠，掉到嘴里的机会自然就比吴老四多一些。它倚老卖老，趴在它最牢靠的主人脚边不肯动，张着快掉光了牙齿的嘴，等着馅饼往嘴里落；而吴老四则积极地活动，围着桌子的四条腿不停转来转去。但无论它怎样努力，得到的机会总比它爹少。这笨东西不会像它爹那样撒娇，急了就站起来，在你背后用小爪子挠你一下，挠你一下，看你给不给！你一回头，见它用鼓鼓的金鱼眼看着你，热切地等着你的赏赐，这时候，你筷子上夹着的肉还好意思往自己嘴里填吗？

别看吴老四年轻，却实在是无能透顶。它和它爹抢东西吃，十有八九是抢不过的，老师有时给多多东西吃，一时看不明白塞到它嘴里，它就赶紧地叼到一边去，慌慌张张地吃掉，以免老师发现塞错了对象，用拐棍抢它。有次，我亲眼看见老师用手剟着它的头顶，毫不客气地说："吴老四，怎么是你啊，我还以为你是你爹呢！"然后指指阿姨："到你奶奶那里讨吃的去吧！"吴老四只好悻悻地摇着尾巴去了。

当然，老师也理亏自己的偏心，所以有时就表扬吴老四说："吴老四你是个好人、是个明白人呐，你知道在我这里要不到，就去问你奶奶要，好，明白人呐！"这时，我真想模仿老师的口气说声："吴老四可怜呐！吴老四是个中年人了，和我一样大了，还是不得济呐！"

不过，虽然我有心替吴老四打抱不平，却也无计可施——谁让它年纪轻，资格嫩呢，既然你是一条中国狗，就要符合中国国情嘛。人家多多15岁了，作为狗来说应该领取老年证了，它曾经和主人同甘共苦，逃过难，下过乡，当过农民，被饿得奄奄待毙过，和乡村的狗一起在田里追过鹰搏过兔，吓退过翻墙越障的家贼，能自食其力，不至挨饿受冻，你吴老四呢，除了这100多平方，和这小区周围的花花地界，你去哪里闯荡过？没经历过大风大浪，日晒雨淋，你有何资历升官晋级，享受待遇？

吴老四好像也明白，无论它怎么做，都甭想和它爹争宠，因而它总是一副气鼓鼓、冤乎乎的模样。时间长了，它就彻底绝望了，听天由命起来，将下巴搁在地上，眼睛半睁半闭地做起白日梦来。不知它是否梦到香肠烤肉掉进了嘴里，也不知它那颗争强好胜却屡受打击的心是否还能恢复过来？

据说老师刚搬进花园城那阵子，偌大的小区只有几十户人家，人烟稀少，保姆英桃早上出去放狗，遇到另一家的保姆，神秘兮兮地说："你晚上睡觉的时候没听见动静吗，一到9点咱楼里就砰砰作响，搞不清那声音是从哪里发出来的。莫不是闹鬼吗，吓死个人啦！"……于是闹鬼的传闻越传越广，连保安也惊动了，夜夜晚上出来巡逻。他们侧耳细听，说：是啊，是有个动静，可是从哪儿发出来的呢？

由于这片小区是在坟地上建起来的，就更加令人疑疑惑惑，多多和吴老四听到这些议论，蹦着跳着想参加意见，可惜它们不会说人话，没人理睬它们。事实上，也只有他们知道真相——那哪是闹什么鬼啊，是老师晚上9点洗澡的时候，在浴池里砰砰地拍打肚皮锻炼身体呢，这样可以促进肠胃蠕动！我想表现欲极强的吴老四那时候不能说出真相，一定憋得十分难受吧！

或许是饱受冷遇、压抑太久的缘故吧，吴老四的嫉妒心变得愈发强了。见有人对多多好就生气，它不敢咬人，就去咬多多。有次保姆先给多多拴上了链子，它也追在多多屁股后死咬，多多气不过，回头恶吼一声，它才吓得不敢吭声了——到底是爹啊，这点威严还是有的。有客人来的时候，吴老四叫得最响，恶声恶气，大有引不起客人注意不罢休的劲头。

有次我出门回来，两条狗都热情得不行，争先恐后地往我腿上跳，好像问我这些日子到哪里去了，怎么才回来啊？那场面真是温暖人心。但我发现一个问题，吴老四老是瞅着多多，每次都争取比多多跳得高一些，好进入我关注的眼睛。过分的热情之后，它们都累了，好像也觉得又辛苦又无聊，便各走各的阳关道独木桥了，对我也冷漠起来，我若想再次享受它们的热情，就得重新出一次远门去。原来在狗那里，也有世态炎凉啊！

那次，保姆又牵着这两位狗绅士出去遛，走的时候都循规蹈矩，彬彬有礼，谁知回来时，这爷俩儿却为谁先进门的事儿吵了起来，吵得十分疯狂，你挣我跳，死不相让，将铁链子拽得当啷作响，到了引人围观的地步。屋里的人出去劝架，全无济于事，狗有权利听不懂人类的语言，所有的苦口婆心它们都置若罔闻。

战争结束的时候，两条狗看上去都疲惫不堪，却仍是气得不行的样子，嘴里喷着热气，嘴角的毛上滴着哈喇子，唉，你说这是何苦呢！

作为人类，我对狗世界里的事情不大了解。我不知道在它们的世界里，血统是否重要？也不知道多多和吴老四是否知道自己的血缘关系，但他们都是嗅觉灵敏的动物，闻到对方身上相同的味道，起码得有种认同感吧，干吗还这样不团结，让人类看它们的笑话呢？

难道狗的世界里也非要争出个高低贵贱、先来后到不可吗？

这次偶然地从老师家这两条狗的身上，看出了身份、资格、待遇、成分和阶级等等，真是让人啼笑皆非又无可奈何啊！

湖边碎景

在这座离江很近的城市里，我没有一个朋友。每天说很少的话，写很多的字；睡很少的觉，做很多的梦。在醒着的时候梦见自己的生，在睡着的时候梦见自己的死。在梦里老了，醒来，重又年轻。手机总是摆在枕头或者书桌的一边，片刻不离；出门的时候，就紧紧攥在手里；最孤独的时候，最大的奢望，也不过是收到一个信息。

感觉肺里的空气需要换了时，才出去见见阳光。希望自己能从黄豆芽，变成绿豆芽。远处传来齐秦多少年前的歌唱："……你懂不懂得一种感觉叫做荒凉，听到自己心跳的声音……"

花园城后面是一个湖，人工湖，以湖为中心，是一个巨大的盆景。水里，开两朵硕大的莲，像白天的梦境，美到虚幻。水草里的蚊子不时唱着小戏，追着人不依不饶地咬，可惜嘴巴太软，很难将人咬疼。要是它也有自尊，一定很沮丧：它劳神费力半天，也只能留给人片刻的痛痒。

湖边，谁开出一小片一小片的菜地，固执地在都市里，规划自己的田园：茄子、西红柿、辣椒，不知什么时候都结出了果实，叫人暗暗惊心，羞愧自己虚度的光阴。记得我从北方到这儿来的时候，这儿还是一片光秃秃的荒地，我是看着人在这里用铁锹翻地、播种，看着小苗儿一天天长起来的。黄瓜和扁豆的蔓都爬到架上去了，一天比一天爬得快。黄瓜还没开出黄花，蝴蝶就飞来了，大概早早地闻到了那种鲜味儿。还有紫红的苋菜、比韭菜还瘦的香葱……蔬菜都结果了，我的作品却还是没有多大进展。刚下过雨，风是湿的，像旅人的心情，很难轻盈地飞翔。但我很庆幸有这么一小块田园，可以落落脚，跟停在菜叶子上的虫或者蛾子，说说不着边际的话。

满树满树的白玉兰红玉兰，是哪一场雨后凋谢的？不知道。好像是张爱玲说过，从没有见过这么邋遢的花。那么美的玉兰花在不同的心情里，竟有如此不同的面孔，张爱玲真敢说话。因了她的咒骂，那种花格外叫人疑惑起来。去年还见过白玉兰凋谢的模样，的确像怨妇的手帕，可是它开着的时候，分明是高洁的。想同书上的张爱玲争辩，终于还是欲说还休。花开之后的事情，不见也罢，因为忙碌而错过了今年的春尾，也不值得遗憾，与一种植物的缘，也是不可强求的。做了场梦，梦醒了，花就谢了，多数的故事，就是这样结局的。谁会去追究，哪朵花凋零的时间、姿势和心情？别傻了。

世界大得漫无边际，陪伴自己的却只有影子，阴天的时候，影子也睡觉去了，就忘了自己是谁。这是一段仅属于自己的日子，孤寂是肯定的。但我喜欢这种孤寂，因为它与世隔绝。在我的有生之年，能享受这种略带悲苦的孤独，足矣。不管如何的形只影单，思绪可以脱离了肉体天马行空地飞翔，还奢望什么呢？皮囊可以受得千般苦，只要灵魂自由。曾经跟人说，我愿做一潭无波无澜的死水。这样说，可能太绝望，或者是颓废。但其实只是想宁静。

"自来自去一身轻，看破悲欢万事空。坐拥白云待风起，头枕青山看日升。"不知随口吟出的这几句，算是什么呢，好像有做隐士的意思，却也知道那是奢侈。

一切的一切，由它去吧！

140

生命中的一天

一夜未眠，连空气都带上了疼痛的阴影，辗转反侧，无法入睡。

白天躺在床上昏沉，到下午 4 点才起来。听见老师对师母说：她至今才起来，可把我给吓死了！我怕她突然一下子就完蛋了！——他说出这样的话，令我暗自吃惊。看他的样子，十分天真而又认真，我不由得大笑着说：您怎么这么想呢，哪有那么严重，我年纪轻轻，没病没灾，怎能说完蛋就完蛋呢！老师感叹说：幸亏你以前是吃过苦，出过力的！

我谈笑风生一会儿，回到自己房间就泪如雨下：原来老师什么都心知肚明，或许他早就已经看出来，在我若无其事的时候，我的承受能力其实已经达到了极限！

昨天颈椎痛得厉害，半边头都木了，看东西模糊一片，流泪，恶心，额头上又拧出了青紫，像一块不规则的胭脂——那是自童年时候起，惯有的特征，头痛的折磨，屡屡让额头去承担，像一块抹不去的胎记。

在湖边游魂野鬼般地转来转去，始终无法让疼痛消失在风中。对我来说，这个夏天还没到来，因为我还几乎没有感觉，可是那些植物累累的果实，夜色中那无处不在的秋虫的鸣叫，却已经在明明白白地宣告夏天的结束，秋天的到来。看见那些旺盛蓬勃的蔬菜我总是羞愧不已：来的时候，这儿还光秃秃的，可是不知不觉中它们就长出来了，收获了一茬又一茬，而我呢，依旧一无所成，倒是头发稍稍地长长了那么一点儿。

看到草丛中有只长颈的白鸟，单腿站着，头缩在翅膀底下，身上落满了苍蝇。不知道它是不是死了？死了还站着，该有多辛苦；若是没死的话，白白让苍蝇吃掉，更是残酷。捂着痛得嗡嗡作响的头去用一根杆子试探，它竟然动了动，稍稍挪动了一下位置。天哪，它还活着，但看得出来已经病入膏肓，只能无奈地将自己清白的生命，交由这些丑陋贪婪的苍蝇了！我真想将它扔到湖中去，我宁愿它迅速地在水中呛死，也不愿它受这样的折磨和屈辱。

可是我有什么权利去结束一个生命呢，万物的生死幻灭都是上天的事情，上天永远没有对错，它无论怎样做，万物都得被动地承受结果，谁若违背，就得受罚，接受它毫无道理的粗暴的诅咒。人在它那里，并不比一株小草更值得重视。我憎恨丑恶和虚伪，它们在这个世间恣肆横行，无人过问！善良的人也许很多很多，多得遍地开花，可是，丑恶总是狼，善良总是羊。适者生存的实质，便是弱肉强食！

于是，仅有的一点儿善心，便悄悄藏起，留给自己了。

很多很多事，都一起到了恶劣的极点，使我的承受达到极限，便用一种痛的方式传达出来。实在难以忍受，不得不去做了中医推拿和刮痧。在阑珊的灯火中，带着满脖子的伤痕回去。

已经几天收不到一个电话，一个短信，那好像已经成为一种奢侈。友谊是一棵需要双方共同浇灌的树，只要一方懒于护理，它很快就会枯萎。虽然有时我只有翻看旧日的短信取暖，但我不去主动联系谁，因为我知道创作需要孤独，需要在孤独中培养一种情绪，而且，孤独让我感到安全。从前，我也曾经无数次盼望过的，盼望在这样一个无人认识的异乡，舔着伤口的血，独自疗伤。

但这天晚上，我却突然一股脑儿收到了很多短信：江弟的，青的，皮蛋的——她先将我臭骂一通，然后说等你回来，我请你吃顿红烧肉补补，再给你买一顶假发——她估计我因为写作受累，头发一定快掉光了。对了，还有石头的，那么超然物外的一个人，发来的却是财神爷的祝福——哈哈，俗，俗，俗！最后，是最宽厚的师兄的短信。他说我这些天总是不放心你，这是怎么啦？他是一个永远不会忘记我生日的人。每到这一天，隔着千山万水，我总能收到他的祝福，风雨无阻。记得那年，他将奥修

《静心的艺术》和他的小龙人护身符送给了我，他说："因为我觉得你现在比我更需要它。这个小龙人，它的珍贵不在于别的，在于它曾经佩戴在师父身上……"其实与师兄的联系很少，可是无论何时想起都不会感到陌生。

这天到底是个什么日子呢，在我痛苦、痛楚的时刻，冥冥之中似乎有什么感应，这些平日并不怎么联系的朋友，竟不约而同地来关心我了！

晚上 8 点半，我吃了这天唯一的一顿饭。因为病痛，我停掉了手头的工作，可是我依然挣扎着，捂着痛得摇摇欲坠的脑袋，用勉强抬得起的胳膊，写下了以上文字。多年后，不管我在哪里，生活得怎样，这个日子，是再也抹不去了……

不知道明天将如何到来，但是今天，就这样度过了……

无名山放风记

下午两点才起，昏昏然不知所以。

知道自己不能再在这空气不通的标准间枯坐下去了，再如此怕是真要生病了。于是催促着自己赶紧洗漱，然后出门放风。看着外面惨白的阳光，心生畏惧，找出橘黄色的羽绒服穿上，威胁自己快快出门。融进太阳光里才知道自己的想象太夸张了，天虽然冷，太阳还是有温情的，并没有冻掉鼻子或耳朵的危险。

到哪儿去呢？镇上去吗？我已经连每一双花拖鞋都看遍了，而且挂在饭馆前的那只被剥皮抽筋的羊已经风干了，它那双鼓出的眼睛总是恶狠狠地瞪着我，让我觉得是自己的路过招惹了仇恨，心中有些不快。既然有心向佛，就有些惧怕内心的罪恶，所以我选择逃避。

　　那到哪儿去呢？度假村北边的小村已经去过两次了，第一次是背着包慵慵懂懂闯去的，有些历险的意思。村里鸡飞狗跳的很热闹，而且动物们也很热情，我这个异乡人在它们那里还是很受欢迎的，动物嘛，毕竟比人纯净多了。村里的二层楼房是标准的南方建筑，我很好奇，不知里面啥样儿？想上去看看，又没有人邀请，硬着头皮进去吧，脸皮又不够厚。彷徨间收到石头信息，说改日让大定兄给画幅《瑞娴山村草窥图》吧！我说别提他了，他数年前应承的画还没影儿呢！年底若再不兑现，我就让弟兄们打他一头蘑菇！石头更不客气，说哈哈，打他一身蘑菇……那村子的原始很对我的口味，可惜猫屎鸡粪太多，一不小心就会踩上。身上沾着臭气，毕竟不是愉快的事儿。再说，虽然那儿成群结队的狗还算友好，也难说没有背后的虎视眈眈。大公鸡虽然没有啄人的打算，然而它铁嘴铜翅，迎风一跳一跳的那个威风劲儿，在我看来还是颇有些挑衅的意思。被人当做侵略者毕竟不是好事，还是不去骚扰这世外桃源中的英雄好汉们吧！

　　那么，就到度假村前的小山上去逛逛吧！听说在基督教堂的前面有条路，可以蜿蜒通到山上去。一人上山虽说有点儿冒险，然而这样的冒险还是值得的，以前不也尝试过吗，每次都能活着回来！

　　走到白色尖顶的教堂前，将鼻子贴在窗户上，好奇地往里张望。在这僻远的乡间，西方的信仰竟在这里、在无数淳朴简单的心里生根发芽，多神奇啊。唯有信仰的光芒可以穿越时光和地域，到达每个渴望它的人心里。记得安徒生的《白雪皇后》中有这样的句子："山谷里开满茂盛的玫瑰，在那儿遇见我们的圣婴耶稣。"对安徒生童话的痴迷一如少年，恨不得早生百年，做一朵小小葵花，伏在安徒生膝下，在他深邃孤独的眼睛里沉睡。

　　教堂西面有座圆顶的牧师墓，我过去，双手合十，虔诚而敬畏地施了礼，又拍了照。故乡的老师是不允许我和墓碑荒丘拍照的，认为它不吉利，然而我实在太爱相遇的每一件事物，总想将它们那一刻的身影留住——不止留在心里，还留在镜头里，让它可触可感可端详思念。这位乡间的牧师，我没细看他究竟生卒于何月何年，然而千里奔波来此相逢，一定有根看不见的线牵着，一如阳光里挂在棘针间的那根蛛丝。我相信人与任何事物的相遇，都是自己心中愿望的幻化。我珍爱自己在世间的每一次相遇，每一段尘缘。

转来转去，没找到上山的路。

对面来了一个人，走得毫不犹豫，无疑是本地的农民。荒山野岭间，我相信他是来告诉我路线的。或许是佛祖派来的，或许是基督派来的，反正都一样。他果然知道路，领我往回走，指着一条不甚清晰的草路，用当地的方言说，就从这儿上去，不多远就是山顶了。

我谢了他，斜背着皮包上山。

高筒的棕色马靴踏在绵软的枯草上，步步缠绵。穿高跟儿鞋上山的人，一定都是率性的。几年前在故乡，也是秋天，有人突然提出去爬卧虎山。那山矮矮小小，却很温馨，一年四季沐浴在懒洋洋的阳光里。那天我穿了一双新买的黑色靴子，款式是我至今都怀念的，柔软的小牛皮，十分的简洁轻快。那时大家是何等的快乐啊！我愣是穿着那双靴子一翘一翘地上了山。山小，却有赏心悦目的风景：熟透的马奶子，少妇一样美艳的红栌树，还有一个人工石洞。最有趣的是在山顶的亭子里，一群蜜蜂专追着一个倒霉鬼嗡嗡叫个不停，蜜蜂也会认人呀，惹得幸灾乐祸的我们几乎笑破肚皮！还有一个家伙，独在山崖那边耍酷，口中念念有词："昭仓跳下去了，唐塔也跳下去了，所以请你也跳下去吧，跳啊，你倒是跳啊……呼！"他用食指朝自己开了一枪，就"吧唧"倒在草丛中……

我那双可怜的新靴子呢，就在那次下山的时候，被一块石头顺手掰掉了一只跟儿去。我一瘸一拐地下山，一辆车从我身边经过，溅起飞扬的尘土。车里的人探出头来，笑嘻嘻地说："嘿嘿，这人还真能咬，瘸着一条腿，还能爬到山上去……"

孤身上山，终究还是有些忐忑的，所以遇见人便感到格外亲。一对小儿女，正合抱一条胖乎乎的小狗下山，他们告诉我山顶其实不远，喏，前

第四辑　人在江边

面那个看得见的高处就是了!

　　走不远，又碰到一位正挖树根的老中医，便蹲下问他这山有名儿没有？他说没呢！中医在我心里都是有涵养的，然而这个穿着四个兜中山服的老人并不亲切，当然也算不上冷淡。他告诉我他会治腿。我想起北京的姐姐有类风湿，便问他能治吗？他说他能治的，我便异想天开起来，幻想姐姐的腿很快就好了。他慢吞吞地说，哪能那么快呢，中医都是慢工夫磨。我问他人舌头老长舌苔是怎么回事，他说那我就不知道了！中医竟然不知长舌苔是咋回事，让我瞠目结舌，只好礼貌地道了别，继续我的无名山历险。

　　爬所有的山都可能会碰到荆棘，但不一定碰到碑林——基督徒的碑林。那成片的墓碑全用白色的瓷瓦贴成，高举着鲜红的十字标志。即使沉睡，也要高举自己的信仰，这是人和其他动物的不同。走这样一条道，我多少有些怀疑，然而我不停留，我相信我的脚，一定会把我送至一览众山小的最高处。我一遍遍默念着安徒生的句子，宁静便在心中弥漫开来："山谷里开满茂盛的玫瑰，在那儿遇见我们的圣婴耶稣……"

　　夕阳里的枯草是最美的，它们像壮丽温馨的毯子在你面前展开。红豆般的小红果儿挂在荆棘间，默默无闻地熟透，摇落。山与山的不同，基本是由石头和植物决定的。这山裸露的石头很少，和其他山没什么区别，上面的植物也大同小异，但越往深处走，越奇异，在那里，我看见了一簇似乎只有书中才能见到的植物，它的叶子，让我想到侏罗纪时代恐龙的食物。

　　那对小儿女没骗我，山顶果然不远，四周的景色也果然如诗如画，夕阳染就的云彩绚烂多姿。远古时代人们以为地球是方的，我觉得太傻了——他们要是上山看一看，放眼四望，就知道地球是圆的了，它以你为中心，你走到那里都包围着你。孙悟空为何跳不出如来佛的手掌心，因为如来的手掌心也是圆的啊！

　　找一块山石坐下，任山风浩荡。渺小的我坐在渺小的山顶上，回望半生浮云，半世沧桑，恍如隔世。怅然、怆然、凄然，然而最后却是一笑嫣然。想将这感触编成短信，发给北方雪和石头，却怕一低头夕阳就落了，所以就一直盯着那轮落日不放，这样的美景多看一眼是一眼。

本以为爬到山顶就胜利了，却发现西面还有一座山，似乎比这座还要高些。不到山顶非好汉，于是又继续向西，越过荆棘红果、松树红叶、乱石枯草，终于到达了另一座山顶，谁知最大的收获，却是验证了那句"这山看着那山高"的老话。

回望走过的山，说不出的留恋——真美啊，镜头随便一举就是一幅画，一首诗。头顶是白云高天，脚下是蔚蓝湖水，远处，是婀娜的河流和摇曳的炊烟。在夕照的半坡处，高架线一侧那两棵一黄一红的树，仿佛是相偎着的春天和秋天。

用相机摄下了每一棵草，每一棵树，每一只路过的鸟，然后干脆对着自己乱拍一通，虽然拍成了大头娃娃，却总算把自己留在这些秋天的景物里了……我爱秋天，从少年时就爱，虽然有为赋新词强说愁的嫌疑，却不能不说和秋天有某种默契。现在我最爱的，却是春天了——因为人生已经逼近了这个季节，便怕了，怕自己像熟透的果子一样跌落到尘土里。

下山时天全黑了，几乎看不清自己移动的脚。夜色将所有的植物都融进去，然而那些基督徒们的房居却仍然醒目地白着，高举着鲜艳的红十字。

"山谷里开满茂盛的玫瑰，在那里遇见我们的圣婴耶稣……"

我一遍遍默念着这些句子，平静祥和地走下山来，走回自我囚禁的小屋，走回令我爱恨交织的文字中去……

写睡者自述

今年，我生活的全部内容用两个字就概括了：写，睡。

有个老师闻听后，发来打油诗一首，题目是《与吃睡者共勉》，我赶紧纠正：不是吃睡者——乃写睡者也。我还没堕落到光吃光睡不干活的地步，并且那个"写"字还排在"睡"字的头里呢，除睡觉外，我有半天的时间还是很进取的，是吧？

终日在电脑前苦熬，闭门不出，少有闲暇，不知外面冷暖晨昏。表情日渐呆滞，似乎有老年痴呆的兆头。颈椎也变得僵硬，去找人推拿，无论瞎子还是睁眼瞎都这样说：你的这脊梁，有点儿像木板了。那日在南京火车站，见一人似乎面熟，回头看时才感到脖子转动十分吃力，只好用白眼珠子瞅一瞅，自觉都有些鬼鬼祟祟的。结果倏忽间，人已走远了，好不沮丧。

据说有种动物（不提它的名字了，我对它老人家十二分的敬畏），别名"转香脖"，它有个谁都没有的特长：能将脖子转动三百六十度。牛，太牛了，真令我羡煞！

我这脖子这几日又有了新变化，一摇晃，便嘎巴作响，像满脖子都是树根。我不由得想起美国科幻片中的那些异形来了。

痛极无奈，只好吃脑清片度日，权当做头痛来治了。

听说外面降温，不知究竟冷到了何程度？一日中出门的机会便是到对面的餐厅打饭，大概总共有 12 步远。抬头看见一两片在树上赖着不落的瘦叶子，冻得哆里哆嗦的，就知道冬天真的来了！但实在惧怕寒冷，而且有文字迫追，只好透过偶尔敞开的窗户去看冬天的模样，想伸出手感受一下

做一只蜻蜓飞过

外面到底有多冷，又记起过去的地主是这样做的，我乃穷人家的女儿，不能有这样奢侈的行为，让九泉下的父母骂我。只好讪讪将手缩回，继续在电脑桌前做文字的奴隶。

这两天越发地懒散了，白天思维混乱，不入境界，只好到夜里胁迫自己进入角色，结果不是熬至半夜就是熬至天明，累到咕咚倒下就把自己交给了梦乡。醒来时，常不知今夕何夕，春暖秋寒。早饭免了，午饭免了，甚至晚饭也无享用的欲望了——南方的米，实在是寡淡无味！

于是便只好在夕阳的光线里，边敲着字，边听着自己肚子咕咕地诉苦，苦等夜间8点半的晚餐——这顿晚餐对我这个北方人来说是最人道的——几近救济，因为它有雪菜或者猪肉白菜的包子，虽然味道不咋的，总算是每日唯一的面食。还有一大盆黏稠的白米粥，散发着我这个过敏性鼻炎的人无缘闻到的香味儿。再是还有咸菜和咯吱咯吱的白萝卜条儿，有时是拌着红辣椒的小白菜。有次一个黑黑的小伙子从厨房里端出半碗飘在油里的辣椒酱，我用勺子舀了吃，很香，却并不辣，便问是油炸的吗？小伙子嗨嗨地笑，说没尝出来吗，哪是油炸的，我是倒了半碗麻油——他们管香油叫麻油。

那几天事情一件接一件，像无名河里的小浪头，又像个乒乓球拍，拍过来又拍过去，把我拍懵了。我脸青鼻肿，不感到饿，也不感到困，每日三餐一顿不吃，只等夜餐的那俩菜包子，连续3天，每天两个，3天共吃了6个包子。这是那些天比较经典的一个事件。奇怪也没饿死，看来人的承受能力还是出乎自己的意料的。我对那些屡次绝食的大师们更是深信不疑了。

几近自虐的熬夜，对自己不倒翁一样坚韧的身体无疑是个摧残。我迅速地衰老和消瘦了。曾有女友说你小小的身体里究竟蕴藏着多大能量，好像什么都打不垮你。可是现在，我却突然有支撑不住了的感觉。有天早晨我正打算睡，有些饿，便泡了包米线，吃了几口，耳朵里突然鸣叫起来，眼前的一切都腾云驾雾。我抓住椅背，体尝着那种无从把握的晕眩和悲凉，静等那一刻过去。

那一刻也想了：要是现在就倒下死去，肯定没人发现，这儿认识我的人太少。轰轰烈烈的一生，如果就这么个结局，不太值得。

清醒过来后，我有几分庆幸，但还是结结实实伏在电脑桌上哭了一场：我究竟是为谁活着？为何要受这些苦累？我体重不过100，身高不过1米6，我的肩膀很瘦很窄，为何要源源不断地承受这一切？如果世上真有因果，那么是谁的因，让我来承受果？如果真有轮回，那么我要背负几世的苦难才能解脱！

不知自己哪来这么多委屈的泪水！我哭的，不知是自己的昨日，还是自己的明天。然而昨天不可追，明日不可握，只有今日的悲和喜，泪和笑，实实在在地体验过，像鞭子抽过后留下的伤，只属于自己的了……

在洗手间的大镜子里，我试图对自己关怀地笑一笑，却看到眼角边夸张的皱纹，它在镜子里向我开放，将我自己吓了一跳。

那日好友石头来信息问起近况，我故作潇洒地说——我歌我哭，俱从心来，风过雨过，一笑而过！石头看后十分欣然，说姐，你悟了！我说还悟了呢，杀生倒是不杀了，肉还照吃！他十分宽大地说你得多吃点肉，太瘦了！我就诉起苦来，说已经瘦得满脸开菊花了！他便发来这么一句：此花开后更无花，娴淡如菊！我不甘示弱，马上对了下联：子苦苦后便无苦，苦尽甘来。然后便在千里外的这头，独自咯咯地傻笑了一通！

笑过之后便是深深的寂寞。

这浅浅的乐趣，是别人扔出的卵石激起的涟漪，我捡了来欢笑的。本不属我，只是我真真切切地欢笑过了，便谁也不能剥夺——看，谁做了阿Q，谁就解脱了，老天终还是眷顾我这个傻乎乎的笨孩子……

秋山闻笛

　　孤独的外乡女人，坐在异乡的山坡上，想家。

　　哦，秋天啦。我爱它的高远碧透的天空中拂来拂去的白云，它的翠绿松林间比花朵更沧桑艳丽的红叶，它的透着寒意的碧水辉映着寂寞的蓝天，它的花肚皮的水鸟在镜面上划出的涟漪，它的猎猎飘扬一扯三千丈的悲风，它的欲留还去的无奈，它的欲说还休的悲伤，它的渐渐透进骨子里的苍凉。

　　就这样，从山下的村落里，突然飘出了时断时续的笛声，如梦似幻、丝丝缕缕地飘来缠绕我，缠绕我，一时越来越紧，越来越痛，瞬间便将我的心缠绑成茧！

　　我的心便在这茧里狂跳如鼓——我没想到在异乡，还能听到这熟悉的笛声，这最爱的像天空一样明丽悠远的笛声。

　　那吹奏的人，是你——那个优美少年吗？你有一双仅属于东方人的丹凤眼，眯起来的样子是那样目空一切，旁若无人，亿万年的沧海变迁之后，凤凰飞去，却将它超然物外的眼神留给了你！你站在故乡的草坡上，迎风横笛，衣袂飘扬，向着我们看不到的远方，用花瓣样的嘴唇，吹奏出丝丝缕缕的哀伤——

　　那时候，无人懂你。我枯黄的朝天辫，像你脚下的毛英英儿，向你淘气地翘着，示威，撒野；为了怕我掉进那条鱼虾可鉴的河流，你追我，逐我；而我，磕磕绊绊地去追逐红翅膀的蜻蜓、蚂蚱和妖媚的蝴蝶——它们在一朵朵花蕊里，提着花篮采蜜。

　　就这样，在他人的笛声里，我遥望千里外的荒坡，仿佛看见你栖身的那一抔黄土。我看见你飘逸的风姿，破土而出，随风而至，就这样在我猝不及防的时刻，孤零零的你来寻找孤零零的我。从林梢上、鸽哨里、从每一棵小草战栗的根部，都传来你忧伤的低唤：妹妹，妹妹，妹妹……

哥哥！我呼唤着你，向看不见的你伸出我的手臂。而今我的脸已刻满风霜，你却仍是一副少年的模样，在异地无名的山坡上，完好如初地来与我相见！

你带给我母亲的消息。透过你，我看见母亲的居所。她檐头的枯草，已经比她的头发还长了，数年前的秋天，在报社五楼的窗户旁，我向北遥望，尔后挥笔写下这些句子：

秋深了，娘的长发
该在故乡的山岗枯黄了
在女儿的手指不能及的地方
正被秋风冰凉的梳子
胡乱地梳理着

娘呵，在你生我的时候
我们是母女
你不会想到30年后
为母亲梳头的女儿，是风
为女儿梳头的母亲，是梦

写完后，朋友们相约到山上去，在北坡的乱树间，看见匍匐的荒草，颜色是熟透的黄，长及数尺，一缕缕像瀑布一样柔顺，果真像被梳子梳过了，朋友们说起这首《风梳头》，惊异于用词的准确，意象的苍凉，而我折身走开，不忍卒睹。

哥哥，你小小的身躯，如何温暖故乡那大片的黄土？我想你唯一的骄傲，是倚着母亲而眠。最卑微的母亲，也是一轮燃烧的太阳。她的光芒可以穿越沙土，爱抚你。哥哥，在沙土之下，你把身躯蜷缩成婴孩的模样，缩回到母亲腹中，你是安全的了。故乡那条险恶的河流，再不能生生地将你吞噬。

可是醒里梦里，犹是你伸着的手啊！哥哥，我恨不能啼破梦境，去拯救你；恨不能用我的手，去挽住你一闪即逝的生命；你的手就那么一直摇着，在浪尖上摇着，在水草里摇着，在石缝里摇着，直至渐渐沉没。你无望的求救之声，化为一串泡泡，日里夜里，在水面上叹息！

你像一片卑微的草叶，瞬间从我面前生生地消失，我该去哪里为你寻找凶手！亿万年的长河里，从来都是命如草芥，从来都是无理可讲，从来都是无迹可寻，这该诅咒的一切啊，我该去向谁哭诉，向狰狞的命运，还是仁慈的上帝！

于是我就只好一次次回到梦里，向梦去讨要希望。在梦里我将手伸向你，伸向你，却依旧够不到你，我向你哭喊着：哥哥，等着我，不要沉落，等着我长大，等我来救你……你报我昙花般的一笑，瞬间就化为了涟漪……

一个10年又一个10年过去，我小小的哥哥，你在另一个世界里，也该老了。村里那些小孩子，已经没有谁知道，曾经有过一个你；而你的坟丘，只有村里最年长的人，能找得到。逢年过节，我只好画一个圈儿，将纸钱烧给你。

那一年，我带着3棵小松树回到故乡。我拨开足以埋没我的荒草，寻找你；我知道你在最荒僻的角落里，等我；等我来看你，等我带给你世间的消息，等我将你刻进石头——我知道你怕自己睡得太久，忘了自己前世的名字……哥哥，我无钱为你竖一块墓碑，只好让小树为你做个标志。3棵松树分别栽在了父亲的檐前、母亲的檐前、你的檐前。然后，我就坐在你的面前，嚎啕大哭！

你可在与我同哭？哭父，哭母，哭自己！父母归去时人已白发，而你却是青青如盖的年纪。这叫我如何不耿耿于怀，这叫我如何放得下你！想起你总是泪湿青衫，想起你总是意气难平！

可是那3棵松树，很快也枯萎了。在死的悲伤面前，连植物都不愿意苟活下去！

哥哥，我该用几生几世，才能忘记你；哥哥，你们走了，却把我留给世间；你们走了，却要我活着，你可曾想过这生生分离的痛楚？

哥哥，在你和母亲的房屋之间，是否还留有我的位置？我需要的地方很小很小，不过是几棵小草的位置，不过是几只沙里狗做窝的位置。原谅我吧，我累了！想把自己的心，埋在沙土里。

流年里，我身背行囊，向着一个又一个远方，在每一个异乡，都不忘寻找你的身影，我相信在一个我从未到达的地方，你还活着，你只是迷失了回家的方向！

哥哥，那个曾在你笛子上拴一块红绸的女孩，如今也像她母亲一样渐渐老去。在你坐过的草坡上，我看见她痴痴遥望的身影。她粗糙的手，将凌乱的头发捋至耳后，耳朵上的银耳环像摇曳的铃铛。她干瘪的嘴唇，被秋风割裂；只有路过的大雁，听得懂她的呢喃……

芦苇花白了的时候，我看见她坐在自家的门槛上歌唱："在深秋的景色里我已是一朵凋落的花，为何我的青春时光，还在山那边，梦见心爱的少年郎？"

你离去的时候，我还只有小名，你不知我的大名，这么悠远幽深的路，你是如何找到我的？你的赤脚踩在荆棘之上，让我感到切肤的疼痛。为了寻找我，你将来自于同一个母亲的血洒在棘尖上，瞬间化成了粒粒的红果。

在白云之下，荒草之上，我看不到你的面容，但我感到你风一样软的手，在抚摸我童年的面庞；你冰一样凉的指尖，为我擦拭着拭不完的忧伤。

哥哥，似水流年里，是我遗落了你，还是你丢失了我？这短暂的相见，我能留住你什么，你能带走我什么，我们又能为彼此做些什么！看这广袤的土地，哪是我们的摇篮，哪是我们的坟墓，哪是我们的家园！相见之后，你是否又将沉入深渊，抵达黑暗，直到彼岸重逢的那天？

我伸出手，抓不住你，抓不住一缕最细的风，却从指间漏尽了前尘旧梦。我坐在扶摇的茅草丛中，独抱双膝，泪落如雨，不知谁能听见我心中的悲恸！

一只鸟儿从荆棘中飞出，围我盘旋低啼，声声啼血，又落到前面的树上对我殷殷叮咛几声，便远远飞去！

——妹妹，好好活着，替我活着，替我们活着！只有活着，才会有希望；只有活着，在黑暗的深渊里，我们才能获得最终的救赎！

——哥哥，我会活着，苦也要活着，累也要活着，死也要活着！替你活着，替你们活着！替那些渴望着生却被死神掠走的生灵活着！

隔一轮硕大的斜阳，你就这么披一身火的羽翼，越飞越远。哥哥，你可听见：在故乡，那个坐在门槛上的女人，犹在为你歌唱：

"风已经捎走过往，烈火焚尽了凤凰的翅膀，那个少年或许并不存在，那种感觉却地老天荒……"

做一只蜻蜓飞过

第五辑

任我评说

做一只蜻蜓飞过

莫言笔下的人物，因为年代久远而充满了传奇而野蛮的色彩……再悲苦的命运，他们也呈现出一种麻木不仁的乐观，听天由命地活着，死皮赖脸地活着，风吹不断雨打不绝地活着，十二万分的坚韧顽强。快要饿死了，也还有欲望；踏在亲人的尸堆上，照旧大吃大喝，寻欢作乐。只要活着！只要活着——

心惊肉跳读莫言

一

读莫言，你就跟着他的那些主人公们一起受吧！那可不是人遭的罪！对待苦难、死亡、暴力、血腥，莫言有一种不动声色的平静，平静得近乎冷酷。他细细地剖析玩味着那些让常人无法忍受的折磨，就像一个举着刀子的刽子手，嘴上叼着烟，暧昧地笑着，在深秋的斜阳里，一丝不苟地切割着你的皮肉，咯吱咯吱，咯吱咯吱，连一片被劈开的指甲也不放过，连一根戳进了眼珠子的睫毛也不放过，连一根藏在红肉囊里跳动着的毛细管也不放过……直至你的忍受力到了极限，直至你浑身战栗，头皮乍起，鸡皮疙瘩粒粒凸出，直至急促的心跳敲打着你的肋骨，疼痛恐惧快要使你疯狂！你想喊，可是喊不出声；你想哭，可是哭不出泪；你想求救，却发现四野苍茫，渺无人迹，黑老鸹不祥的怪叫声招来了黑夜……莫言，莫言，究竟是什么造就了你玩味血腥的嗜好？看——

"有脱离了马身蹦跳着的马腿，有头上插着刀子的马驹，有赤身裸体、两腿间垂着巨大的阳物的男人，有遍地滚动、像生蛋母鸡一样咯咯叫着的人头，还有几条生着纤细的小腿在她面前的胡麻秆上跳来跳去的小鱼儿。最让她吃惊的是：她认为早已死去的司令竟慢慢地爬起来，用膝盖行走着，找到那块从他肩膀上削下来的皮肉，押展开，贴到伤口上。但那皮肉很快地从伤口上跳下来，往草丛里钻。他逮住它，往地上摔了几下，把它摔死，然后，从身上撕下一块破布，紧紧地裹住了它……"（《丰乳肥这样的描写，不大像人类的语言，仿佛被鬼神附了体，夸张到了神话般怪异的地步！

在莫言作品中，血淋淋的杀人场面纤毫毕现（《红高粱》《檀香刑》），不仅要活剥人皮，到了《酒国》中，甚至要吃人了，最令人发指的是不但吃人，还非要吃出个花样来：在酒宴上红烧婴儿，并且教授你怎样杀婴儿做菜！谁看了不唇齿皆冷，毛骨悚然？？莫言，你太狠了，狠得不动声色，狠得装聋作哑，甚至狠得津津有味！瞧——

"那家伙八成是一只蜻蜓转世，去掉了后半截还能飞舞。就看到他用双臂撑着地，硬是把半截身体立了起来，在台子上乱蹦哒。那些血，那些肠子，把俺们的脚浸湿了，缠住了。那人的脸金箔一样，黄得耀眼。那个大嘴如一条在浪上打滚的小舢板，吼着，听不明白在吼啥，血沫子噗噗地喷出来。最奇的是那条辫子，竟然如蝎子的尾巴一样，钩钩钩钩地就翘起来了……"（《檀香刑》）

——你看，人家都快受死了，他还顾得活龙活现地在那里"钩钩钩钩"呢！越刺人神经的时刻，他越是一丝不苟，一板一眼，绘声绘色！

所以莫言的某些作品，有病的不要读，可能被吓晕过去；没病的最好也不要读，可能会吓出病来。要将他的某些作品读完，需要相当的勇气，不是所有的人都能受得了那个刺激（如《檀香刑》《红高粱》等），耳边一片鬼哭狼嚎之声，怎不令人毛骨悚然，肝胆俱裂？读不完，你就别想受完！可是有什么法子呢，他让你欲罢不能，你就只好继续受下去。你像个裹着脚的小媳妇那样，战战兢兢、心惊肉跳地被他牵着鼻子走，你的思想连同你的感官都在煎熬中生不如死，或是寒战连连，或是大汗淋漓。

《檀香刑》中，那些对刑法的描写，最是惨不忍睹，细微处，他便愈发描摹得精细无遗，一丝不苟，不把人吓炸了胆子不罢休！读到后来，我简直条件反射起来，凡是有关刑罚的部分就赶紧闭着眼睛心惊肉跳地翻过去——我知道莫言是什么都能写得出来的，我也知道自己绝对受不了这个折磨！这时莫言就是刽子手，而自己就是那个死刑犯，恨不得双膝一跪，朝他大喊一声：大爷，饶了俺，把刀磨快些，快点儿送俺上路吧！

"《檀香刑》描绘的受刑场面，没有任何史料记载……别人以为我是查了什么档案，实际上全是我闭门造车造出来的……"（莫言语）——瞧啊，让我们跟着生不如死地活受了一场，却原来全是人家的凭空想象，不知道他写的时候，自己害不害怕？莫言，莫言，真恨不得将这个名字用牙嚼碎了咽进肚去，省得他再用那支笔绘声绘色地吓人！

也曾经无数次暗下决心，不要被他再折磨下去了，却又心有不甘地期待着下一页的柳暗花明，于是只好低声下气地恳求自己：不要怕，再读一页，就一页……就这么自己将自己哄着骗着，一页再一页地翻过去，终于将一本书看完了。记不得跟着他那些变幻无穷的人物，到底经受了多少轮回，反正读到最后，总觉得值。莫言，尽管他会给你上酷刑，让你跟着他遭受漫长的凌迟，但他绝对能让你"受"得无怨无悔。

当你跟着他走过一道道刀山火海的坎儿，瘫坐在书桌前心有余悸地喘粗气的时候，你会感到一种灵魂洗涤之后的豁然开朗，酣畅淋漓！这时，你一定会奄奄一息地吐出这么一句："痛快！"

二

走进那片猎猎燃烧的高粱地，就跌进了高密东北乡——不，跌进了中华民族五千年的苦难史。那像海一样无边，又像海一样深不见底的苦难啊，无时不在焚烧炙烤着你的灵魂，让你想撕开衣襟，捶胸顿足地痛哭一场！置身其中，你是谁啊，你不过是波峰浪谷上的一只蚂蚁，一万只蚂蚁联合起来也抓不住一朵浪花！这一秒钟里有你，那一秒钟里可能就没有了你！有你，没你，都不那么重要，只有命运，还在狞笑着继续。那种痛楚，那种折磨，直刺人神经，如同民间所说的世上最难听的声音："猫叫猫，老驴嚎，馇锅铲子挫锯条"！

读莫言，我常常有那种快要虚脱的感觉，那感觉跟小时候伏在姥姥膝下听瞎话的感觉差不多：越听越怕，越怕越听，听到最后，往往紧张得缩成了一只小猫，惊惧地窥视四周，试图寻求保护，却发现每一个人都变得可疑，再偷眼看姥姥，却发现各种鬼怪的面孔，活灵活现地在她的脸上浮现出来！这时候，滚热土炕上散发出来的人间气息，也无法将人从那个神秘而又恐怖的世界拽回来；这时候多么渴望一个顶天立地的英雄出现，救我于水火！或许是听到了一个弱小心灵焦灼的呼唤，很快地，这个英雄真的就从姥姥的嘴中出现了，驱恶祛暴，呼风唤雨，无所不能，好不快哉！

但莫言与姥姥毕竟是不同的。姥姥的瞎话从不会令我们失望，而莫言却绝不会白送给我们那样一个至善至美的英雄，他笔下的所有人物都与高大全无缘，他们是人，而不是神。他们甚至算不得是一个很好的人：他们形象猥琐，言语下流，散漫无德，但当命运将他们逼至一个死角，当灾难将他们所处的世界蹂躏得一塌糊涂的时候，他们却会突然迸发出亮光起来，以百倍千倍的能量异乎寻常地燃烧，不计后果不顾一切，瞬间就将自己和罪恶一同活生生地焚尽，疯狂而又野蛮！那亮光，使他们与周围嗷嗷怪叫着的畜生们区别开来；那亮光，使人对这个卑微而又苦难的民族不至绝望，那亮光挽救了几乎就要失去的昂扬！

莫言的许多主人公，都是在卑贱生命的最后一刻呐喊着突兀地站立并完善起来的，有惊人的爆发力，和不容置辩的决绝，只一步便完成了质的飞跃，只一步便走完了自己的一生，只一步便跨进了天堂或者跌进了地狱！

灾难深重的民族，风过，雨过，哭过，笑过，点头哈腰过，悲泣长嚎过，被饿晕在村头过，被挑在刺刀上过，被火烧血洗过……最终，还是火山爆发了，这一发便翻江倒海天崩地裂，这一发，便是群体的闪光势不可挡！永远在压迫中沉默的民族，永远不会有希望！

读莫言，你无法不荡气回肠，热血沸腾！你可能没有被感动，但你不可能不震撼！

三

莫言的笔下，满是欲望强烈的男人和极尽风骚的女人，那是一幅大红大绿、大喜大悲、敲锣打鼓、色彩浓烈的扑灰年画。有一些人物来历不明，背景不清，蒙着一层寓言般的神秘色彩。莫言说，他只是想将他的人物放置到一个特定的历史背景中去塑造。这正是他的高明之处。那常常是一个过去的陈旧的背景，我们现在知道了莫言对当下的农村其实是陌生的、隔膜的，他从18岁就背离了土地，将人物放置到一个记忆中、或者幻想中的背景中去，反而让他更加得心应手，如鱼得水。

莫言笔下的人物，因为年代久远而充满了传奇而野蛮的色彩：他们往往具有很深的劣根性，甚至太多的动物性，在混沌闭塞的乡村，他们似乎没有自己明确的秩序和轨道。他们硬骨铮铮，敢爱敢恨，但有时却很龌龊；他们卑微无知，却又狂放不羁自以为是；他们道德观念薄弱，没有自我约束的意识，爱一个人时却爱到骨头里，甚至不惜粉身碎骨，身败名裂；他们活得麻木而清醒，狭隘而豁达，嫉恶如仇却又心慈手软……他们单纯而复杂，复杂而单纯，卑贱时唯唯诺诺，形同猪狗；高贵时目空一切，视死如归；他们坚信"死在炕上的，多半是窝囊废"，面对着死亡，连一个吝啬成性的老太太和一个满手污秽的接生婆都能从容不迫，连一个猥琐古怪的老男人也会突然间焕发了尊严和青春。他们似乎什么都不懂，却又什么都心知肚明。再悲苦的命运，他们也呈现出一种麻木不仁的乐观，听天由命地活着，死皮赖脸地活着，风吹不断雨打不绝地活着，十二万分的坚韧顽强。快要饿死了，也还有欲望；踏在亲人的尸堆上，照旧大吃大喝，寻欢作乐。只要活着！只要活着！

但其实在莫言笔下，所有生命都有尊严的——哪怕藏在角落里最不起眼的人物，在不经意中，就让我们看到人性的闪光——

《丰乳肥臀》中，铁匠的儿媳上官鲁氏，与家里的黑驴同时都要临盆，全家人竟都跑到西厢房照应黑驴，而将上官鲁氏一个人扔在揭了席、卷了草的土炕上，守着一卷白布，一把剪刀，一簸箕从大街上扫来的浮土，一屋子嗡嗡飞着的苍蝇，孤自迎接第七个孩子的到来（后来生了一对童男女）。一个即将临盆的产妇，还不如一头即将产仔的黑驴受重视。或者说，一条女人的命，还不如一头驴命值钱！而让人哀其不幸、怒其不争的是，在上官鲁氏眼里，婆家人这样对待她，似乎是一件自然而然的事情，并不值得大惊小怪。封建制度下的女人，逆来顺受惯了，不但人家拿她不当人，自己也拿自己不当人了。即使这样，在剧痛中煎熬的上官鲁氏还是受到了婆母的奚落："现如今的女人越来越娇气，我生她爹那阵子，一边生，一边纳鞋底子。"而这个平日光着脊梁抡大锤打铁的老太太对驴说的话却相当的推心置腹："驴啊驴，豁出来吧，咱们做女的的，都脱不了这一难！"——看，在这位强悍的老太太那里，儿媳低人一等，倒是驴和她成了同病相怜的同类！儿媳最后生出了个黄毛婴孩（和牧师野合的产物），这对盼了一辈子孙子的她来说，真是个莫大的讽刺，老太太一气之下，就疯掉了——此为后话。

即便如此，在人命关天的时候，这位飘着白发的老太太还是豁上了，眼看儿媳就不行了，老太太忍受着割肉般的痛楚，从怀中掏出千层纸万层布包着的一块大洋，低声下气地送给刚给驴接完生的樊三："这块大洋贴着我的皮肉放了二十年啊，送给你，买我儿媳一条命。"生存的艰辛无奈跃然纸上，让人为之鼻子一酸。可怜的人可怜可悲，可恨的人何尝不可悲可怜啊！而油头滑脑，满嘴脏话，一辈子没个女人的兽医樊三，在面对着产妇的胴体时，却突然有了羞耻感，他把大洋扔掉，死活不肯为产妇干这接生的营生。表面上玩世不恭，骨子里却是要命的传统。尽管愚昧，却是真正人性的回归，尊严的焕发。这时候，生命的存亡与否，甚至都变得不那么重要了！

四

有人说，莫言的人物基本是动物，色调阴冷，我不那样认为。

记得中学时读过这样一句话："亮点在黑暗中才能闪光。"莫言笔下的人物，都是脚丫子里塞满泥巴的小人物，活得麻木而愚昧。如《丰乳肥臀》中，高密东北乡的好汉们，竟然天真地以为德国人的腿上没有膝盖，只能直立不能弯曲，而且有洁癖，屎尿一沾身便会呕吐而死，为此，他们纠集起一帮酒鬼、赌徒、二流子组成虎狼队，和德国人在大沙梁上进行了一场令人啼笑皆非的恶战……但他们的麻木愚昧之中，往往蕴藏着博大无私的爱，同样是《丰乳肥臀》中，上官鲁氏为了别人的两个幼小儿女，竟然卖掉了自己的亲生女儿；在面对侵略者时，他们有一种本能的、自觉的反抗意识，司马库、沙月亮以及东北乡最早的开拓者们和德国人的血战，完全是一种自发的行为，并非受谁指使。可惜这一切常常是昙花一现的绚烂，它在瞬间爆发，又在瞬间燃烧，毁灭……也有一些人物，最初面对着血腥的屠杀，甚至面对着家破人亡时是麻木的，听天由命，得过且过，叫人有着恨铁不成钢的沮丧，但到最后，却像被蝎子蜇了一下似的，突然有

做一只蜻蜓飞过

了疼痛。麻木地活着，还是幸福的，如果恢复了感知，就离死亡很近了，这让人在欣慰的同时不由得悲从中来！

复杂的人性，不可抗拒的宿命，血淋淋的场景……读莫言，能让你疼痛得逐渐麻木，更能让你血脉贲张！莫言的人物，总是在最低处起步，却在瞬间飞跃为星辰，让你不得不抬头仰视，惊心不已！他们的生命力是何其坚韧，何其强盛！一茬茬的炮火硝烟，天灾人祸，他们就是不死。当灾难到来的时候，他们越发的昂扬高亢，恣肆汪洋，敢作敢当！那情那景，令我想到黄土高坡上恣意飞扬的尘土中，那些系着羊肚子手巾打着腰鼓且歌且舞的人群！外敌侵入的时候，他们就像一群石雕一样突然地醒来了，抖搂掉身上的尘土，随手抓起锨镢锄头就冲了上去！连那些平时可怜可悲可恨可恶甚至带着痞气的人物，也往往在死到临头的一刻，蓦地在浓重的黑暗中迸发出壮烈来！

那一瞬间，他们解脱了；那一瞬间，他们真正成了自己的主人！这是最让人动情，也最让人欣慰的——做自己的主人，是莫言对他的那些愚蠢又可爱的农民兄弟，最高的赞美，最激荡人心的提升。做不了自己的主人，如何做命运的主人？人最大的敌人是自己，最大的障碍是自己，最不了解的是自己，最难跨越的是自己。谁能够驾驭自己，谁能够做得了自己的主，就有了和命运相抗的最结实的本钱。这是真正的觉醒，单凭这点，中国现代、当代文学史上的那些所谓的觉醒就黯然失色——因为那常常是政治，而不是人性的真实。

所以读懂了莫言，你就会深深爱上他作品中的那些人物：读懂了莫言，你就会理解他"种的退化！"那种痛心疾首的慨叹！

五

上世纪80年代中期，莫言的《透明的红萝卜》横空出世，这部作品及里面那个耳朵会动、精灵古怪的小黑孩儿，都给人一种不太确切、不太愉快的印象，但是不管莫言的支持者还是他的反对者都不得不承认，莫言这个小鼻子小眼睛的大鲛鱼，迟早会将文坛搅得翻江倒海的。

莫言应该是当代中国作家中想象力最丰富的一位了吧？"莫言会把一

个极小的细节写透，写得让读者的想象力远远落后于作家的创造力"（邹汉明），他在他的作品中，调动起了所有的感觉器官：听觉、视觉、嗅觉，味觉、触觉……样样不落，我甚至怀疑他的后脑勺、脚后跟上都长着眼睛或者耳朵。他很少重复自己，每部作品都力求给人一种新鲜感。他的作品，常读常新。他的稀奇古怪、天马行空的想象力无人能敌。其实在中国，好作家和好作品都不缺，只是好得太正常罢了！

除了《红高粱》，我最喜欢的就是《丰乳肥臀》和《三十年前的一次长跑比赛》了。《丰乳肥臀》结构严谨，事件接连不断地发生、变化，环环紧扣，视角也不停地转换：马洛亚牧师的、上官吕氏的、上官鲁氏的、上官来弟的，甚至黑驴的，到最后才是那个"我"——刚降生的黄毛婴孩的。哈哈，这个中国农妇生的小杂种，一降生就全知全能地目睹并叙述了一切，用像他父亲马洛亚牧师那样不伦不类、不土不洋的高密土话。视角跟随着叙事人和叙事方式转换，不仅让人立体地看到了事件经过的全景，也逐个体验了每个人物内心深处的波澜变化。

《丰乳肥臀》我到最后还没有读够——不，是还没有"受"够，就戛然而止了。莫言，真是个叙述的高手，一个决绝的吊人胃口的家伙，让你看了还想看，他却绝不再下回分解。

《生死疲劳》更是让各种各样的畜生成了主角，驴、牛、猪、狗、猴全都开口讲话。作者变着花样来叙述，不停地给你一种新鲜感，在你稍微要松懈一点儿的时候，他就会用语言的锥子来扎你一下，使你的神经永远逃不出那种紧张的状态。对着他的作品，你想昏昏入睡是不可能的。

莫言的语言，极尽奢侈、铺陈，又十分口语化。我想这并非仅仅是人物叙述的需要，而是莫言叙述语言的一种探索。他的那些能通灵的文字和感觉，有些怪异，仿佛仙传鬼授，又生动、夸张，活龙活现，如："我家的那匹大种马，十足的纯种洋马，一个马蹄，大过你家驴头！""砍下的人头……比高密县一年出产的西瓜还要多""忘却多年的瑞典语像蝴蝶一样从他嘴里成群飞出来"……在他的作品中还充斥着粗俗不堪、泥沙俱下的粗口、方言、俗语："拨吊无情的狗东西"，"黄鼠狼子日骆驼，尽拣大个的弄……"如同家里的臭豆腐，甚至如同臭脚丫子，又臭又粗俗，但是出味儿，这就是莫言，这就是莫言的特色。

166

有人评论莫言写作风格大胆，总是充满进攻型的语言。对自己的"冷酷"，莫言自有他的解释："我被安上了残酷描写的恶名，主要是在《檀香刑》里面体现的。其实这也是小说所要求的……这部分描写，是评论界批评我最多的地方。有评论家认为我不应该搞这么多的自然主义，不应该搞这么多血腥场面。写此类场面，我首先声称，我不是受虐狂，也与性格无关，只与情节有关。"

"我觉得没有这样一些残忍的情节描写，这个小说就是不成立的。鲁迅在他的小说里揭示了"看客"这一中国最有特色的东西，他也描写了被杀的人的心理，但是他没有写到刽子手的心理。我就是把这个刽子手的心理描写了出来，我觉得刽子手、被杀的人和看客这三者的关系和心理，是中国漫长封建社会的一个缩影。"

你看，人家都说到这里了，你还有什么好说的？他之所以那么一板一眼、不厌其烦地去描写那些受刑施刑的场面，正是为了对国人的心理，作入骨三分的刻画，好让人在爱恨之余，去痛心疾首、痛定思痛！写大冷酷的人，未必不是深怀着一种大悲悯。

私下里，我甚至怀疑余华、苏童都或多或少地受了莫言的影响，并且将其发扬广大——和莫言一样，他们都是敢写的主儿，他们的冷静冷酷都到了残忍的地步。对此，本人无力评价，也许刺激一下现代人麻木的神经，让现代人在舒适的安乐窝中感受一下疼痛，是必须的。毕竟历史的进程是血淋淋的，不是莫言残忍，不是余华苏童残忍，而是历史残忍！

六

莫言，这位原名管谟业，早期被归类为"寻根派"的作家，是一个让记忆说话的人。但他的记忆，似乎仅限于农村，仅限于那片令他既恨且爱的广袤乡土，作为一位记忆异常深刻，想象异常丰富的人，童年、少年的记忆，已足够他啃一辈子老本，后来的都市生活，似乎只是提供了一个环境，好让他将过去的记忆，以另外一种形式重现。

"理解了母亲的病中呓语就等于理解了整个宇宙，记录下母亲的病中呓语就等于记录下了高密东北乡的全部历史"（《丰乳肥臀》）——我们无缘听到这位母亲病中的疯言疯语，所以我们不知道从前的高密东北乡到底是个什么样子，其实莫言也不知道，他写的是他自己心中的世界。

他说："文学是主观的，一个作家应该完整地表达自己的所有观点和宣泄自己的所有感受……故乡说起来很具体，实际在我头脑中故乡是很抽象的产物，但故乡的概念，还是有很浓的感情成分。"

他说："故乡实际上是在路上。生活在大都市，繁华的都市、人与人的隔膜，不禁回想起乡土社会家家鸡犬之声相闻、人人互相帮助的纯朴……事实上我记忆中的故乡根本就没存在过，就像那个桥洞根本就没这么高大，乡村里的人物原来也没这么了不起，不是像爷爷奶奶那样敢说敢做，也是唯唯诺诺。人与人的关系事实上从来就没想象中那么美好。故乡是在童年记忆基础上想象的产物，事实上是发明一个故乡。"

发明一个故乡！这便是作家的伟大。

不管莫言笔下的故乡是"发明"的，还是曾经真实存在过，许许多多无知而又无畏的乡亲，已经消失在"高密东北乡"广袤的原野上了，他们浊重的鼻息和烟袋锅冒出的烟草味儿，还没有完全在田间地头散尽；他们的命运，留下了巨大的猜测空间和欲罢不能的遗憾，让我们在思索回味中，成长，成熟，老去。因为莫言，我们所处的这个时代，将更加的意味深长，回味无穷……

遭遇莫言

一

读完《红高粱》后的 20 年里，我一直无缘见到它的作者莫言先生。不是莫言多高不可攀，也不是我们间的距离多么不可跨越，是命运还没有安排我们相逢。不，不是相逢，也不是相遇——没那么轻松，在懵懂无知的年龄，就读到莫言的作品——读到那些在当时看来十分另类的作品，未必是件值得庆幸的事儿。它曾令我一筹莫展，心生茫然。所以，我将与莫言作品的相遇，称为遭遇；而将后来与莫言的遇见，看做必然。

有些人，这一生你遇见或者不遇见都无所谓；而有些人，你遇见或不遇见，是不一样的！

二

其实是先看了张艺谋的《红高粱》，才读了莫言的小说的。

电影是在乡电影院看的，我们七八个小姑娘，一人骑一辆大金鹿自行车气喘吁吁地窜到影院门口时，已经开始检票了。是露天的影院，与村子的场院并无多大区别，但四周用围墙那么一圈，就圈出了神秘。我在那里看过两次电影，一次是看《少年犯》，一次是看《红高粱》。影院门口窄小，大家你死我活地往里挤，谁的棉鞋被踩掉一只，只好在密密麻麻的腿缝里乱摸一气。我那条豆角辫被夹住了，好歹才拽出来，至今想起，头皮好像还隐隐作痛。

那部《红高粱》在我们那穷乡僻壤的地儿引起的轰动，不亚于凭空炸了颗原子弹。大概因为它的原作者莫言，是我们邻县的高密人，而电影也是在高密拍摄的的缘故吧！那时候电影在人们心目中很神秘，在离我们几十里远的地方，竟然出了这么位能人，怎不叫那些裤腿上沾满泥巴的乡亲自豪呢！这件新鲜事儿颇让人激动了一阵子。我们村的一个牲口贩子赶着牲口去高密赶集时，曾经路过那片为拍电影而种植的高粱地，以后这就成了他吹牛的资本，电影放完老些日子了，他还蹲在街头上神吹胡侃，而卜咂着烟袋锅的老少爷们也总是听得津津有味，乐此不疲。

其实，那时真正看懂《红高粱》的并不多，等热乎劲儿一过去，村里那些在土坷垃堆里苦中作乐的人们便调侃说：咳，你说人家莫言是高密的，你诸城人激动个啥呢？推着车子顺大路一直走一直走，要走几十里地才是高密地儿呢！

那次看电影的经历，有些刻骨，有些啼笑皆非。而那晚的天，真冷啊！连天上的星星都抖抖索索地打着寒战。屏幕上的红高粱烧红了天空，

第五辑　任我评说

屏幕下的人一律抄着手，缩着脖，寒鸦似的，换片时擤鼻涕的声音此起彼伏。我紧张地盯着屏幕上那些大红大绿的画面，那种怪异野蛮的叙事方式令我无所适从。我那时虽然满脸稚嫩，却因为看了太多不能与时俱进的书籍而过早地头脑僵化，对一切新鲜事物本能地排斥。我边看边慌慌张张地想：我咋就看不懂呢，难道说我不跟形势了吗？

三

看了《红高粱》的电影，再看莫言的原著，已经是几年后的事儿了。我已经有了理解这部作品的阅历和能力，读这本借来的书时，我有感觉了，而且是极为强烈的感觉，它带给我的震撼和翻江倒海的冲击，远远比电影来得强烈，也超过了以前的所有作品。我浑身发冷，一边看一边打着寒战。我这才回过头去理解了张艺谋的电影。

人一辈子能遇到几部让你浑身发冷的作品？那些像高粱叶子一样密不透风的句子，句句带着杀人的锯齿，锯你砍你，让你透不过气来。我时而心跳如鼓，时而却要窒息，感觉自己像一只蚂蚁，逃啊，逃啊，却始终逃不出高粱的汪洋大海，每一棵高粱都高举着剑，追着撵着，逃到哪里，它们就杀杀杀杀地追到哪里………那一泻千里的句子浩荡奔涌而来，让人血脉贲张，豪情激荡！

但其实还是不能完全看懂。它跟当时所有的文学作品都不一样，而我固执地非要从中找出意义，找出中心思想，分出好和坏，黑和白……可是《红高粱》什么也不告诉我，也许它告诉我了，而我又不明白。

从没有哪部作品让我如此惶恐过，从没有哪部作品让我这么不得安宁过。

莫言自己说过："创作者要有天马行空的狂气和雄风。无论在创作思想上，还是在艺术风格上，都必须有点儿邪劲儿。"莫言的横空出世，改变了一代人的思维。莫言的作品，颠覆了一个世界。他的作品让我这个循规蹈矩却心怀梦想的农家孩子感到恐惧，读完后再看周围的景色人物，全都变了样儿。我想这个人的写法有些歪门邪道。我怕看多了，就再也找不到回家的路，就会变得行为怪诞，被乡人视为异类。

其实当时排斥和拒绝莫言作品的，岂止一个比蚂蚁还小的我？当时的中国文坛，有几个不试图拒绝他的？但越是让人惊慌失措的东西，其实对人的影响将越大。在莫言的《红高粱家族》之后，出现了一大批"土匪小说"，出现了一群群的"我奶奶我爷爷"，所有打家劫舍的人物，都让人疑疑惑惑，里面是否有我爷爷我奶奶的影子？

　　后来我也写了个此类的小说，揣着去给一位老师看，她看了后说："豁，还真有点儿莫言的味道"，顿时吓出我一身冷汗！

<h1 style="text-align:center">四</h1>

　　那些年里，任何与莫言有关的事都令我兴奋。在外地碰到一个高密女孩，黄头发大暴牙，说是跟莫言邻村，我就觉得她很了不起了，此后事事高看她一眼。

　　那年去蓬莱经过高密，神使鬼差又想到莫言，总觉得会在哪里碰到他。车每到一个小站，我就朝窗外张望，期待莫言正从人群中走过来；每一个像模像样的人上车，我都疑惑这是不是就是莫言啊？其实莫言早就去北京了，这个全国人民都知道，我也知道，可是我的想象力却非要我浮想联翩。

　　当时还没见过莫言的照片，不知道他长得到底啥样儿？我对斯文的人，印象特别好。心目中的作家都是小白脸儿，上衣口袋里插着一到两支钢笔（人家说再多了就是修钢笔的了），一低头，额前的长发就遮住一只眼睛，有点儿像叛徒。作为作家，他还要戴上一副阔大的塑料框眼镜，脖子上挂一架笨拙的大相机——小村人家，没见识，想象力再丰富，也只能将莫言想象成这么副不伦不类的模样了。

　　似乎真是愿能生缘，车到某个小站时上来一个文质彬彬的中年人，穿一身不黄不绿的西服，板板整整的，一低头，额前的长发就遮住眼睛。更重要的是，还戴了一副宽边眼镜，还提了一兜子书，只是脖子上没挂相机——不过那时我心目中的莫言，已经不必再挂相机了，他名气那么大，该人家举着相机拍他了。就这么着，我的想象又不由自主地飞翔起来，几乎认定他就是莫言了。

那人坐到我身边，问我这是去哪儿？听口气像是熟人。我在乡下翻土晒粮，很少出远门，实在想不起这人在哪儿见过。一路上，那人絮来叨去，说了一箩筐足以令一个涉世未深的少女上钩的话。幸亏我虽然是井底之蛙，却在书中见过世面，而且那人智商实在太低，他问我姓什么，我只说"三横一竖"，他竟然到下车时也没猜出我的姓氏来，还一个劲地问我："是不是姓丰，你是不是姓丰？"令我至今百思不解的是，那人下车前竟说了这么句话："我相信像你这样含蓄的人，将来一定会幸福的！"

事后我想：如果有一天见到了莫言，一定要将这事儿告诉他；如果我因为他而成了别人钩子上的鱼，该找谁兴师问罪呢？

五

读完《红高粱》后，很长一段时间我不愿再读莫言的任何作品。一是怕搅得心里不安宁，二是自作聪明地认为他会像多数作者那样，以后的作品都不过是成名作的重复，所以不看也罢！当后来读他的其他小说时，我后悔不迭：原来他从未停下探索的脚步，他的每一部作品都是不同的。这个人，你永远不知道他心里埋着多少宝藏，他源源不断地喷射出来，像火山一样汹涌澎湃，像大河一样源源流长。

多少年来，莫言一直是我心中一个奇异的符号。生于同一时代，生身地又近在咫尺，竟不得一见，怎能不遗憾？2007年冬天，我还是没有见到莫言，却终于在高密文友的陪伴下跑到了高密东北乡，站在了莫言家老屋的土墙外。

老屋在村后面，奇怪的是，门口竟然朝西，旁边堆着些棉花秸子。在民间，住宅的大门口是很有讲究的：要么朝南，要么朝东，他家竟然敢将门口朝西，想来一定是有缘由的！南墙头的土，已经坍塌得剩下半截了，外面摞着些树枝。莫言就是在这个院落里孕育了他惊世骇俗的思想，并开始了他最初的叛逆吧？拍《红高粱》的时候，巩俐、姜文他们就是在这个小院里，学着盘腿坐在炕上吃抟饼的吧？

我好奇地爬上墙头往里窥视：院中有香椿树，墙头上狗尾巴草随风扶摇。墙角的石缝里，在春天时候应该有苦菜花和野茄子花开放吧？在贫瘠的岁月里，燕子在檐下衔草含泥，蜘蛛在劳劳碌碌地结网，它们和那些最朴素的小花一起，鲜活了农家寂寞的日子！陈旧的木格子窗里，是一个远去的时代，也许童年的莫言正坐在炕头上，擎腮向往着明天能吃上一顿好饭。令我失望的是这老屋不如我想象的破旧，土打的墙皮很光滑，没有沧桑的痕迹；屋顶也不是麦秸，而是瓦，西面是红瓦，东面一小部分是青瓦——大概是红瓦不够了，便用了青色的。

没看到想要的沧桑，我有些愤愤不平起来：莫言在他的作品中老说他家多穷多穷，年夜里还要到人家家里讨饺子吃，让人心生同情，他家的日子应该过得比黄连还苦才对，但是看他的老屋，又不太破，又不太矮，多年前能住这样房子的，起码也得是大队干部了，呵呵。我想象不出小时候的莫言，是如何在这院子里玩耍的——那时候他那细细脖颈上托着的大脑袋，就已经盛着与其他孩子不一样的内容了吧？如果恰巧有一块青砖扔到他的头上，流淌出来的该不是血而是黏稠的思想吧？这个用放大镜也看不出任何异常的院落，如何能横空孕育出那样一位大作家呢？

热心的高密文友还带我们去了孙家口，看《红高粱》中那座曾经炸死过日本军官的桥。

那桥是石板桥，鸭蛋绿的颜色，日本人的血也没能将它染红。新鲜的鸭蛋绿，仿佛大姑娘薄薄的脸皮，不经一敲。远远望去，也是平平常常，没有一点儿想要的古旧，让我沮丧地认为它是重修的复制品，好在四周的景色：青砖房，棉花地，豁着牙的老人，水中枯萎的秋秸，掠过树梢的寒风……多少还能让人感受到当年的气氛。有位青年画家曾经将这桥描入画中，送给身在京城的莫言。画上的我奶奶赤裸着圣洁的身体，又粗又长的发辫扑打着浑圆的臀部，赤脚踩着凉凉的桥面，融化在新生的阳光里……

站在石板桥上，仿佛看见巩俐演的我奶奶，骑着小毛驴吧嗒吧嗒地走过来。驴蹄上新钉的铁掌，在夕阳里金光闪耀。我奶奶脸色绯红，嘴角含笑，头梳得油光水滑，衣裤上开满绿叶红花，腰肢随着毛驴的节奏落落大方地扭着，扭着，极尽风情，甚至极尽风骚……

有一个半老的男人披着防寒服从桥对面走过来，领着一条摇头摆尾的狮子狗。恍惚间，一个时代远去了。

六

一个春日的下午，在街上突兀地听到哭灵似的茂腔。这种在高雅人士听来土得掉渣的地方戏，人称"拴老婆橛子"，在我们家乡一代广为流传，腔调高亢，吐字笨拙，却有种撕云裂帛的力量，将悲凉凄厉推向了极致。有人厌它，有人爱它，厌它爱它皆因为它的那一个"悲"字。那纯粹得像直接从泥土胸膛里放出来的悲声，倾诉着民生的疾苦哀怨，在莫言的作品中，一直是不二的背景音乐，它就像莫言对故乡亦爱亦恨的记忆，余音绕梁，难绝难断。

当我们在莫言家乡寻古探源的时候，身在北京的莫言，正准备回乡过年。于是这年年底，我终于见到了他。

是在高密城他的家里。一切，都没有什么不同：进门，一个挨一个地握手、寒暄；跟平常人家一样的沙发、摆设，茶几上的水果，也长得和所有北方水果一个样儿。落座之后，也并没有高高在上的话题。原来平凡的人崇敬大家，就像小草仰望高山，抬着头，很吃力；而大家大到一定的境界，就会变得平实，平实得跟土地站到一起，甚至朝小草躬下腰来。

同去的文友石头很有先见之明，并且准备充分，他带着很多莫言的书，又特地窜到书店买了一本，请莫言签名。其中那本薄薄的《爆炸》，我第一次见到，是莫言早期的作品，很土很革命的封面，不像莫言的，倒像浩然的，看来再"爆炸"的作品在那时也得穿着规矩的衣裳，才能被承认。莫言不厌其烦地一一签完，问："还有吗？"石头很过意不去，忙摆着他的胖手说："没了，没了！"我没带书，就顺手牵羊从他那里巧取豪夺了一本。

若是当初，还看不懂《红高粱》的时候就见到了莫言，一定会兴奋得语无伦次吧？而现在已无多少要说的了，那些深刻的痛苦和肤浅的欢乐，那些旷远的梦想和云遮雾罩的迷惘，甚至那次因为莫言而差点儿上当的经历……都已经在岁月里淡漠了，满脑子秤钩似的问号也已经随风飘散，化为云烟。我们都没有谈作品，没有谈过往，只是在信马由缰中，让时光慢慢从纱窗上滑过去了。

只要这时光是与莫言一起度过的，就有了区别于以往岁月的意义，这就够了。

七

莫言先生小眼睛扁鼻子阔嘴巴儿，一张生动而喜剧的脸，十分协调。老家的人总是好说：小眼睛的人都是奇"鬼"奇"精"的，他们的小眼睛，是老天爷用苇叶割出来的。他们就是闭着眼睛也能看事儿，一睁一闭间便阅尽了世事百态。眼小才聚光，嘴大有饭吃，鼻子小才闻味儿，这是天赐的好处，一般人不能占全的——毫无疑问，在老家人眼里，莫言脸上长的都是优点。

坐在我们面前的莫言是平和的，没有想象中的毛刺和棱角，也决不咄咄逼人，让人难堪；他说话轻声细语，不愠不火，眼神也并不像鹰钩子那样凌厉，只是透着亮晶晶的睿智。他不大直视人，偶尔用小眼睛的余光那么朝你一睛，那两束 X 光便穿透了你的五脏六腑，让你不由得暗自一惊！那种藐视一切的狂气和唯我独尊的霸气，便在他温和淡然的静坐中，隐隐透射出来。

"这个山东高密小子，骨子里藏有豪气、义气、霸气和匪气。"作家丛维熙如是说。

据莫言先生自己说，上世纪80年代初登文坛之时，他是模仿孙犁的白洋淀派的。那种温润恬静的作品容易发，也容易被接受。小有名气之后，他才渐露峥嵘，露出了特立独行的苗头。他谦逊地说，他只是遇上了好时候。现在是一个不易出名的时代，当时一首诗一部小说就可以成就一个人，而现在是很难的。他的话平和得体，并不矫情。但我们都明白：一个作家能脱颖而出，肯定是因为他的独树一帜，不同凡响。

一个只有小学文化程度的人却成了举世闻名的大作家，莫言无疑是个天才。小时候，他曾经长时间与牛羊为伍。他躺在野地里，嘴叼一根茅草缨儿仰视天空的风云变幻，在孤独中想着些迷蒙虚幻的事情，他的灵魂，或许就是在那时候，突破了一个牧童的身躯，飞到小村上空，看到了更神秘辽远的世界。茅草缨儿挠着他的耳朵，羊儿朝远处哀怨地喊着妈妈，牛在草棵子里拉一泡热屎，过河的女人坐在凉凉的石头上脱掉布鞋，推独轮车的老人哼哼着苍凉的茂腔——或许就在那时候，这看似无关紧要的一切一切，就一点一滴沁进他每一个细胞，成为他日后取之不尽的源泉。

上帝赐给每个人一段坎坷的日子，好让他有机会去成长体验。有的人就此一蹶不振了，有的人却从中吸足了养分，脱胎换骨，凤凰涅槃。苦难会毁了人，也会造就人。读莫言，最模糊的是现在，最清晰的是童年。莫言对童年的描述总是让人惊心动魄！对他来说，童年时代最深刻的记忆就是挨饿，以至于成年后他仍然吃相凶猛。

"孤独和饥饿是我创作的源泉。"这是莫言在美国一次演讲的时候说的。他说："这种饥饿状态决定我的人生态度，使我的艺术创作更贴近实际。孤独和饥饿决定了我创作的题材。作家吃饺子是我当作家的最初的动力，更多的是对文学艺术的向往！"能吃上饺子竟然是莫言成为作家的原动力，在现代人看来，可能有些不可思议，然而这就是现实。小时候，他曾经因为饥饿而去地里偷萝卜吃，被捉住当着200多民工的面向领袖像请罪，然后被父亲拖回家毒打，《透明的红萝卜》中的那个小黑孩，就有着莫言自己的影子……

八

信马由缰的闲谈中，夕阳便不知不觉从纱窗上消失了，该吃晚饭了，饭店早已经安排好。莫言先生犹豫一下，小心地问："我可以不去吗？"大家都不依，于是他也就穿上外套，幽默地说："好，我就跟着你们去犒劳犒劳！"

大家闻听后都哈哈一笑，我的眼前却浮现出那个又黑又瘦的孩子，小眼睛饿得发出绿光，小手捧着大肚子在村中蹒跚而行。春风里，那肚子像被吹着的气球，越鼓越大，越鼓越薄，吹弹可破，看得清里面浮动的几片野菜叶子……或许听到了我们的笑声，他回头哀怨地朝我们瞥了一眼，便消失了……

为爱重生

——评电影《双城记》

89版的电影《双城记》真好，《魂断蓝桥》没有带给我那样的感动和震撼，这部片子给了，先看了奥斯卡最老的版本（1935），但那个开头很混乱，半天进不了主题，89版的就好多了，虽然也有内容混杂，喧宾夺主的毛病，但是它的男主角席尼·卡顿熠熠生辉，很快将人带入了剧情。詹姆斯·威尔比将卡顿愿用生命换取心上人幸福的那份决绝从容，演绎得真实可信，完美无缺。可惜詹姆斯·威尔比除了获过威尼斯的一个什么奖外，一直没有大红大紫，只在屏幕上留下他独具个性的惊鸿一瞥。剧中卡顿的眼睛始终是深邃忧郁的，我相信那不是詹姆斯赋予卡顿的忧郁，而是詹姆斯忧郁着卡顿的忧郁。但不能不说露西的演员很失败，鼓鼓的一对金鱼眼居高临下，看上去冷漠无情，毫无亲和力。

喜欢詹姆斯·威尔比的席尼·卡顿：那样深邃的一双眼，那样精致优美的五官，那样缱绻慵懒而又刚毅的神情，耐人寻味。他带着一身仿佛与生俱来的忧郁，从幽暗不明的地方疲顿地走来，陈旧的外套落满岁月的风霜尘土，但那双烁烁的眼睛，和嘴角上挑着的嘲弄的笑意，仍能让人感觉他深藏的棱角和光芒。有时候，他静静地倚靠在一个角落里，用穿透人灵魂的眼睛看着你，孤寂单薄的身影令人心痛。这位怀才不遇、悲观厌世的律师，在遇到露西和她在巴士底监狱坐了18年牢的父亲之后，重新燃起了生命之火，可是对露西那份可望而不可即的爱情却使他备受折磨，他只有远望着她，祝福着她，在酒精的麻醉中度日。在阳光澄澈的林荫道上，他终于对露西说出了深藏已久的话："永远记住有个人愿意为你或者你爱的人，付出自己的生命。"

他做到了。当露西的丈夫为救自己的老仆人在自己的祖国——法国被疯狂的平民送进监狱，眼看就要被送上断头台时，卡顿来了。这时候任何的辩解都是徒劳，即使身为律师的卡顿也无力回天。那些压抑已久的平民疯了，真的疯了，这些野蛮无知的人一旦夺取政权那真是不堪设想！整个法国陷入一片混乱，没有秩序，没有人性，一批批无辜的贵族们在饱受侮辱和折磨后被送上了断头台，他们蹦跳的头颅和四溅的鲜血引起围观者们狂热的欢呼和笑声。那些平日遭受奴役的人们已经扭曲变态了，他们以看杀人为乐，贵族们——甚至曾经帮助过他们的贵族的生命，只取决于他们的一声随心所欲的口哨！千百年来社会变革制造的冤魂，无处祭奠！过多的死亡和流血使平民领袖迪法到最后都无法承受，他躲在黑屋子里不敢到刑场去目睹死亡，只好在良心的拷问声中喃喃祈求着：够了，停止吧！

谁也想不到卡顿此刻会做这样的选择。当然这是无奈的选择，不机智也不巧妙——因为机智和巧妙的计谋是可以保全对方并且不牺牲自己的。但在这种形势下卡顿已经无法做到了，法国已经不是一个讲理的地方，不是一个可以在被告席上慷慨陈词的地方。卡顿潜身到监狱去，用迷药醉倒了露西的丈夫查尔斯，然后将自己的衣服穿到他身上，在狱卒的帮助下将查尔斯安全转移，而他自己，借用和查尔斯酷似的面孔，在幽暗的牢房里静静等待死亡的到来。

在走向断头台的最后一刻，卡顿遇到了一位将同他一道无辜受死的女裁缝师。这位胆怯懦弱的姑娘祈求卡顿握着她的手，这样在铡刀落下的那一刻她就不害怕了。卡顿拥住了这位年轻的姑娘，鼓励她，安慰她："如果我们毫不畏惧，我们就能一路平静！"在走向死亡的最后时刻，他们都相信对方是上帝的赐予。他们安慰了彼此，也安慰了意绪难平的观众。他们站在颠簸的刑车上，面对着面，眼望着眼。四周是平民恶作剧般的呼声，然而他们相互凝视的眼睛是宁静的、温暖的、爱怜的，世界的疯狂和喧闹仿佛对他们并不存在，也激不起他们内心丝毫的波澜。即将分开的一刻，他们相吻了，迎着四周那些粗野龌龊的嘘声笑声，吻得那样缠绵悱恻，那样难舍难分，那样不顾一切！以至于刽子手不得不将他们撕开！

这一刻令人感慨万千，柔肠寸断！这是爱情吗？无疑不是！我相信到死刻在卡顿骨头上的都是露西的名字，而这惊天动地不顾一切的一吻，只是两个没有体验过爱情的无辜生命，在死到临头的一刻对生的留恋，对爱的渴望，对无法倾诉的一切淋漓尽致的表达！

这结局令我们不忍卒睹，但对卡顿来说并无遗憾，因为在离开这世界的那一刻，他完成了对自己的救赎，他的灵魂复活重生了。在他深爱的露西携丈夫逃去的方向，回荡着他的心声："这是我做的一件最美好的事，好过我曾经做过；这是我曾有的最舒服的休息，我从来没有这么舒服过……我已经复活，上帝曾经这样说……"

为何看了这无私的壮举，我却为卡顿不平？我相信很多人的感觉会和我一样的，因为露西虽视卡顿为友，也深知他对她的那份深情，但她还是默默接受了卡顿为自己的丈夫做出的牺牲；而贵族出身的查尔斯，他始终矜持而高贵，尽管他接受卡顿每年进出他家门几次，可是他们在彬彬有礼的面纱下面其实是隔阂的，甚至，他对卑微颓废、酗酒自慰的卡顿是冷漠无视的，他从未想作为朋友走进卡顿的内心，体验他疲顿外表下深藏的火焰。而这个被他无视的人，最后以自己的死，换取了他的生。

作为观众，我无权妄评卡顿的死是否值得，毕竟这是他自己的选择，他对自己的慷慨赴死无怨无悔。

《双城记》的原著是狄更斯，我没想到这位以幽默著称的作家，竟写出这样惊世的爱情，这样深邃无望的爱情，我原以为他是很现实很圆滑的那种作家。

很奇怪世人谈到经典的爱情片时总想到《魂断蓝桥》《罗马假日》，却没有谈到《双城记》，也许因为它不完全是一部爱情片的缘故吧！

品子苦的诗

子苦是我最敬重的朋友之一，学识深厚，诗书俱佳。他的诗像他的人，既有佛的宽厚、温暖和慈悲，又有绅士的高贵、优雅和唯美，读他的诗，我永远都会有那种望尘莫及的感觉——因为那不只是诗本身的问题，它还关乎着学识、修养、积淀以及与生俱来的气质、源远流长的基因……这几首诗，是我读得最多的，常读常新，味同橄榄。我天性愚笨，真正读懂一首诗，要很长时间，特别是这类用典精致的诗，直到现在，我仍不敢说自己已经读懂——

《与桃花对酌》

子苦的诗，我最喜欢的是这首《与桃花对酌》了，那是一种物我无间，浑然两忘的境界，心心相印的境界。你分不出作者写的是古还是今，你分不出他倾诉的对象是桃花还是佳人。桃花含嗔似笑，夕阳将落未落，山坳的草亭里，淡绿的风拂过，一个温厚的男儿与他的红颜知己对坐，凝眸相望，举杯对酌，千言万语溶于杯中，送至唇边时却又是如此的委婉含蓄。男儿深情地注目着相距咫尺的女子，感觉着她如兰的气息，追随着她幽幽的眸光流转——

> 三月盛满春酿，滋滋地溢出夕阳之辉
> 我与你对坐，少不了凝眸的对坐
> 你的眸子一片苍茫，溶了远处的青黛
> 你的心事，缥缈在水云间

都明白，然而都不说出。无声便是诉说。如果我是一个男儿，我也会痴迷于这样桃花般古典、云雾般凄迷的佳人的，心中纵有千千结，也只有凝眸远方，将轻愁付于水天，然后转过头，对他微笑着，脉脉无言……这简直就是一幅国画，优美而又苍凉。淡淡的忧伤，淡淡的怅惘，像一滴遗落的墨，在画面上缓缓洇开，不沉重，不袭人，无声无息地消失之后，却留下满纸芬芳，让你回味悠长。这样的女子，只可面对，不可拥入怀中——这点，她对面的男儿，是明白的。纵使爱到骨髓，也只噙在眼中，捂在胸上，唤在梦里。对君子来说，咫尺便是天涯。不用设防，不用护上一道篱笆墙。

透过你的红颜，就透过了世俗的艳慕
你本根植于神的花园，一粒凡尘的心核
落于武陵，被一个多事的隐者
泛舟一窥，开遍了民间的村巷

　　杯盏之后，他已经有些醉眼迷离了，但对面的佳人依旧那样可望而不可即，那样神圣而不可亵渎，他只要静静面对就已经心满意足。至此，佳人和桃花在他眼中已经融为一体，难解难分！与她面对，他仿佛看到了真正的世外桃源。是的，她就是他的世外，她就是他的桃源。多事的隐者在他的心里是可爱的，只因了他的泛舟一窥，桃花的红颜才开遍了民间的村巷，让这个多情男儿有缘目睹，不再空空地神往。春天到了，遍野芬芳，蜂蝶在花与花间吟唱，花与花间传情，映红多少对情侣的笑脸……
　　带着淡淡的体香，花瓣伴微风纷落，落满男儿一身。因这幸福的抚爱，男儿更加恍惚，心事像涟漪荡开，时空开始溯漾。作者醉了的笔也更加的柔情四溢，男儿温存而憨厚的话语，终于逗得佳人禁不住掩口一笑——

　　　我是伴你而生，伴你而来
　　　你我同在天地的花囊，香了又落
　　　谢了又开，你干嘛笑了

　　佳人展颜一笑，万物都活了！他是这样的憨态可掬，她是如此的娇羞可人，但她这一笑，却把憨憨的他笑愣了，他抚着自己醉得红红的脸羞愧而天真地问：

　　　我的脸已经与你一样了吗？还是
　　　你忆起了一段情缘？

　　谁知这一句话却触动了女儿的心事，她的明眸刹那间暗淡下来，清泪自腮边滑落。男儿更加慌张，徒劳无益地安慰着，解释着，却更催落了她

第五辑　任我评说

181

不可抑制的泪水。至此，手足无措的男儿终于情不自禁，他伸出双手，跨出了那本不可逾越的一步：

> 崔生还在惆怅
> 颦儿还在荷锄，我虽然不胜酒力
> 不要哭，我来扶你

谁是崔生，他是这个男儿吗？容貌俊美、才华横溢，骑马经过桃花烂漫的都城南庄，渴了，向柴门后的女儿讨水喝。一抬头，却见人面桃花相映，脉脉含情，不禁心跳如鼓，打马慌张而去。等又一度花开，再叩柴门，人面却已经随着春风而去，空留他在风中挥笔落红，惆怅千古。

谁是颦儿，她是这个女儿吧！身世飘零、心思敏细，在寄人檐下中长大，在不属于自己的繁华中体尝着风刀霜剑，世态炎凉。月下，谁的目光曾追随她踟蹰的单薄身影？当爱的人掀开另一个女人的头红时，她终于凄然一笑，随落英飘飞而去。只是，在另一个世界里，她依旧无家可归；在每一度花落的时候，风依旧会捎来她挑篮葬花的身影，"未若锦囊收艳骨，一抔净土掩风流……一朝春尽红颜老，花落人亡两不知……"不忍再听她愁肠千结的吟唱，也不必再猜想，你看——

男儿向前，很绅士地扶住了佳人，不必拥抱，不必伏在肩上嘤嘤而泣，一个"扶"字，就已经显示出了风度，拿捏住了分寸，道尽了说不尽的关怀。对古典的才子佳人来说，这已经足够了，再多一点儿亲热便失去了韵致，滑向了轻佻。只一个"扶"字，崔生就可以不必再惆怅，颦儿就可以不必再荷锄了，一个深深的情字，其实并不需要更多庸俗的肌肤相亲。水的舟将载着他们，缓缓驶进不醒的梦里。花的海，鸟的歌，任人沉醉，旁人再无从窥视。

只是将崔生和颦儿撮合到了一块儿，或许那并不是作者的本意，而是读诗者一厢情愿的联系，不过那又如何呢，前生不得愿，今世有位"伴你而生，伴你而来"的温厚男儿相扶相伴，不也是曹雪芹都无法安排的美妙结局了吗？既然各自怀揣着一段情缘，在一世世轮回中痴痴寻找，你敢说，他不是你寻找的男儿吗？你敢说，她不是你寻找的女子吗？管它呢！——

　　看山坳里的那杯草亭，那儿的风绿
　　让我们减些酡红，就随梦落吧

《扁豆花与茄子花》

　　《扁豆花与茄子花》，是我看到的子苦最早的一首诗。最初好像是写在一张烟壳纸上的，那次是白舟还乡，大家围桌而饮，而歌，而舞，然后是而泣。没有一个人的眼睛不是红的，大家心灵中最真实的欢喜和最深处的悲苦都表露无遗，不再掩饰。

　　子苦醉了，他自己说他醉了！他在图书馆五楼别人的大办公桌上，撕下一张烟壳纸，挥笔写下了这首诗。随心而来，随性而发，眼中有泪，笔下便有诗。奇怪的是这首写在烟壳纸上的诗毫无烟草的味道，却散发着故园最本质芬芳的气息。它很短小，但它的禅意，它的清新自然，就像朴实无华的扁豆花与茄子花，多年来，一直余香不绝，可慰岁月——

　　青山乱叠的禅书，守在我的枕边
　　睡了很久，我清静了许多
　　一些柔风沉醉的夜半，它偶尔
　　对着我起伏的梦乡，棒喝

　　诗中，他睡了，枕边是青山乱叠的禅书。他睡了吗，他什么时候睡的，没有人看见，他是在他的醉里睡了吗？他是在我们而饮、而歌、而舞、而泣的时候睡了吗？我们醒着，然而我们什么都不知道，什么都没看见，而他却在起伏的梦乡中，听到了一声振聋发聩的棒喝，于是他就醒了，于是他就悟了，于是醒后的子苦和睡前的子苦就不是同一个人了。从此他就成了天边最远的云彩，他的思绪，总飘在我们的目光之外，让我们无法抵达，无迹可寻。他总是那么轻盈，而我们总是那么沉重，无从解脱，不能放下，步履维艰。他的心情，被一朵莲花载起，缓缓地去了美而温馨的佛国。

可笑可悲啊，当时我还不懂得棒喝是何意，我是第一次见到这个词。记得我还一再天真无邪地追问：你写的啥字啊子苦，是"捧唱"吗？"捧唱"是啥意思啊？

子苦在"棒喝"之后便成了一个智者。目光纯净，目含慈悲。而他毕竟还是那样年轻，他得时时从别人的际遇中领会生命的真髓和坚韧，最平静的水也会因为太阳的热力而激动，而澎湃，而哭泣的。那天醉后他红着眼睛，用厚厚的手掌捶着自己的胸膛说："心痛啊，我心痛啊！"

也许顿悟的过程的确是疼痛的，但却又是那样的欣慰，那样的悲喜交集：

> 我懂得了，享受生命
> 如同轻削鲜美的荔枝，大啖甘腴的荔肉
> 之后，吐出光滑的核
> 吐出绵韧中的坚硬，珍藏于
> 某个醉月的眼神，某个亲密的吻印

不知道有谁明白"醉后"的子苦的心情，也不可斟酌他世界中"某个醉月的眼神，某个亲密的吻印"，或许一切的一切都不可言说，不必言说，他懂得了，我们也就懂得了。在醉与醒之间，在歌与哭之间，在日与月之间，蕴藏着宇宙的所有秘密。

那之后不久——在浩淼的水边看过了秋天的芦苇之后，他坐在车中，抬头，突然看到了西天的硕大夕阳，悲壮而惨烈，夕阳也将脸贴在车窗上，看着他。那一刻他又激动了，他变得像个孩子一样胆怯。他扭过头，一个劲地说："不敢看，我不敢看落日！"满车沉默，平日浮躁的人，聒噪的人那一刻都是真沉默。他用指尖一个字一个字地按着手机，将一个短信发给就坐在他身边的人："我想和坐在我身边的人，做一世朋友。"或许是面对壮美自然引发的孤独，或许是在沉默瞬间感受的共鸣，或许是魏晋时代遗传的古典，让他突然有了这样含蓄而深沉的表达：

公案的诡秘悄悄开启心机，无论
是怎样姿态的问题，我只有一个
微笑的答案，扁豆花与茄子花

　　凡是飞过篱笆上空的蝴蝶、蜜蜂和蜻蜓，都知道你的心意和你赤子的祝福，子苦，不必担心。是的，扁豆花与茄子花，就是你微笑的答案，大智若愚，何等叫人艳羡的境界！

扁豆花与茄子花，开在疏落的篱笆间
紫罗兰，是我最爱的
颜色中的生命，大家都相信
在那个时刻，我们会结出果子

　　一个又一个流年过去，疏落的篱笆间，扁豆花与茄子花，这颜色中的生命，这相亲相爱的姐妹，依旧携手成长，平凡而又坚韧。岁岁年年不变的景色，最能见证沧海桑田。至于它们能不能结出果子，风说了不算，篱笆说了不算，飘过小河上空的云彩说了不算，季节说了不算，老茄子和老扁豆说了不算，它们自己也说了不算。结果子不是它们的任务，那是苹果李子栗子梨和桃的事儿，有一串淡淡的紫花在篱笆小院里芬芳过，在季节里烂漫过，不就是一幅很美的图画了吗？

　　看，争执的瞬间，春就去了，秋正在凋落，青山乱叠的远处，那位枕着禅书入眠的隐士翻一个身，天就老了，地就荒了，雪花开始飘落，昨日将被覆盖，不管它，不管它，且数一数这梦中的粉红淡紫，一朵、一朵……

《路遇诗人瑞娴》

　　那是很久以前的事了，那时我与子苦仅见过几面，不熟，所以一次相遇也可入诗。很不堪的是身边人如潮涌，我们只得像聋子那样打着手势，大声打着招呼。不过那些嘈杂的声音和场景，都在诗中被净化过滤掉了——真正的诗人都是会美化现实的，我就亲眼见过一位小姐妹在一堆牛粪上插上一朵花，然后拍出了一幅美妙绝伦的作品，哈哈！

这其实是一首很简单的诗，虽然它看上去有些不太好懂。它写了作者与一个人的不期而遇，并因为这次偶遇而找到了诗歌（或者说失而复得）。瑞娴是我的名字，但我不认为诗中的瑞娴就是本人，那其实是诗人与诗歌相遇的一个载体，抑或是一个象征而已，而且面对着子苦及诸多令我望尘莫及的诗人们，我如何敢称诗人？

与其说是路遇瑞娴，不如说路遇诗歌，你看——

> 她呼唤我的名字，在站定之后
> 一汪秋光的眼神，黝亮如翼
> 我知道是诗歌，开了个玩笑
> 这个秋凉的午后，她以阳光的形态
> 让我遭遇诗歌……

然后，他没有去注目邂逅者的形象，而是将目光越过邂逅者，去注目与她的形象不太协调的一件物品——

> 诗人瑞娴
> 一袭秋阳站定在街心
> 自行车尾虬枯的老根，稍稍有些不协调
> 仅仅是因为，刹那间我等同每个路人
> 或者无人关心，只有诗歌的直觉
> 唤起诗人与老根的关连

——当时，我自行车后座上的确带了一块丑陋的树根，雄心勃勃要回去刻根雕的——从小就像个老古董，喜欢些古里古怪的玩意儿，石头瓦片树根啦什么的，从街上捡了来都会小心地藏到母亲留下的破枣木箱子里，9岁时捡的树根到现在还留着呢！

想来一个穿一步裙的女人，单车上捆着一块张牙舞爪的老树根，招摇过市，的确有些不成体统，更不符和一个女人温文尔雅的特征。而作者那时恰好也处在世俗的潮涌中，遗忘了诗歌，"只有诗歌的直觉，唤起诗人与老根的关连"，所以看到老根时，他肯定瞬间有些疑惑，甚至会觉得这个女人有些怪异可笑吧？

> 诗人瑞娴，总在笑与不笑之间
> 情态是披离的秋光，之真诚的冷矜
> 是潮落的海梦，之幽蓝的月波
> 自从领略她倾海的泪落之后，我迷失
> 于诗歌的现代吟唱，诗歌是海之澎湃

"情态"是外表，是常态；"倾海的泪落"是内心的宣泄，是作者从前曾亲眼目睹过的一次伤心。一内一外，组成了一个立体的、可感的人，寥寥几句就抓住了神髓和灵魂，而且语言优美，韵味悠长，不落俗套。也正是这"倾海的泪落"让作者悟到了诗歌的本质——"诗歌是海之澎湃"。所以他才会在秋光一泻的街心，最终失而复得，与遗落的诗歌相遇。

> 海之宁息，海子的天堂之行
> 承受生之轻，与生之重的苦难

诗作者的思绪，恣意飞扬，由"海之澎湃"，闪电般联想到了卧轨而眠的海子，笔触直抵一个时代的矛盾和痛苦，却并未做任何的联系和说明，似乎只是信马由缰。有谁敢说海子的离去是甘心、快乐的？然而作者却说那是"天堂之行"，不是自欺欺人，是诗作者总是用温暖善意的眼睛看世界，他不忍用沉重的字眼去叙说残酷——也许，他认为离开这个日渐恶俗的世界，对海子来说反倒是真正的解脱。肉体抛却，灵魂飞起，死亡，才是真正的天堂。他是在安慰那些仍在追忆海子的人，同时也安慰自己。

诗中的瑞娴与海子并无关联，只是，也是一个迟到的写作者或者现世的受难者而已。作者在这一段中，轻易而自然地就将诗作了一个不动声色的提升。将诗中人当做一个载体，将她的痛苦与思想，提升到了一个与时代命运息息相关的高度。形象鲜活生动，而且英姿飒爽。

> 诗人瑞娴，挽词语之弓如满月
> 射穿海的胸怀，太阳的心脏以及
> 一个女人，这个时代承载的思索。

如果将诗中人当做一个具体的人来理解，这个描写无疑过大——那样沉的弓箭和使命岂是一个小女子能擎得起的？谁能射穿"海的胸怀，太阳的心脏"，大概只有神话中的人物吧！但如果理解了那只是一个象征，便会感到十分的妥帖而且十分的有分量了。

> 低眉的问讯，关乎思索层的生活
> 关乎一些看不见的真实

——哈哈，这倒好像是写实了，诗中人的灵魂被提升了一次，最终还是被放回来了，回来在正午的街心做低眉的问讯。虽是平常的一次相遇，却皆大欢喜，让作者收获颇丰。

> 我在诗歌之外
> 秋光一泻的街心，看见诗歌的
> 藤萝悄悄爬上，我的心壁
> 一披阳光的叶子，在挥手之间

这和未遇见时的"正午的街心，遗忘了诗歌"形成了鲜明对照，转化完成得如此圆满，又如此自然。

子苦将一次平常的相遇写得如此美好，而且写出了如此意义，足见他对庸常的生活有何等高超的提升能力。很庆幸自己的名字曾作为一个符号，在他的诗中出现，并为他的思想作了一次不太成功的注释。但很遗憾，这首诗我是读了很多遍才真正读懂的。就是用这种笨拙的方法，一段一段地分析之后，才读出了深刻。

看来我永远不敢自称诗人了，面对远山，面对着山外之山，我只能诚惶诚恐，做真诚的致意……

附子苦诗：

与桃花对酌

三月盛满春酿，滋滋地溢出夕阳之辉

我与你对坐，少不了凝眸的对坐
你的眸子一片苍茫，溶了远处的青黛
你的心事，缥缈在水云间
透过你的红颜，就透过了世俗的艳慕
你本根植于神的花园，一粒凡尘的心核
落于武陵，被一个多事的隐者
泛舟一窥，开遍了民间的村巷
你抚了我一身，时空开始溯漾
我是伴你而生，伴你而来
你我同在天地的花囊，香了又落
谢了又开，你干嘛笑了
我的脸已经与你一样了吗？还是
你忆起了一段情缘？崔生还在惆怅
翚儿还在荷锄，我虽然不胜酒力
不要哭，我来扶你
不，是谢谢你如期而至
在这个有些微醺的三月，黄昏相约
看山坳里的那杯草亭，那儿的风绿

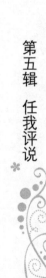

第五辑　任我评说

189

让我们减些酡红，就随梦落吧

扁豆花与茄子花

青山乱叠的禅书，守在我的枕边
睡了很久，我清静了许多
一些柔风沉醉的夜半，它偶尔
对着我起伏的梦乡，棒喝
我懂得了，享受生命
如同轻削鲜美的荔枝，大啖甘腴的荔肉
之后，吐出光滑的核
吐出绵韧中的坚硬，珍藏于
某个醉月的眼神，某个亲密的吻印
公案的诡秘悄悄开启心机，无论
是怎样姿态的问题，我只有一个
微笑的答案，扁豆花与茄子花
扁豆花与茄子花，开在疏落的篱笆间
紫罗兰，是我最爱的
颜色中的生命，大家都相信
在那个时刻，我们会结出果子

路遇诗人瑞娴

从来没有第二个秋天，像第三十个秋天
令我通透得着迷，走在路上
相识未识的旁若无人的，意料之中的
和意料之外的，水晶般的行人
折射四处游弋的阳光，抛出流星的弧线
正午的街心，遗忘了诗歌，或者
因为诗歌无处不在，或者
最近的一个月夜，枕边的昆德拉

喋喋不休，在一个迷人的手势之间
不朽诞生了，名叫阿涅丝的女性
她呼唤我的名字，在站定之后
一汪秋光的眼神，黝亮如翼
我知道是诗歌，开了个玩笑
这个秋凉的午后，她以阳光的形态
让我遭遇诗歌，诗人瑞娴
与阿涅丝，没有本质上的喻意
一个是思索，一个是惊喜
惊喜挽着自豪，犹同我的生活
突然拥着诗歌的香肩，极端浅浮的背后
流于观望者的自豪，失敏于思索的维度
诗人瑞娴，一袭秋阳站定在街心
自行车尾虬枯的老根，稍稍有些不协调
仅仅是因为，刹那间我等同每个路人
或者无人关心，只有诗歌的直觉
唤起诗人与老根的关连，似乎只有我知道
诗人瑞娴，总在笑与不笑之间
情态是披离的秋光，之真诚的冷矜
是潮落的海梦，之幽蓝的月波
自从领略她倾海的泪落之后，我迷失
于诗歌的现代吟唱，诗歌是海之澎湃
海之宁息，海子的天堂之行
承受生之轻，与生之重的苦难
诗人瑞娴，挽词语之弓如满月
射穿海的胸怀，太阳的心脏以及
一个女人，这个时代承载的思索
低眉的问讯，关乎思索层的生活
关乎一些看不见的真实，我在诗歌之外
秋光一泻的街心，看见诗歌的

宋糖的辫子

是宋糖的辫子，不是宋唐的辫子。宋糖是个人名，不是朝代。在那两个朝代里，男人留辫子是自然而然天经地义的事情，不值得大惊小怪。

为宋糖这条辫子的称呼问题，我很伤脑筋，叫大辫子好还是小辫子好呢，大辫子用在女性身上尚可，用在宋糖身上就有些风骚，再说他的辫子成色也实在不怎么健康；叫小辫子吧，会让人误解，让不明就里的人以为这人办了啥不光彩的事儿，让人抓住了把柄，所以还是把大和小都去了吧！

在北京见到宋糖的时候，他和他的美丽女友刚从山中拍电影回来，捎回一个黄澄澄的秋柿子，大得像只小面瓜，说是从山里摘的——后来在他的博客上看到他写的《老人》，就是那座山里的事儿，看得我泪流满面。那柿子不知是不是从老人家的小院里摘的，熟透了，软得坐都坐不住——"吃柿子单挑软的捏"，真是个好柿子。我开玩笑地责备他为何不早露面，是否现在成了"腕儿"，"牌子"就大了？他笑嘻嘻地狡辩说老家来人了，我得先洗3遍澡啊！看他那蓬头乱发的样子，不像刚洗了澡，倒好像是让大风狂吹了3天。一转身，脑袋后那条群毛飞舞的辫子更是原形毕露，让人担心眼神不好的鸟儿会误将它当做茅草窝，一不小心落错了地儿。他的这条辫子我在网上见过，趴在主人圆滚滚的脊背后面，懒洋洋地晒着太阳。主人坐在一位看上去很老成的人旁边，在阳光里心不在焉地半闭着小眼睛。还有一张照片是宋糖坐在两人中间，他不说中间就是他，而是说：中间是我去年的样子。

老家的嫂子见的最大的人物就是一个留长发的画家，所以她以为天底下留长头发的都是画家。这次回去要告诉她，留长发的不一定都是画家，还有导演。

我第一次听文友说起宋糖（那时他还叫宋方金），听到的就是"长发飘飘"这个词儿，脑子里留下了一个洒脱不羁的印象，所以即使人没见，名字却再也忘不了了。后来一拨儿一拨儿的胶州文友见了不少，在人家一个接一个介绍的时候，我总是下意识地往人家脖子后面瞅，一看空荡荡的，就知道不是宋糖——不，不是方金了。

嗨，这有点儿像绕口令。刚认定了方金，人家已经改叫宋糖了，不知道他改名字的原因，也许改的不是名字，而是心情。我一直在小城里呆着，井底之蛙，跟不上他的思维，却好歹弄清了他名字的含义：宋糖，不是宋唐——宋唐大气恢弘，却是两个逝去的朝代和梦想，有着无法抓住的遗恨和向往；而宋糖——送你一颗糖，简单、温暖而又甜蜜，让叫的人，听的人，心里都甜丝丝的。

宋糖给我留下的印象如此深刻，的确与他的长发有关。尽管在他是方金的时候，我们并不十分熟悉，但见了面前的这个人，我还是根深蒂固地认为他该是方金，而不是宋糖。在写这篇文字的时候，我常常一不小心就将宋糖写成了方金，不得不随时返回去校对改正一番。唉，这家伙的长头发，真是把人给害苦了！

方金和宋糖，我不知道哪个是我的朋友。

现在这个叫宋糖的人，是胶东半岛那方水土和皇城北京的结合体。他的看似肆无忌惮的调侃，他的纯熟的京腔京调，他的"丫"、"不靠谱"、"傻x"等反复往外蹦的口头禅，是这几年北京的空气逐个毛孔逐个毛孔渗进去的，想象着北京怎样将胶东半岛的一个扁平鼻子、小眼睛的歪孩子，造就成今日的一个腕儿，有点儿自豪，也有点儿伤感。偷偷地说一句找骂的话，别看今日他在京城是个腕儿，若是留在老家的话，就凭他那特立独行的个性，没准儿连媳妇也说不上呢！嘻嘻！

曾经读过宋糖博客上的一篇文字，写的是他和一位编剧朋友的趣事，现摘抄如下：……晨，短信。来自内蒙古之远。查看。乃术学之寥寥数语。曰：吾欲去乡下写作。何也？吾回：何不来京？术学：去？吾：来。术学：何时？吾：此时。术学：吾收拾行李去也。吾：好。入夜，华灯初上之时，一内蒙古车次徐徐入京。其中端坐一人，如定睛细看，侠客术学也……看，宋糖，及他的朋友，都是多么有趣的人啊。只为一声召唤，日行千里，无怨无悔。唤的随意，来者如风，让人恍若回到了魏晋。

无法将宋糖的文字与他的形象联系起来，这个人，外表粗糙，内心优美，反差太大。他的诗集扉页上有一张照片，凝神倾听的样子，仰起的脸、披肩长发、眯起的眼睛，却泄漏了他的狂傲不羁和内心的忧郁。他的作品让人感觉是那么熟悉，又是那么陌生。像寓言，像散文诗。不说教，不故作深沉，却决不肤浅。深情和忧伤，都蕴藏在后面，或许随意的一句话，就暴露了他内心深处的柔软。他总是能将每部作品，都提升到诗的高度。他是真正的诗人。多少年来，我们这些几乎同时起步的所谓文学爱好者们，差不多全都沉沦下去了，或者成了俗人，找不到自己了；或者成了狂人，不知道自己是谁了。而方金即使成了宋糖，也依然跳动着一颗诗心。他的善良，他的真挚，他的梦想，我都能感觉得到；他作品的背景，其实就是我们童年的天空，我们熟悉那每一片霞彩云影，认识飞过的每一只蜻蜓和蝴蝶，每一只鸟儿的啼叫和蚂蚱的拍翅声，我们都知道来自哪里，只是，我们无法像他那样，将童年的纸飞机，奋力地掷进梦想的王国，让它随风展翅飞去。

记得好像是很久以前了（说很久应该是记忆的错误，因为宋糖的那部片子2006年底才在电影频道播出，我问过他），我急着上班，却被电视画面吸引住了，那上面有一个说着胶东土话的小伙子，正在踌躇满志地试验自己造的飞机，一个挺着大肚子的少妇前来阻止他，但那个小伙子却驾着那架古怪的飞机，义无反顾地渐去渐远了……最后，画面上出现了一大串自己造飞机的人员名单……那部只看到尾部的片子，留给我一个怪怪的印象，我甚至没弄清它算是故事片还是记录片，却再也无法忘记它。我曾经试图找到这部片子的碟子，却因为证据太少而无果，连片名都一直混沌着。直到2007年我才知道，它的片名叫《飞》，获得了2005年优秀夏衍文学剧本奖。华表奖提名。它的编剧就是那个"长发飘飘"的宋方金，那个出版过诗集《右手抒情的年代》的宋方金！对着方金说起这件往事，不禁感慨唏嘘。同时感慨唏嘘的，还有他的长头发，已经编起了长辫子。

一双男人的大手，笨拙地在自己的脖子后面忙活，那情景真是令人忍俊不禁。很怀疑胖得像土豆似的那么一双大手，能编出精细的辫子花来，那可是工艺活儿呀！说宋糖的辫子可以和铁梅的大辫子相媲美，是调侃，甚至有挖苦之嫌。铁梅的大辫子健康朴实，根根发丝上都闪耀着光彩，而宋糖是艺术家，艺术家将脑汁、心思都浇灌艺术去了，连头发上的营养都被吸尽了，所以艺术家的头发哪怕留得很长，也都是十分憔悴的。当然也有将头发梳得油光可鉴的艺术家，他们是洒脱而又拘谨的那种，想放肆一把，却又放不开，宋糖不属此例。他是人常说的那种性情之人，一诺千金，为朋友可以两肋插刀，有钱的时候可以一掷千金，没钱的时候，也不会点头哈腰地装孙子，这样的人，绝对值得肝胆相照，倾心相交的。我若生为男士，一定和他拜把子。这样说并不是因为见他做过什么惊天动地的事儿，只是一种直觉。

宋糖的那条辫子，像条杂毛纵生的萝卜尾巴，乍看还有点儿规模，再一看就有点儿虎头蛇尾了，看，发根处还算粗壮，满满一大把的样子，越往下越细，到了辫梢处便细得让人担心了，终于底气不足地一拐，弯弯地成了个问号的样子。被小风那么一吹，就由不得让人生出狗尾巴草的联想，它过去在老家的秋风中摇头晃脑，现在又在宋糖的脑袋后面撩拨乡愁。还记起有个叫做《京城四少》的电视剧，里面也有一条这样的辫子，拖在一个纨绔子弟的小脑袋后面，像一条干巴巴的老豆角儿，颤儿颤儿地随着它的主人历经着沧桑变故，滑稽而又凄凉。四少的辫子，与时代有关；宋糖的辫子，与个性有关。

那天，在陶然亭公园，兀自想起宋糖脖子后的那条辫子，配上他憨态可掬的样子，十分的滑稽有趣，就忍俊不禁地傻笑一通，笑得腰都弯了，就像姐姐笑弟弟，全无恶意，甚至还带着一点儿欣赏纵容，觉得他就该留一条这样的辫子，要不他就不是宋糖了！可是我这一笑，却将他的朋友锐强笑毛了，笑恼了，他以为我在调笑他的朋友，当即就沉下了脸，愤慨地说就凭这，你们山东那地儿也出不了大作家！

锐强的过激反应，让我有点儿诧异，继而是不满。这人，出语太过歹毒，你不是山东人，好歹还是山东的女婿，一条辫子，不过是自由个性的体现，为了一个关于辫子的玩笑，值得那么大动肝火吗？我觉得大可不必将一条辫子当做离经叛道的象征。将一条辫子的意义，提高到和一个省份的文化密不可分的地步，这真让人忍无可忍。我脖子鼓得老粗，像条吃了蛤蟆的长虫，想为我们的山东争辩几句，却终于还是鸦雀无声。我隐隐约约觉得，锐强的愤怒，分明不仅仅是因为一条辫子那么简单。

回家后我闷闷不乐，东打听西问询，就了解了宋糖不少的轶闻趣事，这才知道锐强的愤怒，的确是有缘由的。从方金到宋糖，这其中的过程，一直与头发有关。锐强虽然没被火烧着过屁股，却见过猴儿被烧着过屁股，怎能不条件反射呢！

　　说来自己的头发长在自己的脑袋上，不碍谁的事儿，当然自己说了算，但有时候你的头发发展到了一定的规模，将你和别人区别开来了，就有人要出来说话了。你留得太短了，刮光了，那是和尚；留得太长了，及了肩，那就是流氓——谁让你不是女人呢！在这个古老国度里，女人说话做事处处受限制，唯有头发可以自由发展。据说宋糖还在胶州日报社做记者时（还是宋方金时），就开始留长发。他那时好像很不如意，临时工的身份和满腹的才气，总是在打架。浅水里养不了大鱼，我相信那时的他，一定像他的电影《飞》中的主人公那样，无时不在向往着飞翔，可是却往往扑通几下就掉了下来，狼狈而沮丧。后来他就渐渐变得颓废、酗酒。想来有些气愤，锐强那时就跟他是好朋友了，为何不劝阻安慰他呢？也许，锐强本人也一样地迷惘，一样地感到没出路吧！（所以，永远不要嘲笑有梦想的人）。那时，方金的长发自然给他惹了不少麻烦，报社的老总说：男人留那么长的头发，成何体统，剪了，不剪明天就别来上班！但方金是谁，他牛就牛在总是将领导的话当耳旁风。班不上可以，头发剪了却是万万不能。其结果是，报社的大门照常为方金敞开，他的头发，却一根也没有少。但后来方金终究还是将头发剪短了，因为他的父亲要过生日，方金去问他的父亲要什么礼物，老人家说：我什么都不要，就要你将头发剪了！……从这事儿可以看出来，方金是个绝对的孝子！

　　唉，梦做不成，连长发都留不成，可以想见乡村的自由程度，和方金内心的压抑。无从知道方金离开胶州去京的时候，脖子后面是否重新长出了野草，只知道他终于羽翼丰满地飞走了，飞到一个可以让他毫无顾忌的留长发的地方去了。

　　于是宋方金就变成了宋糖，于是宋方金的长头发，就变成了宋糖的长辫子。而据说在宋糖拔腿而去的老家，就男人到底该不该留长头发的问题，还在争论不休，单就这个事儿，就够令人悲哀的了……

宗夫与诗歌的宿命

忘了是哪一年，我骑着庞大笨重的自行车，一路打听着到宗夫家里去。这段距离，大概 20 里。沿途是蓬勃的植物，还有古朴苍劲的栗子树，好像，还途径一条河，茂密的草丛中有眨着眼睛的泉。

也许这些，都并不存在，是宗夫的诗歌幻化成了春天的模样。

那次去，是送稿子：我和宗夫，还有许多相识未识的青少年成立了一个诗社，许多人现在都已小有名气。

> 我披一袭乡村的蓑衣，一刹那间脱离了大地与河流，超越了
>
> 村庄和山峰……

上世纪 80 年代中期，是一个春风化雨、枯树发芽的年代。文坛经历了"文化大革命"之后的休整，"百花齐放，百家争鸣"，伤痕文学、反思文学方兴未艾，朦胧诗异军突起，一批人开始了完全区别于以往的诗歌创作，比第一批先富起来的人还早。当然，他们没少遭遇唾沫和石头。继徐敬亚《崛起的诗群》之后，《诗歌报》和《深圳青年报》联合做了一次全国性的诗歌流派大亮相，形形色色面目怪异的诗派粉墨登场，匪夷所思的主旨宣言令人瞠目结舌，就像习惯了祖宗遗传的大裆裤子，突然看到超短裙、露脐装一样，人们的表情来不及变换，心中的茫然、困惑、恐慌暴露无疑。

在当时的小城，宗夫是前卫诗歌的先行者。宗夫原先叫宗富，平俗的名字，寄托着父辈最淳朴的期望。后来，他擅自将"富"改成了"夫"，一字之差，土味儿没有了，意义全变了。在宗富成为宗夫之后，乡间少了一个未来的农夫，多了一位忧郁的诗人。他的诗语言锐利，想象丰富，对他早期作品影响至深的，是曹剑、柯平、伊甸等江南派诗人，后来的阅读

则更为宽泛、博杂，在他早期的作品中，也常出现诸如麦子和骨骼之类的词句，一个接一个怪异而又苍凉的意象，扑面而来，让人眼花缭乱。

中学时代，他的大作就上了《诗刊》，著名诗人刘湛秋为之作评，感叹他的"秃顶的老墙再次生出绿发"之类的句子，非一般中学生能写出。宗夫是当时的一个奇迹，一个传说，他的诗歌地位，是早在学生时代就已经奠定了的。

对于自己的诗歌，宗夫好像从来没有解释过。面对着对他诗歌文本的争论，他厚道得像个不会争斤论两的农夫。"沉默，让诗歌发言"，多年后，宗夫的这句话，几乎成为了经典。

面对未来，落叶在脚下腐烂，种子在心中发芽……

高中毕业后的宗夫在小镇外贸绣品厂做设计员，身材苗条，齿白唇红，鼻梁上架着近视眼镜，穿着鸡腿样的牛仔裤，格子衬衫，在途经的田野里撒下一路的书卷气。与他的书生气质不大相符的是他的络腮胡子，据说一度留得有模有样了，这使他成了相州古镇的四大怪之一。可惜我远在荒村，无缘目睹他此时的芳容。后来再见他时，胡子已经刮掉了，苍白的脸配一个青下巴，脚上穿着紧口布鞋，本本分分的。小心地问起他关于四大怪的传说及留胡子的原因，他讷讷地说：刮胡子太费事，所以就由它长了……我没想到理由竟这样简单得出奇，一时语塞。

爱诗写诗的宗夫在土地和工厂之间，过着两栖生活。走进车间，他是工人；走进田野，又成了农民；春种秋收，依然少不了他的身影，土地，依然是他赖以生存的基础。诗人的称谓，在现实中只是一个尴尬的符号。他曾经骑着自行车，颠簸过条条乡路，去交友论诗，心中充盈着不切实际的热情和期待，却常常遭遇现实的冷眼。在一个明媚的 5 月天，他和诗友骑车去某村找一位女作者，差点儿被人家的母亲拿扁担抡出门去。

在世界的混沌中，心性极高的少年，怀藏着至高无上的心境……

宗夫年纪轻轻就与世无争，他对世间的一切，有一种与生俱来的淡然，他活在自己的世界中，保持了内心的纯净。这个自称"傻子"的人，人们在尘世中看到的是他的身体，在诗中看到的才是他的心灵。他曾经伤感："蓝天下横笛的少年，弃岸之后，双眼盛满了忧郁的灯火"；他曾经狂妄："我的左眼为太阳，右眼为月亮，在生命的轮回中，除了博大我一无所有"，偶尔，他也像疯狂的石榴："满含夏日的忧戚轰然炸裂，让那些深藏不露的子实暴露无遗。"可惜他这样炸开心扉的时刻，极少有人见到。

　　相识于年少，又不约而同地爱上诗歌，我们却好像并没有多少话说，心都在很远的地方，收不回来，即使在诗中相遇，也依旧陌生。从没见他朗朗大笑过，尽管他的眼睛挤得过于频密，却也没挤出过一滴像样的泪来。他大智若愚，惜墨如金，只有在诗歌中才滔滔不绝，但他内心却又的确真挚热烈，白舟和阳仔等几个写诗的小兄弟，就是他带起来的。

　　那时，虽然在同一个乡镇，见一面也很不容易，大多时候，是通过8分钱的邮票来沟通穿越，再就是过年的时候聚一聚。记得一次，宗夫说：我们这些写诗的人，要是住在同一个村里就好了！这是我所听到的宗夫最具感情色彩的话。

　　后来，稍有经济头脑的人都忙着"下海"，还有谁愿意像蝉那样喝着风去鼓捣诗歌？即使没有能力让自己过得更好，也还是要活下去啊，涉世未深的我们渐渐感到了生存的严酷。在无数无可奈何的时刻，我们"只有相信诗歌"，尽管它不能拯救我们，却可以给我们水中月镜中花的安慰。但不知从何时起，我们都陆续放弃了写作，并且彼此失去了联系。宗夫孤立小镇，既找不到知音，也找不到对手，"拔剑四顾心茫然"，他与诗歌，也分道扬镳了。

　　此后的流年里，我们诗社的每一个人，都在各自的生活中，以苒弱的身躯，承担了各自的命运。

　　　　可爱的稻草人，正以双臂为桨，从一个颓败的季节划向一个崭新的时代——

　　多年后再见到韩宗夫，他已是一家刺绣企业的当家，他在潍河滩生儿育女，活得滋润自足。他这样宁静淡泊的人，是该拥有尘世的幸福的。更值得欣慰的是，他又"重操旧业"了，并且在一些文学网上十分活跃。他说：当年如果有网络，与外界有广阔的联系，我就不会停下我的笔了。

最近宗夫要将他 10 年前的散文诗结集出版，名叫《稻草人的村庄》。读着那些优美忧伤的句子，我感到他其实从未落伍，甚至，我们依旧追不上他 10 年前的脚步。

风吹山谷，众鸟高飞，衔着诗歌和谷物的种子，在农人的背脊上耕种……

在密不透风的青纱帐里，在鸟声聒噪的田间地头，它与农人一起辛勤地锄草，任汗珠一颗颗渗入土的缝隙，并与大地灵犀相通……

秋天过后，它们开始在大地上步行。那一堆堆烧畲的野火，是否就是你永远的归宿？

梦见蜥蜴，在雪亮的刀锋中度过薄命，在四野的呐喊声中，找到少得可怜的青草……

那童音一样圆润的梗，少女裙裾一样美丽的叶子，肋骨一样的窗棂……

一片刺绣，足以让停滞的生活再次舞动起来。

历经近 10 年的尘土覆盖，那些句子依然生动鲜活，清新芬芳，像晶亮亮的阳光里飞舞着的扬花，轻盈美丽得不可捉摸。他的想象天马行空、恣意飞扬，读的时候，那种美融进你的每一个感官，你竭力想留住些什么，可是什么也捕捉不住。即使沉重，也让人感觉轻盈空灵。

而今，以宗夫为代表的相州诗歌群体：白舟、老船、阳子……正日渐被诗坛瞩目。可是奇怪的是，他们个个拙嘴笨腮，无一例外。他们都在学生时代接受了最前卫的诗歌启蒙，却依然改变不了生性的木讷。难道真是一方水土养一方人吗？如果说白舟是石头里的火焰，那么宗夫就是不温不火、不怨不怒的流水。我常想：是因为他们不善言谈，上天才赐予了他们一支笔；还是因为他们拥有了一支笔，所以放弃了舌头？

常被人误作宗夫兄弟的宗宝（白舟），现在势头正劲，他的"潍河滩"系列诗歌，使他蜚声诗坛。提起他写诗的领路人宗夫，他依旧推崇备至，认真地说是宗夫在小城开创了诗歌新时代。一方水土养一方人，底蕴深厚的相州古镇，孕育了一代文学大家王统照、王愿坚的土地，他们注定是一群地脉的受益者。

那些迷惘苦闷的岁月，一群初出茅庐的青年因诗相遇，又因生计而各奔西东。我自愧不是宗夫最好的读者，也不是宗夫最好的朋友，但我们一起飞过：我们曾经是一群无家可归的萤火虫，提着自制的灯笼，寻找着茫茫未知的前程。

我踩着这些斑斓的石块，在宿命中又回到了那个故事的开始……

隔着渐行渐远的岁月，谁还会听到那群诗歌少年的心跳？

抬头再看今日的宗夫，我突然有种触目惊心之感。那一瞬间我突然想到：或许在为生存所累的日子里，宗夫曾经懊悔让诗歌耽误了前程。可是如果没有诗歌，他现在就是乡间一个最本分的农夫，在望呀望不到尽头的原野里，挂着一把锄头就浑然不觉地过了一生。

这，就是宗夫与诗歌的宿命。

也是当初那群诗歌少年共同的宿命。

命如昙花，诗若星辰
——评六世达赖仓央嘉措和他的诗

那一天
闭目在经殿的香雾中
蓦然听见
你诵经中的真言

那一月
我摇动所有的经筒
不为超度
只为触摸你的指尖
那一年
我磕长头在山路
不为觐见
只为贴着你的温暖
那一世
我转山转水转佛塔呀
不为修来世
只为途中与你相见

这是六世达赖仓央嘉措流传极广的一首诗，字字真情四溢，感人至深。他笔下的爱情，有一种镂心刻骨的感觉，让一代代人痛彻心扉。据说：在西藏，念的最多的是六字真言，而唱的最多的是六世达赖仓央嘉措的情歌。

自古以来从来不缺少爱情，也不缺少爱情的诗篇，但那些文字往往缺少一种刻骨铭心的东西，难在心里留下划痕，让人转身即忘。读仓央嘉措的诗，你在俗世里麻木日久的神经，一定会找回早已丢失的疼痛和激动。

仓央嘉措，原名洛桑仁钦仓央嘉措，藏语"音律之海"的意思。是冥冥中的巧合，还是起名的人先知先觉，这名字言中了他的一生，概括了他的一生。300多年来，有关他的诗，他的人，他跌宕起伏的一生，神秘莫测的结局，众说纷纭，扑朔迷离。

据记载，仓央嘉措，原籍西藏南部门隅地区。父名扎西丹增，出身于宁玛派咒师世家。仓央嘉措生于清康熙二十二年（1683），被第巴桑结嘉措选为五世达赖灵童后，于康熙三十六年（1697）藏历九月从五世班禅罗桑益西受戒，同年十月于布达拉宫行坐床礼。康熙四十年（1701），拉藏汗与第巴桑结嘉措不和，矛盾日益恶化。康熙四十四年（1705）拉藏汗派人诛杀桑结嘉措。事后，拉藏汗派人赴北京向康熙皇帝报告桑结嘉措"谋反"经过，并奏桑结嘉措所立的六世达赖仓央嘉措是假喇嘛，平日耽于酒色，不守清规，请求废黜。于是康熙皇帝便下令将仓央嘉措执送北京。康熙四十五年（1706）押送北上行至青海湖后，于一个风雪夜失踪，遁去，不知所终。

仓央嘉措一生，是一现的昙花，匆促而绚烂；而他的诗，是燃烧的星辰，悬挂在雪域高原上，照亮那些苍凉苦寒的岁月，慰藉渴望爱与被爱的灵魂，自古至今，光芒不减——

一、自由之歌：高原阳光下情窦初开的美少年

仓央嘉措的出生地门隅，被称为"西藏的江南"，这里降雨丰沛，像江南一样温暖湿润，是西藏唯一能种水稻的地方。他的父母是门巴族，世代信奉宁玛派佛教——红教。红教僧人可以结婚生子，所以他从小就无忧无虑，没有被清规戒律约束的概念。慈爱的父母，淳朴的民风，田园牧歌式的生活，让他自由成长，并造就了他奔放多情、炽烈如火的个性。门隅是情歌之乡，那些随风飘荡的的情歌，热辣大胆，婉转悠扬，使他如醉如痴，并渐渐唤醒了他朦胧的性意识。长期的耳濡目染，使他对男欢女爱、儿女情长有了一种神秘的向往。

在15岁之前，仓央嘉措一直生活在民间。那些情歌对他的影响，很快就反映到他的诗中来了。情窦初开时的年纪，这位面色红润、生性多情的翩翩少年，自然而然地有了心上人，也自然而然地学会了用诗歌的形式来表达内心的渴望。甜蜜的心事，是隐秘羞怯的，那种秘密的激动也只能用诗歌悄悄倾诉："我与姑娘相见/山南门隅林里/除了能言的鹦鹉/谁人都不知晓……"那个时候，仓央嘉措的诗，就如同高原的阳光，纯净清新而毫无阴霾。如果不是后来被认定为五世达赖的转世灵童，他也许会顺理成章地成为一名爱唱歌的牧人，和心爱的姑娘生儿育女，相伴终生。

当时，五世达赖喇嘛已经在布达拉宫圆寂15年，但藏王第司·桑结嘉措隐瞒了他的死讯。因被人向康熙皇帝告密，慑于清朝政府的威力，只好匆匆到民间寻找五世达赖的转世灵童。1697年，这个喜讯或者说厄运就降临到了15岁的仓央嘉措头上，他被认定为五世达赖的转世灵童（一说，早在母腹中已经被认定，只是养在民间，未进布达拉宫而已）。

正恋爱中的美少年，面对着从天而降的命运，不知当歌当哭，是悲是喜？所有梦想，刹那化为了波光云影。刚刚绽开的爱情之花，只能生生地掐断；内心的火焰，只能用冰凉的泪水来浇灭。对佛，他不是毫无向往：所以他的心情，极其矛盾："若随美丽姑娘心/今生便无学佛份/若到深山去修行/又负姑娘一片情。""自恐多情损梵行/入山又怕误倾城/世间安得双全法/不负如来不负卿。"

这年10月，他不得不告别家乡和心上的姑娘，到布达拉宫行坐床礼。宫内的高墙，将隔断俗世的一切挂牵，这无异于生离死别。那难舍难分的情景，是这样酸楚地出现在他笔下："图章盖在纸上/何尝会懂人言/信义相爱之印/盖在各人心坎"，"在离别远行的时候/送你深情的秋波/永远以微笑和真情/来把你的思念相迎。"

正沉浸红尘小爱中的仓央嘉措，突然就变成了六世达赖，这角色一时怎么调整过来？离家前往布达拉宫的时候，他不愿穿华丽的衣服，依旧穿着放牧时穿的门巴族旧装。站在山岗上，他最后看一眼故乡，轻声说："门巴人没有权力，今后不应该再出达赖了。"这句话，已不似一个少年人的口吻，他似乎一夜长大，没有喜从天降的欢愉，却隐含着多少无奈感伤！

从离开故乡后，仓央嘉措就再也没有回去过。如果留着民间，他无疑将会是最好的情人，最好的丈夫，最好的父亲，在田园牧歌中悠然度过一生。可是他没有选择的权利，因为权利选择了他。

此后，随着环境的改变，年岁的渐长，他的诗将呈现出另一番模样。

二、禁锢高墙：无奈中的不平和哀歌

在壮丽恢宏、街垒森严的布达拉宫内，仓央嘉措在藏王桑结嘉措的严格监督下开始学经、天文历算、医学及文学等。然而他总是心猿意马，不能潜心入静。这种禁锢的生活，扼杀着他活泼的天性。高原阳光下自由惯了的少年，怎堪这枯燥压抑的日复一日？"故园迢迢忆双亲，每对卿卿泪满襟。"他红润健康的脸色渐渐变得苍白，华服下正成熟着的身躯，也渐渐变得消瘦。刚脱离了俗世生活，佛法还未侵沁进到骨子里，旧的还未遗忘，新的还未适应，可以说正是新旧交替、青黄不接的时期。这段期间，他诗风大变，里面有了苦恼，有了隐痛，甚至有了凡俗的无奈和愤懑不平。用佛法来解释，他的诗中就是充满了贪嗔、执著和怨怼，这绝不是一个达赖喇嘛所该有的心境。

　　当时，格鲁派佛教（黄教）在硕特蒙古部的扶持下刚刚成为政教合一的宗教不久，还没有真正的统治地位。黄教与仓央嘉措父母信仰的红教不同，不允许僧侣结婚，禁止接近女性。对仓央嘉措来说，布达拉宫是镶了金顶的牢房，住进这里不是幸福，不是荣耀，而是不幸，这种心理的抵触和怨愤情绪也反应到诗中来："真没想到／人世间的高低贵贱／欢乐悲伤／全集中到我一人头上。"权利倾轧给他带来的苦恼，还不如见不到心上人更叫人煎熬。自由的雄鹰，被关进了牢笼，只能通过头顶的飞鸟和云彩来遥寄思念，不知他初恋的姑娘，能否听到他的呼唤："风从哪里吹来／风从故乡吹来／少年时代的情侣／风儿把她带来！"在庄严的佛堂里，他想着的不是佛祖，而是他的姑娘；在单调的诵经声中，那扯不断的牵挂叫人心碎："幼年结识的心上人儿／她的福幡插在柳树旁／看守柳树的阿哥／ 请别拿石头打它 。"为了适应尊贵的地位和新的身份，他也曾试着约束压制自己，然而这样做的结果，却适得其反："我修习的喇嘛的脸面／不能在心中显现／我没修的情人的容颜／却在心中明朗地映见""仰望喇嘛下颌／恳请指条明路／心儿却寻找不见／跑到情人那去了……"

　　然而他的初恋，注定是一曲哀歌。在他住进布达拉宫后，他青梅竹马的姑娘，被农奴主夺走，纵使他贵为雪域之王，纵使他捶遍布达拉宫的高墙，又怎能阻挡这一切？谁会想到这位被万人敬奉的活佛心中，竟也有如此的悲愤不平："情人意超拉姆／是我猎人得的／却被强权暴君／诺桑王子抢去。""姑娘不是妈妈所生／怕是桃树生的／为什么她的爱情／比桃花谢的还快？""茇茇草上的白霜／还有寒风的使者／就是它们两个／拆散了蜂儿和花朵……"爱情幻灭，对他身心的打击是显而易见的，为此他甚至不能自已："深怜密爱誓终身，忽抱琵琶向别人。自理愁肠磨病骨，为卿憔悴欲成尘。"

　　恋人的遭遇，是否使他意识到了：尽管他贵为雪域之王，被信徒们奉若神灵，他依旧拯救不了别人，更拯救不了世界，他连心爱的姑娘都拯救不了，还说什么普度众生？他的身体逃不开那莲花座，心却留在俗世里。夜里，他推开木窗向东遥望，只见一轮冰盘乍涌，心中的渴望顿时化成幻像，画饼来让他充饥："从那东方山顶／升起白白月亮／未嫁少女的面容／显

205

现在我心上 ……""心头影事幻重重，化作佳人绝代容。恰似东山山上月，轻轻走出最高峰。"

他不明白：佛教人爱人，却为何不能爱女人？他只想守着慈爱的父母，拥着心上的姑娘，在高原的阳光下生儿育女，过自由烂漫的生活，然而宿命却将他推上了错综复杂的政治舞台。那些清规戒律像一条看不见的绳子，捆绑着他躁动的心。抛开尊贵的地位和那身华丽的僧袍，他其实就是一个渴望爱和被爱的少年，纵使让他脱离民间，住进高高在上的布达拉宫，又如何让他在转瞬间变成一个活佛？

当然，在布达拉宫的日子，他绝非一无所获，神秘深厚的佛经，无疑会提升一个少年的层次，使他从浮躁逐渐变得沉静。就在这个过程中，他学了众多佛典和知识，能在雪地上跳各种金刚舞，还被训练成一个射箭能手。

活在风口浪尖上的少年渐渐长大，在日复一日的诵经声中，向往渐渐变成一种无奈。高墙的禁锢，佛法的熏陶，正造就一个新的仓央嘉措。饱经内心的折磨、挣扎和历练，他在每个时期的诗歌，注定各不相同——

三、双重生活：雪域之王，最美情郎

仓央嘉措生活的时代，恰是西藏历史上的多事之秋。虽然黄教在西藏居于政教合一的领导地位，但他却不过是一个政治斗争的傀儡，有达赖之名，无达赖之实。而他对那些也毫无兴趣，视权力地位如粪土，什么也敌不过爱情对他的诱惑。在藏王桑结嘉措与和硕特蒙古部拉藏汗的权力斗争漩涡中，他只想稳住身心，做他自己。

那些明枪暗箭、刀光剑影在他单薄的身影后面展开，四溅的鲜血绽放令人惊心动魄的花朵。他惊悸过吗？愤怒过吗？试图用年轻的身躯阻挡过吗？无从得知，唯一肯定的是，此刻他比任何时候都怀念家乡的生活，渴望爱和自由。层层包裹的僧袍，已掩不住他那颗孤寂不安的心。他只是一个背井离乡的孤独的孩子，渴望被一个母亲一样的女人抱在怀里。长夜里，唯有女性的笑脸给他温暖，将他照亮。

他知道无论怎么取舍，他的人生将注定无法圆满，所以他干脆就"不负如来不负卿"了。康熙四十一年（1702），仓央嘉措20岁。在巡游日喀则时，他义无反顾地向其师——班禅罗桑益西送回僧衣以示退戒，只保存

世俗之权。他的取舍，毅然决绝。从此，他便解脱了。

布达拉宫内至高无上的活佛，忘情沉入到了人间烟火之中。白天，他以密法佛徒出现，夜晚则穿起俗人服装，化名宕桑旺波游荡于酒肆、民家及拉萨街头，和青年男女们唱歌跳舞，饮酒狂欢，尽情享受俗世的幸福。飘逸的丹凤眼，搜寻着前世的姻，今世的缘："身著翩翩绸缎，手戴闪闪金戒，头蓄飘飘长发，且歌且舞且饮。"

据说这位风流倜傥的美少年，身上散发着一种自然的香气，百姓就是依靠这种香气认出他来的。人们将他当做神，他只把自己当做人。走下神坛，才会拥有一切。他宁愿要俗世的温暖，不要金光刺目的威严。爱火一旦点燃，便熊熊燃烧，让他不顾一切，飞蛾投火："背后魔凶狠／无所怕与不怕／面前苹果香甜／舍命也要摘它。"拉萨城里的那些姑娘爱他，他也爱她们。爱了就是爱了，不需要理由；天赐的爱情，不用向凡尘解释。

他的诗穿越布达拉宫的高墙，在拉萨的大街小巷流传。在诗中，他毫无顾忌地描述自己身为活佛和俗人的双重生活：

　　住在布达拉宫，

　　我是持明仓央嘉措

　　住在山下拉萨

　　我是浪子宕桑旺波

　　住在布达拉宫，

　　我是雪域最大的王，

　　流浪在拉萨街头，

　　我是世间最美的情郎……

在那种宗教环境中，身为万人供奉的活佛，这样风流浪荡、离经叛道，无疑是惊世骇俗的。可是他不以为耻，反而有点儿孩子气的得意——叛逆孩子的那种示威性的得意。当爱来临，谁能抗拒？这时他不再是活佛，而只是一个热恋中的男人，沉浸在恋人的体香里，他一样无法自拔。他相信佛度世人，不是让他们都变成僧人和尚，而是让他们的心灵有家可归。他要修的不是肉身，而是心灵。

他在诗中振振有词："佛曰：万法皆生，皆系缘分，偶然的相遇，蓦然的回首，注定彼此的一生，只为眼光交汇的刹那。缘起即灭，缘生已空。"——或许他早就预知了自己凶多吉少的结局，才会如此孤注一掷，飞蛾投火。有评论说他是为发泄心中的压抑不满，才会如此放浪形骸。那放浪，未必不是一种示威和抗争。但我觉得他更多地是因为爱，他是太爱了，太想爱了，恨不得将一切都揉进自己生命里。知道一切美好都将稍纵即逝，便会加倍地珍惜，以至爱到疼痛："只是，就在那一夜/我忘却了所有/抛却了信仰/舍弃了轮回/只为，那曾在佛前哭泣的玫瑰/早已失去旧日的光泽。"

仓央嘉措对爱和美的留恋，令人想到川端康成，只是他不那么病态；他的痴情多爱，像普希金，只是他更深邃；他还令人联想到与他同时代的纳兰性德，只是他们一个在朝中，一个在雪域……

在雪域的寒夜里，只有女人的热吻是温暖的。每夜，他都打开宫内侧门出去会情人，心底的甜蜜难以掩饰地流淌出来："拉萨人烟稠密/琼结人儿美丽/我心心相印的人儿/是琼结地方来的。"但他的行踪，终于被雪地上的脚印泄露了天机，他也便大大方方地承认："黄昏去会情人/黎明大雪飞扬/莫说瞒与不瞒/脚印已留雪上。"面对着各种指责、疑问和谩骂，他干脆将以往的风流韵事一并和盘托出，不知是挑衅，还是坦荡："人家说我的闲话/自以为说得不差/少年人的脚步/曾到过女店主家。"

此时他的诗，并无多少矛盾挣扎的痕迹，他沉浸爱中，顾不得那些。尽管对他来说，所有的爱情都将无果而终，他的身份注定他不可能与谁一生一世，但他还是痴狂地投入每一次恋情。拥着心爱的姑娘时，他是否会想到：这一次可能就是最后一次？

面对宫内的清规，无望的爱情，他也不是没挣扎犹疑过，不是没想过如何斩断情思：

第一最好不相见，如此便可不相恋。
第二最好不相知，如此便可不相思。
第三最好不相伴，如此便可不相欠。
第四最好不相惜，如此便可不相忆。

第五最好不相爱，如此便可不相弃。

第六最好不相对，如此便可不相会。

第七最好不相误，如此便可不相负。

第八最好不相许，如此便可不相续。

第九最好不相依，如此便可不相偎。

第十最好不相遇，如此便可不相聚。

但曾相见便相知，相见何如不见时。

安得与君相决绝，免教生死作相思。

　　诗人层层排出这十不，是真的想按照它去做吗？不，它让人们看到的答案就是——这是不可能的！扼杀天性和最真实的渴望，是一种罪过，一种逆天行道的行为。尽管属于他的爱情注定无果，他还是愿意为之赴汤蹈火。有人叹息仓央嘉措拥有如此高贵的地位，却留不住最简单的爱情。而为了那份痴爱，他几乎付出所有。

　　最懂他的，其实是雪域高原上那些淳朴的乡亲，他们以宽厚博大的心胸包容了他，谅解了他："莫怪活佛仓央嘉措/风流浪荡/他想要的/和凡人没什么两样。""僧众跟你一起念佛祷告/他们称你为仓央嘉措/百姓和你跳舞唱歌/他们叫你做宕桑旺波。""别人说你是布达拉宫的尊严达赖/其实你不过是恋爱中的青涩少年。"……藏人爱他敬他，不因为他是活佛，而是将他当作一个凡人看待：有血有肉，有七情六欲，哭时会流泪，笑时会害羞，口吐的不是莲花，而是真心。在他们眼中，无论他做什么，都可以原谅。而他的情歌，也唱出了他们心中的渴望：

不要说持明仓央嘉措

去找情人走掉！

如同自己需要一样

他人也同样需要

　　在他的某首诗中，有"此身就在今生"这一句，这话从度人的活佛口中说出，无疑是惊世骇俗的，它和现代人"不求天长地久，但求曾经拥有""抓住今天就抓住了未来"的思想一脉相承。现代人总以为自己意识多么前卫，没承想在300年前的雪域高原，一位年轻的喇嘛早就发出了这样的心声。谁能想象，当时他说出这一句，该有多难！

四、破茧成蝶：在爱和佛的双重烈火中渐入境界

仓央嘉措的诗前期阳光，后期深邃；前期充满爱和珍惜，后期则满蕴禅意。尽管他藐视权贵和清规戒律，但通过修佛和历练，他的确变得通达澄澈，渐入化境了。他开始用爱来拥抱佛，用佛来解释爱；用诗歌来诵经，用佛法来诠释人性；在爱的焚烧洗礼中，他也慢慢在悟，并对修佛变得自知而自觉："对于无常和死/若不常常思量/虽有盖世聪明/也同傻子一样。""仅仅穿上红黄袈裟/假若就成喇嘛/那湖上金黄野鸭/岂不也能超度众生？"

仓央嘉措诗中最闪光的地方，就是对人性的张扬和尊重。他洒脱随性，叫人听从内心的需要。对一个活佛来说，这就更加难能可贵。他认为爱情是神灵的赐予，前世的缘分，所以当爱情来临，他从不回避。他把人看得最重，坚信佛是过来人，人是未来佛。他借佛的口气说："我也曾如你般天真。"他不追求虚幻的永恒，只追求实在的温暖。抛开前生后世，超度轮回，只为那一瞬肌肤的相亲，身心的碰撞，尽情的欢愉。在他那里，瞬间即永恒。尽管他沉沦于凡俗之中，并不证明他就是一个凡俗的人。他修佛，却不迷信，他其实是真的悟透了佛理。

仓央嘉措后期的诗已经进入了一种境界，这种境界跟佛的境界息息相通。在他15岁到25岁的大好年华里，他倾吐的都是爱，可是前期和后期的爱，却大不相同，那是从春到秋的感觉，由明媚的翠绿渐渐染上了秋天的沧桑，日渐成熟和温暖，少了些炽烈，多了些宁静祥和。

"留人间多少爱/迎浮世千重变/和有情人，做快乐事/别问是劫是缘"是一种顿悟后的淡定、从容和释然；"我问佛：为什么总是在我悲伤的时候下雪/佛说：冬天就要过去/留点记忆"是一种超然豁达，教人任何事情都要看到它的两面性，更重要的是看到它好的一面。爱现世的一切，更要懂得珍惜："我问佛：为什么每次下雪/都是我不在意的夜晚/佛说：不经意的时候/人们总会错过很多真正的美丽。"在这种境界里，连缠绵悱恻、忠贞不渝的誓言，也变得胸有成竹、不愠不火："如果生命只能在某一天不断重复/你会选择哪一天/——我不在乎/只要和你爱着的任意一天/如果明天就是世界末日/你会如何度过今天/——我不在乎/只要世界分崩离析时你仍然在我身边。"

说到底，仓央嘉措其实并非是一个真正意义上的佛教叛逆者，相反，他受佛法的影响极深。说他是一个世俗叛逆者和权贵反抗者倒是贴切的。佛法虽然没有改变他的行为，让他"重新做人"，却真正修了他的心，并让他对自己的行为有了更合理的解释。因为习佛，让他比同龄人多了些学识和旷达，从阳光少年到睿智风流的情圣，他在一步步成长变化。无数花开花落的日子，他与自己的内心对语，那些深邃空灵的佛理，便从他笔下流出。少年时，民间生活留在他血液里的鸟语花香，后期佛教的熏陶渗透，不停得失的爱情，造就了一个独一无二的六世达赖。

有评论者说仓央嘉措的诗如何痛苦矛盾，其实在他后期的诗中，已看不到多少挣扎的痕迹。或许他的痛苦，已在修佛过程中化解了，他的爱欲也升华了。可以想象，因为心胸渐渐变得空灵博大，这位衣着华丽、面容俊美的活佛，双眸里的火焰渐渐沉下，代之以秋水的温和静谧。他的脸，从此沐浴在祥和温暖的佛光里。

《见与不见》是最代表这种境界的一首诗：

> 你见，或者不见我
>
> 我就在那里
>
> 不悲不喜
>
> 你念，或者不念我
>
> 情就在那里
>
> 不来不去
>
> 你爱，或者不爱我
>
> 爱就在那里
>
> 不增不减
>
> 你跟，或者不跟我
>
> 我的手就在你手里
>
> 不舍不弃
>
> 来我的怀里

或者
让我住进你的心里
默然　相爱
寂静　欢喜

　　这首诗几乎是对《般若波罗蜜多心经》的诠释：即心即佛，一切不生不灭不固不定不增不减，心就在这里，心又是无处不在。不管外部如何变幻，我皆安之若素，胸有成竹，不离不弃。而下面的这几句，更是讲得明白无误："佛曰：命由己造，相由心生，世间万物皆是化相，心不动，万物皆不动，心不变，万物皆不变。"

　　他问佛，佛的回答是参了佛法的悟。那悟，其实正是他自己的参悟罢了！

　　对他的诗，一直有两种截然不同的看法，一说是情诗，说它表达的是凡人的情感，男女的爱恨，因而引起广泛的共鸣，六世达赖也因之被称为情种、情圣；一说他的诗尽管字字牵情，却与爱情无关，它是对佛法的诠释，是借情诗来阐述佛家理论，或者其他的哲思，它是一个修行人全部的修心窍诀——持这种看法的大有人在。其实二者是相依相存、不可分割的。真正传世的东西，也都是横看成岭侧成峰的。

　　风流倜傥的他难道仅仅是寻芳猎艳吗？难道那不是一种对爱和美深入骨髓的珍惜留恋吗？对爱，对佛，他都投入了热情和真诚，他用生命来爱，也用生命来悟。爱情就是修禅，看破了爱情，也就参透了佛法。心心相印的境界，和佛理一脉相承。

　　无论是作为活佛还是浪子，仓央嘉措都知道：雪域高原上的人们除了对佛教五体投地的虔诚，内心还有着另外一种激情，另外一种渴望。而他，就是他们的代言人，替他们唱出了内心最深处的歌。所以在西藏，才会有这样一种奇异的现象：一个百分之百信仰佛教的民族，口中却唱着仓央嘉措的情歌，无论男女老少。

　　五、涅槃重生：在湖水中沉入最终的永恒

　　如挣脱绳索的野马，找到了撒野的草原，仓央嘉措沉浸在爱和自由的梦中，忘乎所以，不辨晨昏。他藐视世间的权利、地位和清规戒律，居然连康熙皇帝、藏王桑结嘉措、蒙古王拉藏汗的警告都置之不理，甚至宁肯放弃达赖尊位，也绝不向他们退让。他不甘心自己作为人的权利被神位剥夺，他宁肯做一个自由的牧人，拨动琴弦唱他的情歌。

可是在当时，在那样的宗教环境中，怎能任由一个活佛去肆无忌惮地"胡作非为"，我行我素呢？

尽管身不由己，命不由己，他依然挣扎着，反抗着。可是他注定抓不住救命的稻草，只抓住转瞬碎裂的浪花。在他低回婉转的诗句下面，其实隐含着一种宿命的忧伤，一种破釜沉舟、鱼死网破的悲壮。或许他是随时准备着那一天的。对自己的处境，他该心如明镜。

这一天终于来了。

1705 年，藏王桑结嘉措和蒙古人的矛盾已趋白热化，终于免不了一场恶战。在这场战争中，藏王桑结嘉措被俘处死，蒙古拉藏汗一方获胜。为扳倒六世达赖这最后一块绊脚石，拉藏汗派人赴京向康熙帝报告，称六世达赖是桑结嘉措立的假达赖，并列举仓央嘉措的种种罪状，请清廷予以"废立"。康熙帝出于对西藏地区安定的需要，同意将仓央嘉措"执献京师"。

消息传开后，轰动西藏。僧俗群众悲愤相告，洒泪为六世达赖送行，奇怪的是，尽管他作为法王喇嘛品行有瑕，拉萨三大寺的长老们却并不认为他是假的，只说他"迷失菩提"。当押解队伍经过哲蚌寺时，一群武装喇嘛突袭蒙军，将六世达赖抢上山，安置寺内。蒙古兵包围寺庙，与武装喇嘛激战三昼夜，六世达赖不堪累及无辜，自己走出了寺门。

仓央嘉措重新被押解上路，命丧于青海湖畔，时年 25 岁。

在青海湖边，这位年轻清瘦的活佛留下了最后的惊鸿一瞥。他从怀中掏出一缕青丝，看了看，嘴角隐隐露出笑意。他对随从说，"不要散失我的诗稿，来日还要交还给我的"，他回眸看了看来路，眼中一片苍茫。他知道自己回不去了，便往那碧蓝的湖水中走去，慢慢与它融为一体，湖水给了他另一种生命，一种永恒的生命。他白鹤一样飘逸的身躯，眨眼化为了碧波浩渺处的一朵白莲。

在湖边，他留下了今生最后一首诗，似乎带着某种暗示性的诗："天空洁白仙鹤/请把双翅借我/不到远处去飞/只到理塘就回。"

这首诗，被人们当做他转世的预言。后来，活佛和官员们就是根据诗中的线索，在理塘找到了六世达赖的转世灵童。

在他的诗中，他曾借佛的口说一个人悟道有三个阶段："勘破、放下、自在。"一个人必须要放下，才能得到自在。那么，他最后得到自在了吗？

六世达赖就这样去了，义无反顾，一步步走入永恒，融入无天无地无你无我的境界。我相信在那一刻，他是笑着的，因为他知道自己尽管命若昙花，他的诗却将替他超越生死轮回，闪耀不灭的光泽。世间只有一个仓央嘉措，是唯一，也是永远。

——关于他最后的结局，当然这只是其中一种说法而已。他的死，已成千古之谜。各种藏汉文献说法不一，民间更是众说纷纭。有说他在押解进京途中，病逝于青海湖；有说他是被政敌拉藏汗秘密杀害；有说他被清帝囚禁于五台山，抑郁而终；也有说他行至青海湖时神秘遁去，流浪到各地传经讲佛，后在内蒙古阿拉善地区弘法利生，最后圆寂于此。而人们更希望他做一名牧人，怀揣着最澄澈的佛理，却享受着俗世的温暖和幸福，和心爱的姑娘在高原上生儿育女，相依老去。

但这显然也仅是一个梦想而已，有关他生命行踪的确凿记载，在他25岁时，已经戛然而止。尽管也有其他的记载或考证，证明他在64岁时才圆寂，但那也许又是人们的一个梦想而已。

六、诗若星辰，照亮后世

300多年来，六世达赖传奇的一生，神秘的结局，让人低回慨叹！谁也不能否认，仓央嘉措情歌是青藏高原最流行、最深入人心的情歌。他的诗被译成20多种文字在世界各地流传，译作层出不穷：民歌体，五言、七言体，现代新诗……每种译法各有长短，却毫无疑问都很难完全体现他原诗的神韵和风情。他的诗，有很多被谱曲传唱，却很难唱出高原人赶着牛羊随风唱出的那种韵味。

仓央嘉措所处的时代，文人多受"年阿"诗体影响，崇尚典雅深奥，词藻堆砌之风盛行，而他却采取了"谐体"的民歌形式，多用口头语，比兴兼具，具有浓郁的民歌风格。他的诗绚烂了寂寞雪域，也安慰了那些相恋的男女。他用生命阐述了裴多菲的那首诗，但词句需互换一下：生命诚可贵，自由价更高，若为爱情故，二者皆可抛。

有人评价他的诗歌婉约细腻，那岂是一句婉约细腻所能概括的？他诗的价值，不在于风格，而在于思想：他的叛逆，他的冲破一切束缚，将生命溶于爱恨的无怨无悔，莫说古人，便是今人能做到的，又有几个？

有人将仓央嘉措和南唐后主李煜、南宋皇帝赵佶相提并论，说他是傀儡，是可悲可怜的政治牺牲品。但我觉得仓央嘉措并不懦弱，他以荏弱之躯对抗权利，挑战信仰，毫不妥协，尽管他知道那不过是以卵击石，终将鱼死网破。

——或许什么都不是，他并没有那么高的想法，那么清醒的意识，他只是一个充满爱情和躁动的年轻人，一个纯真的情种。

有人说现在流传的很多诗歌，其实并非六世达赖的作品，而是某些人的假托；也有人说他的传奇，不过是口口相传的演绎……不管那些诗是不是他的，那些事是真是假，他的诗是情诗还是佛理，在300多年的流传过程中，六世达赖已经成为一种象征。任谁也替代不的象征。不管世人如何看待他，评判他，不屑还是崇尚，诋毁还是赞美，他就是他，他还是他，他只是他。

在藏人心目中，六世达赖无愧于一个大乘行者的德行。他自愿走下神坛，来拥抱爱情；用梵音警示世人，普度众生；用情歌诉说情思，完成精神的救赎和超越。在他的诗歌中，蕴涵着世间的无限美好。藏传佛教的高僧对他的评价也很高："六世达赖以世间法让俗人看到出世法中广大的精神世界，他的诗歌和歌曲净化了一代又一代人的心灵。他用最真诚的慈悲，让俗人感受到佛法并非高不可及；他的独立特行，让我们领受到了真正的教益！"

在历史长河中，六世达赖的生命不过是流星一现，但他在孤注一掷的燃烧中，焚尽自己，留下这些奇异珍贵的舍利，与日月同辉，照亮后世。一代宗教领袖不以著述经典而传世，却以情诗而流芳。300多年来，一颗星辰高悬在喜马拉雅之上，那爱和自由的歌声，随风飘荡，被一代代的人一唱再唱，并将继续被传唱下去……

后 记

——谨以此书献给我的亲人和知已

命运终于将我逼成了一个作家。

虽然我还不大够格，但我还有足够的时间可以努力，不是吗？

感谢上苍，在我懵懂无知的孩提时代，在我们靠地瓜、饼子为生的岁月里，就为我准备了一些我似懂非懂的奇异书籍（国内的，国外的，甚至《世界史》那样大部头的著作），就让我知道了恐龙、猛犸等已经消失的史前生物……我是在煤油灯下，甚至是在盛放杂粮和杂物的小屋里偷偷读它们的。那些书籍，我至今不知它们从何而来，也许，只能永远是一个谜了……它们出现在一个贫困农家的杂货屋内，不能不说是一个奇迹。它们开拓了一个孤僻女孩的视野，并影响和决定了她的一生。

"故乡的每一只苍蝇都曾经是蚕人的。"在没有星光的暗夜里，我曾经点燃篝火，靠回忆取暖；在每一个异乡，我曾经轻舔着伤口的血，痛苦地明白了什么是血缘；在快乐像月光一样遥远的迷惘岁月，在无人知晓的角落里，我曾经百感交集，轻唱着一首歌，我不知这个世上，是否还有人能够听懂它？

我知道上苍给予我这条命，绝不是用来浪费的！我一直深信，并且一直在努力着……

父亲、母亲、哥哥们……我挚爱的亲人啊，我痛恨我不能逾越时空，去挽留你们沧桑凄凉的生命，但我一定要用啼血之笔，为你们一一抒写永恒的墓碑。

我寥寥可数的朋友们，感谢你们，你们是我今世唯一的温暖和烛光，在我最需要的时候，恰到好处地出现在我人生的每一个路口上。

已经不必更多地说些什么。命运在我心里留下的轨迹，就藏在那一行行文字里，有缘的人终会看到，有心的人终会读懂……

瑞娴/2010 年 1 月 于北京